Sylvia Plath

Johnny Panic und die Bibel der Träume

Die kleine Reihe

Sylvia Plath

Johnny Panic und die Bibel der Träume

Erzählungen

Herausgegeben und mit einem Essay von
Eva Demski *Büchergilde Gutenberg*

Aus dem Amerikanischen übersetzt von
Julia Bachstein, Susanne Levin und Sabine Techel

Büchergilde Gutenberg, Frankfurt am Main, Wien 1991
Lizenzausgabe mit freundlicher Genehmigung der
Frankfurter Verlagsanstalt
Die Texte wurden entnommen den beiden Bänden
Die Bibel der Träume

Zungen aus Stein

Einbandgestaltung Heinrich Thomas, Heidesheim
Herstellung Margot Mayer, Dietzenbach-Steinberg
Satz Utesch Satztechnik GmbH, Hamburg
Druck R. Oldenbourg Graphische Betriebe GmbH, Kirchheim
Bindung Großbuchbinderei Monheim, Monheim
Printed in Germany ISBN 3 7632 3874 3

Inhalt

Ocean 1212-W 9
(Ocean 1212-W)

Unter den Hummeln 20
(Among the Bumblebees)

Superman und Paula Browns neuer Schneeanzug 29
(Superman and Paula Browns New Snowsuit)

America! America! 38
(America! America!)

Einführung 44
(Initiation)

Sonntag bei den Mintons 57
(Sunday at the Mintons)

Zungen aus Stein 72
(Tongues of Stone)

Steinknabe mit Delphin 82
(Stoneboy with Dolphin)

Der neunundfünfzigste Bär 117
(The Fifty-Ninth Bear)

Johnny Panic und die Bibel der Träume 131
(Johnny Panic and the Bible of Dreams)

Tag des Erfolgs 153
(Day of Success)

Mütter 171
(Mothers)

Schneeangriff 185
(Snow Blitz)

Eva Demski 197
Sylvia Plath. Ein Essay

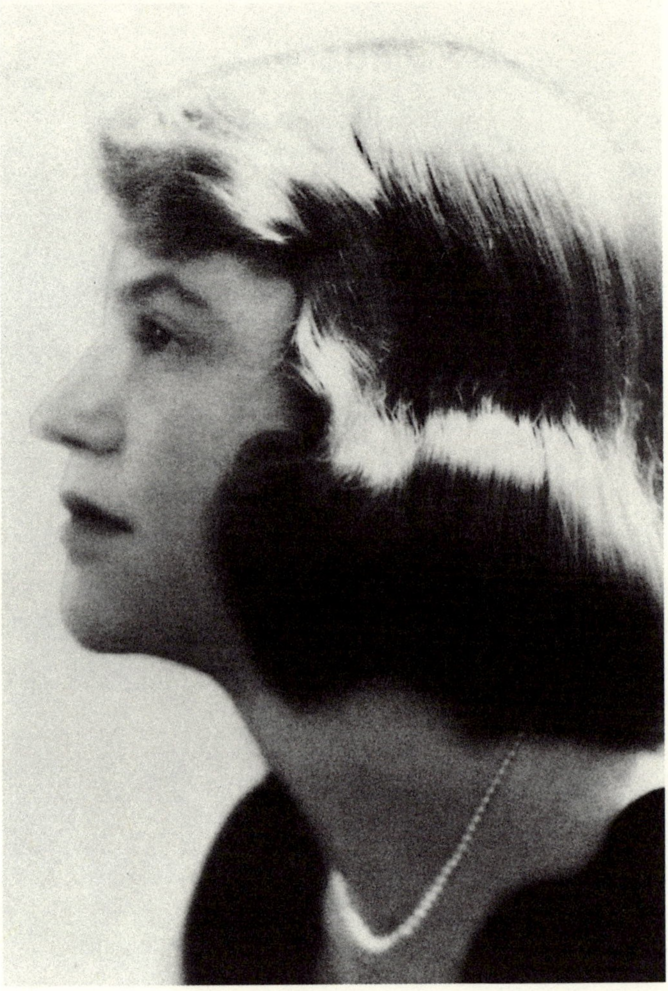

Ocean 1212-W

Die Landschaft meiner Kindheit war nicht Land, sondern das Ende vom Land – die kalten, salzigen, rollenden Hügel des Atlantiks. Manchmal denke ich, daß mein Bild vom Meer das Klarste ist, was ich besitze. Ich trage es in mir, verbannt, wie ich bin, wie die purpurnen weißumrandeten Glückssteine oder die blauschaligen Muscheln, deren Inneres regenbogenfarben schimmert wie die Fingernägel von Engeln; und in einer Welle der Erinnerung werden die Farben tiefer und glänzend, die frühe Welt holt Atem.

Atem, das ist das erste. Etwas atmet. Mein Atem? Der meiner Mutter? Nein, etwas anderes, etwas Größeres, Ferneres, sehr Ernstes, sehr Erschöpftes. Mit geschlossenen Augen lasse ich mich dahintreiben – ich bin ein kleiner Schiffskapitän, der den Finger in die Luft hält, um zu prüfen, woher der Wind weht – donnernde Angriffe auf die Ufermauer, ein Schauer von Hagelkörnern über Mutters tapferen Geranienstöcken oder das einlullende Gesäusel eines vollen, spiegelnden Teiches, der träge und freundlich die Quarzkiesel am Rande bewegt, wie eine über ihren Juwelen brütende Dame. Vielleicht prasselt Regen gegen die Fensterscheiben, oder der Wind seufzt und fährt in die Ritzen des Hauses, als wolle er es von allen Seiten aufschließen.

Davon ließ ich mich nicht täuschen. Der mütterliche Pulsschlag der See spottete über solcherlei Fälschungen. Wie eine unergründliche Frau verbarg sie vieles; die See hat viele Gesichter, viele zarte, schreckliche Schleier. Sie spricht von Wundern und Weiten, wenn sie sich bemühen würde, könnte sie auch töten. Als ich zu krabbeln begann, setzte mich meine Mutter an den Strand, um zu sehen, welchen Eindruck die See auf mich machte. Ich kroch direkt auf die ankommende Welle zu und hatte eben die grüne Wand durchbrochen, als sie mich an den Fersen festhielt.

Ich habe mich oft gefragt, was geschehen wäre, wenn es mir gelungen wäre, den Spiegel zu durchdringen. Hätten meine Säuglingskiemen das Salz in mein Blut aufgenommen? Zu der Zeit glaubte ich weder an Gott noch an den Weihnachtsmann, sondern an Seejungfern. Sie waren für mich genauso folgerichtig und wahrhaftig wie die zerbrechliche Rute des Seepferdchens im Zoo-Aquarium oder wie die Rochen, die an den Angelschnüren der fluchenden Sonntagsfischer zerrten – Rochen, die wie alte Kopfkissenbezüge aussahen, mit vollen, scheuen Frauenlippen.

Und in meiner Erinnerung ist das Bild enthalten, wie meine Mutter, selbst eine Tochter des Meeres, mir und meinem jüngeren Bruder aus Matthew Arnolds Gedicht »Der verlassene Wassergeist« vorlas:

In sandbedeckten Grotten, kühl und tief,
in denen aller Wind längst schlief,
erloschenes Licht noch glimmt und bebt.
Wo Seetang in der Strömung schwebt,
die Seeungeheuer sich ordnen zum Rund,
und äsen auf schlammigem Weidegrund,
in denen sich Seeschlangen ranken und schwärmen,
den Panzer trocknen, im Meer sich wärmen,
wo das ewige Auge der Wale glimmt,
wenn es segelnd vorüber schwimmt und schwimmt,
rund um die Welt; nie Abschied nimmt.

Ich sah die Gänsehaut auf meinen Armen. Ich wußte nicht, woher sie kam. Mir war nicht kalt. Hatte ein Geist sie gestreift? Nein, es war die Dichtung. Ein Funke von Arnold war auf mich übergesprungen und schüttelte mich wie ein Fieberschauer. Ich hätte am liebsten geweint, so merkwürdig war mir zumute. Ein neuer Pfad zum Glück hatte sich mir geöffnet.

Ab und an, wenn mich die Sehnsucht nach dem Meer meiner Kindheit überkommt – nach den jämmerlichen Schreien der Möwen und dem Geruch von Salz, dann packt mich irgendein Besorgter ins Auto und bringt mich zum nächsten salzigen Horizont. Immerhin gibt es in England keinen Ort, der – wieviel? – mehr als siebzig Meilen vom Meer entfernt ist. »Guck«, sagt man mir dann, »da ist es.« Als ob das Meer eine große Auster wäre, die immer gleich schmeckend in jedem beliebigen Restaurant der Welt serviert werden könnte. Ich steige aus dem Auto, strecke mich und schnuppere. Das Meer. Aber dies ist nicht das Meer, dies wahrlich nicht.

Da stimmt als erstes die Umgebung überhaupt nicht. Wo ist denn der graue Daumen des Wasserturms ganz links und die sichelförmige Sandbank darunter, die eigentlich eine Steinbank ist, und das Deer-Island-Gefängnis an der äußersten Landspitze ganz rechts? Die Straße, die ich kannte, kurvte in die Wellen, zu einer Seite den Ozean, zur anderen die Bucht; und auf halbem Weg stand das Haus meiner Großmutter, mit seinen Fenstern nach Osten in die volle rote Sonne und die Lichter des Meeres schauend. Noch heute weiß ich ihre Telefonnummer: Ocean 1212-W. Immer und immer wieder sagte ich sie der Telefonvermittlung, von unserem Haus am stilleren Teil der Bucht, es war meine Zauberformel, mein Gedicht, und ich erhoffte, daß der schwarze Hörer mir wie eine Muschel das säuselnde Murmeln des Meeres, zusammen mit dem »Hallo« meiner Großmutter, zurückgäbe.

Und den Atem des Meeres. Sein Licht. War es ein riesiges, strahlendes Tier? Sogar mit geschlossenen Augen konnte ich spüren, daß sich der Schimmer seines glänzenden Spiegels wie ein Netz auf meine Lider legte. Ich lag in einer Wiege von Wellen, und das glitzrige Meer fand die Ritzen in der dunkelgrünen Jalousie und spielte und tanzte, zitterte und verweilte.

Während des Mittagsschlafs schnellte ich mit meinem Fingernagel über die hohlen Messingstäbe meines Bettes, um deren Klang zu lauschen, und in einem überraschenden Anfall von Entdeckerfreude fiel mir die Nahtstelle der neuen Rosentapete ins Auge, und der gleiche neugierige Fingernagel pulte ein großes Stück nackter Wand frei. Ich wurde deshalb ausgeschimpft und sogar verhauen, bis mein Großvater mich den häuslichen Rachegöttinnen entriß und zu einem langen Strandspaziergang über Berge wackliger, rutschender, roter Steine mitnahm.

Meine Mutter ist in dem gleichen meerumspülten Haus geboren und aufgewachsen; sie erinnert sich noch, daß die Leute aus der Stadt in dem von den Wellen angeschwemmten Strandgut herumstocherten – Teekessel, klatschnasse Stoffbündel, einzelne, traurige Schuhe, aber nie, da war sie sicher, ein ertrunkener Matrose. Die haben wohl ihr Seemannsgrab direkt gefunden. Aber was könnte uns das Meer sonst noch vermachen? Ich gab die Hoffnung nicht auf. Braune und grüne Glasscherben fanden sich häufig, rar waren die roten und die blauen: Ob es die Positionslampen zerschmetterter Schiffe waren? Oder die vom Meer zerbrochenen Reste von Bier- und Whiskyflaschen? Schwer zu sagen. Ich denke, das Meer hat Dutzende von Teegeschirren verschlungen, die entweder aus aufgegebenen Dampfern geworfen oder von sitzengelassenen Bräuten den Fluten anheimgegeben wurden. Ich sammelte Porzellanscherben mit Borten von Rittersporn und Vögeln oder geflochtenen Gänseblümchen. Niemals hatte ich zwei zusammenpassende Muster.

Eines Tages dann brannten sich die Gefüge des Strandes für immer in die Netzhaut meiner Augen ein. Heißer April. Ich wärmte mir auf den glimmerglitzernden Steintreppen, die zum Haus meiner Großmutter führten, den Po und starrte abwesend auf die Elster aus Kieselsteinen, fächerförmigen Muscheln und bunten Glassteinchen an der Hauswand. Meine

Mutter war im Krankenhaus. Seit drei Wochen. Ich schmollte. Ich wollte nichts unternehmen. Sie hatte mich im Stich gelassen und in meinen Himmel ein schwelendes Loch geschlagen. Wie konnte sie, die sonst so liebevoll und treu war, mich so einfach verlassen? Voller Schwung und mit unterdrückter Erregung knuffte meine Großmutter auf ihrem Brotteig herum. Sie würde mir nichts sagen, Wienerin und altmodisch, wie sie war. Sie spitzte nur die Lippen. Dann ließ sie sich letztlich doch erweichen. Ich würde eine Überraschung erleben, wenn Mutter zurückkäme. Es wäre etwas sehr Schönes. Es wäre – ein Baby.

Ein Baby.

Ich haßte Babys. Zweieinhalb Jahre lang war ich der Mittelpunkt einer zärtlichen Welt gewesen, und plötzlich drehte sich die Erdachse mit einem Ruck, und ein eisiger Frost ließ mich bis in die Knochen erstarren. Ich würde nur noch Zuschauer sein, ein Riese aus dem Museum. Babys!

Sogar meinem Großvater auf der Glasveranda gelang es nicht, mich aus meinem unermeßlichen Trübsinn zu locken. Ich lehnte es ab, seine Pfeife im Gummibaum zu verstecken, um ihn in einen Pfeifenbaum zu verwandeln. Auf seinen Turnschuhen schlich er davon, gekränkt, aber pfeifend. Ich wartete, bis seine Gestalt den Water Tower Hill umrundet hatte und in Richtung Seepromenade verschwunden war. Trotz des milden Wetters waren dort die Eis- und Imbißbuden noch geschlossen. Sein melodisches Pfeifen sollte mich zu Abenteuern und zum Vergessen locken. Aber ich wollte nicht vergessen. Zäh hielt ich an meinem Groll fest, der häßlich und stachlig war, ein trauriger Seeigel, und stapfte allein in die entgegengesetzte Richtung auf das angsteinflößende Gefängnis zu. Wie von einem Stern sah ich, kalt und nüchtern, daß jedes und alles für sich allein stand. Ich spürte meine Haut wie eine Mauer: Ich bin ich. Der Stein da ist der Stein. Meine schöne Verschmelzung mit den Dingen dieser Welt war vorbei.

Die Flut wich, zog sich in sich selbst zurück. Dort stand ich, eine Verschmähte, zwischen trocknem, schwarzem Seetang, dessen harte Perlen ich gerne aufplatzen ließ, zwischen ausgehöhlten Orangen- und Grapefruithälften und dem ganzen Muschelmüll. Ganz plötzlich, alt und einsam, sah ich alles – Messerscheidenmuscheln, Feenboote, klapprige Miesmuscheln, die graue, pockennarbige Borte der Austern (nie war eine Perle drin) und die winzigen weißen »Eiswaffeltüten«. Jedem war klar, wo es die besten Muscheln gab – am Rand der letzten teergesäumten Welle. Ohne Gefühl hob ich einen steifen rosa Seestern auf. Er lag in der Mitte meiner Hand und war nichts als deren lächerliche Wiederholung. Ich hatte manchmal Seesterne in Marmeladengläsern mit Salzwasser gepflegt, bis ein verlorener Arm nachgewachsen war.

An diesem Tag, diesem schrecklichen Geburtstag des Andersseins, schleuderte mein Rivale, irgend jemand anderes, den Seestern gegen einen Stein. Sollte er doch draufgehen. Er hatte keinen Verstand.

Ich stieß mit dem Zeh gegen die runden, stumpfen Steine. Sie blieben ungerührt. Es war ihnen gleichgültig. Ich nahm an, sie seien glücklich. Das Meer wirbelte ins Nichts, in den Himmel – an diesem windstillen Tag gab es keine Trennung zwischen Himmel und Meer. Ich wußte aus der Schule, daß das Meer sich wie ein blauer Mantel über die Wölbung der Erdkugel breitet, aber mein Wissen verband sich irgendwie nie mit dem, was ich sah – Wasser, das sich halb in die Luft hebt, ein glatter, glasiger Glanz, mit den Schneckenspuren von Dampfern an den Rändern. Für mich kreisten sie immer um diese Linien. Was lag dahinter? »Spanien«, hatte mein eulenäugiger Freund Harry Bean gesagt. Doch die begrenzte Landkarte meines Kopfes konnte das nicht auch noch aufnehmen. Spanien. Mantillas und goldene Schlösser und Stiere. Meerjungfrauen auf Felsen, Schatztruhen, all das Phantastische, von dem mir die unermüdlich fressende und wühlende See jeden Moment ein Stückchen vor die Füße schwemmen konnte. Als ein Zeichen.

Ein Zeichen? Wofür?

Ein Zeichen, das mir bedeutete, auserwählt und etwas Besonderes zu sein. Ein Zeichen, das mir die Sicherheit gab, nicht auf ewig verstoßen zu sein. Und ich sah ein Zeichen. Aus der weichen, noch glänzenden Masse von Tang, aus dem ein feuchter, frischer Geruch stieg, reckte sich eine kleine, braune Hand. Was konnte das sein? Was wünschte ich zu finden? Eine Meerjungfrau? Eine spanische Infantin?

Es war ein Affe. Kein echter, sondern einer aus Holz. Von all dem Wasser, das er geschluckt hatte, kauerte er schwer und teerfleckig auf seinem Sockel, entrückt und heilig, mit langer Schnauze und überaus fremdartig. Ich bürstete und trocknete ihn und bewunderte sein feingeschnitztes Fell. Er hatte mit den erdnußfressenden, verträumt-törichten Affen, die ich kannte, nichts gemein. Er hatte die edle Haltung eines affenähnlichen Denkers. Heute weiß ich, daß das Totem, das ich so liebevoll aus seiner Glückshaube von Tang schälte (und das inzwischen leider mit anderem Gepäck aus der Kindheit verlegt wurde) ein heiliger Pavian war.

Das Meer hatte meine Not erkannt und mir seinen Segen gegeben. Mein Baby-Bruder nahm an diesem Tag seinen Platz im Haus ein, aber auch mein wunderbarer und (wer weiß?) vielleicht unbezahlbarer Pavian.

Vielleicht ist meine Liebe zur Verwandlung und Wildheit aus meiner kindlichen Sicht des Meeres geboren. Berge erschrecken mich – sie sitzen einfach nur da und sind stolz. Die Unbeweglichkeit von Hügeln nimmt mir die Luft wie dicke Kissen. Wenn ich nicht am Meer entlangging, war ich auf ihm oder in ihm. Mein junger sportlicher und geschickter Onkel bastelte uns eine Strandschaukel. Wenn die Flut eine bestimmte Höhe hatte, konnte man sich bis zum höchsten Punkt schaukeln, loslassen und ins Wasser fliegen.

Niemand brachte mir das Schwimmen bei. Es passierte einfach. Ich stand in einem Kreis von Spielgefährten in der ruhigen Bucht, das Wasser reichte mir bis unter die Arme, und die sich leise kräuselnden Wellen schaukelten mich sanft hin und her. Ein kleiner verwöhnter Junge saß strampelnd in einem Gummiring, obwohl er nicht schwimmen konnte. Meine Mutter hatte meinem Bruder und mir verboten, uns Schwimmflügel oder Ringe oder Schwimmkissen auszuleihen, aus Angst, sie würden uns in tieferes Gewässer hinausziehen und in einen frühen Tod treiben. »Lernt erst mal schwimmen«, lautete ihre strenge Anweisung. Der kleine Junge kletterte aus seinem Reifen, schnappte danach, klammerte sich fest und ließ keinen ran. »Es ist meiner«, sagte er berechtigterweise. Eine plötzlich aufkommende Brise hob ihn in dunkleres Gewässer, er ließ los, und der ringförmige rosa Lebensretter entglitt seiner Reichweite. Er riß die Augen auf und beklagte heulend seinen Verlust. »Ich hole ihn«, sagte ich prahlerisch, um mein glühendes Verlangen zu tarnen, mit ihm auf den Wellen zu reiten. Ich sprang, flatterte und schlug die Hände zur Seite, und meine Füße berührten den Grund nicht mehr. Ich war in jenem verbotenen Land – »über meinen Kopf hinweg«. Nach den Warnungen meiner Mutter hätte ich untergehen müssen wie ein Stein, aber ich tat es nicht. Mit hochgerecktem Kinn mahlte ich mit Händen und Füßen das kühle Grün. Ich packte nach dem abtreibenden Ring und schwamm zurück. Ich schwamm. Ich konnte schwimmen.

Vom Flughafen gegenüber der Bucht stieg ein Fesselballon auf, wie eine silbrige Perle, ein Salut.

In diesem Sommer bauten mein Onkel und seine Verlobte ein Boot. Mein Bruder und ich durften glänzende Nägel holen. Wir wachten von den Hammerschlägen auf. Die Honigfarbe des frischen Holzes, die weißen Hobelspäne (aus denen man Fingerringe machen konnte) und der süßliche Staub des Sägemehls schufen ein Idol, etwas Wunderschönes – ein richtiges

Segelboot. Vom Meer brachte mein Onkel Makrelen mit. In ihrem unvergänglichen grünlich-blauschwarzen Brokat kamen sie auf den Tisch. Wir lebten vom Meer. Aus Kabeljauköpfen und -schwänzen bereitete meine Großmutter eine Fischsuppe, die gekühlt zu einer einzigartigen Sülze wurde. Wir kochten zum Abendessen gebutterte Muscheln und legten ganze Reihen von Hummerkörben aus. Aber ich konnte meiner Großmutter nie zusehen, wenn sie die dunkelgrünen Hummer mit den winkenden, holzverkeilten Scheren in den Topf mit kochendem Wasser warf, aus dem sie, eine Minute später, rot, tot und eßbar wieder herausgenommen wurden. Ich fühlte das brennend heiße Wasser zu deutlich auf meiner Haut.

Das Meer war unser größtes Vergnügen. Wenn Besuch kam, wurde er als erstes auf Decken an den Strand gesetzt, mit Thermosflasche, belegten Broten und farbigen Sonnenschirmen drumherum, als ob es vollkommen ausreichte, über das blaue, grüne, graue, königsblaue Wasser zu schauen. Die Erwachsenen trugen damals noch diese puritanischen, schwarzen Badeanzüge, wodurch unsere Photoalben etwas leicht Altertümelndes an sich haben.

Meine letzte Erinnerung an das Meer ist die der Gewalt – ein windstiller, giftiger Tag 1939, an dem das Meer in stählerner Glätte dickflüssig und schwer atmend wie ein angekettetes bedrohliches Tier mit bösen lilaumrandeten Augen dalag. Besorgte Telefongespräche gingen zwischen meiner Großmutter aus dem meerzugewandten Haus und meiner Mutter an der Bucht hin und her. Mein kniehoher Bruder und ich genossen die Gespräche über Flutwellen, hochgelegene Plätze, bretterverrammelte Fenster und treibende Schiffe wie ein Wunderelixier. Der Hurrikan war für den Abend vorausgesagt worden. Damals ballte sich noch nicht in jedem Herbst in Florida ein Sturm zusammen, der dann über Cape Cod als Hurrikan ausbricht – bumm, bumm, bumm, so regelmäßig wie das Feuerwerk zum 4. Juli und launigerweise immer mit Frauennamen belegt. Dies war etwas fürchterlich Besonderes, ein Meeresdrachen. Unsere Welt konnte gefressen oder in Fetzen gerissen werden. Wir wollten dabeisein.

Der schwefelfarbene Nachmittag wechselte unnatürlich früh in tiefstes Schwarz, als ob das, was da kommen sollte, weder durch Sterne noch durch Lampen beleuchtet gesehen werden sollte. Der Regen setzte, einem gewaltigen Arche-Noah-Wolkenbruch gleich, ein. Der Wind folgte. Die Welt war zu einer Trommel geworden. Sie kreischte und bebte unter den Schlägen. Blaß, aber begeistert lagen mein Bruder und ich im Bett und nippten wie immer an unserem heißen Schlaftrunk. Natürlich wollten wir nicht schlafen. Wir krabbelten zur Jalousie und hoben sie einen Spalt hoch. Auf einem schwarzströmenden Spiegel zitterten unsere Gesichter wie Nachtfalter, die neugierig nach einem Weg suchen, um einzudringen. Aber wir konnten nichts sehen. Das einzige Geräusch war ein Heulen, verstärkt durch die Schläge, das Krachen, Stöhnen und Splittern von Gegenständen, die beim Kampf des Giganten wie tönernes Geschirr herumflogen. Das Haus wankte bis in die Grundfesten. Es bebte und wiegte und schaukelte die beiden kleinen Beobachter in den Schlaf.

Die Verwüstungen am nächsten Tag waren so, wie man es sich wünschte – entwurzelte Bäume und umgestürzte Telefonmasten, protzige Sommerhäuser tanzten am Leuchtturm auf den Wellen, und überall lagen die Reste kleiner Schiffsrümpfe. Großmutters Haus hatte heldenhaft widerstanden, obwohl die Wellen genau über die Straße in die Bucht gebrochen waren. Die Nachbarn sagten, daß es durch Großvaters Deich gerettet wurde. Der Sand hatte ihren Backofen unter einer goldenen Spirale begraben, die Polstermöbel waren voller Salzflecken, und ein toter Hai lag da, wo früher das Geranienbeet gewesen war, aber meine Großmutter schwang bereits den Besen, so daß bald die alte Ordnung wiederhergestellt war.

Bei diesem Bild endet meine Erinnerung an meine Kindheit

am Meer. Mein Vater starb, und wir zogen tiefer ins Land. Von da an blieben diese ersten neun Jahre meines Lebens fest eingeschlossen, wie ein Schiff in einer Flasche – schön, unerreichbar, vergangen, eine feine, weiße, flüchtige Mythe.

Unter den Hummeln

Am Anfang war Alice Denways Vater; er warf sie hoch in die Luft, bis ihr der Atem in der Kehle stockte, fing sie in einer mächtigen bärenhaften Umarmung wieder auf und hielt sie fest. Ihr Ohr lag an seiner Brust, und die kleine Alice hörte den Donnerschlag seines Herzens und das Pulsieren seines Blutes in den Adern, kraftvoll wie der Galopp wilder Pferde.

Denn Alices Vater war ein Riese von einem Mann gewesen. Die Farben der ganzen Himmelskuppel sammelten sich in der blauen Glut seiner Augen, und wenn er lachte, klang es, als brächen sich alle Wellen des Ozeans gemeinsam tosend am Strand. Alice betete ihren Vater an, denn er war mächtig, und jedermann folgte seinen Anordnungen, weil er alles wußte und nie in seinem Urteil fehlen würde. Alice Denway war der Liebling ihres Vaters. Schon als sie noch ganz klein war, hatte man ihr erzählt, daß sie der Familie ihres Vaters ähnelte und daß er sehr stolz auf sie sei. Ihr kleiner Bruder Warren kam mehr nach Mutters Familie, er war blond und sanft und immer kränklich. Alice machte es Spaß, Warren zu hänseln, und wenn er anfing, sich aufzuregen und zu weinen, fühlte sie sich stark und überlegen. Warren weinte viel, verpetzte sie aber nie.

Es war an einem Frühlingsabend gewesen, als Alice Warren, der seinen Schokoladenpudding löffelte, am Eßtisch gegenübersaß. Schokoladenpudding war Warrens Lieblingsnachspeise; sorgfältig belud er seinen kleinen silbernen Löffel und aß ganz still. Alice konnte ihn an diesem Abend nicht gut leiden, er war den ganzen Tag über kreuzbrav gewesen, und Mutter hatte es Vater gleich erzählt, als er aus der Stadt nach Hause kam. Warrens Haar war golden und weich wie Löwenzahn, und seine Haut hatte die Farbe der Milch in seinem Glas.

Alice warf einen Blick zum Kopfende des Tisches, um zu sehen, ob ihr Vater auf sie achtete, aber er hatte sich über seinen Pudding gebeugt und schob sich einen sahnetriefenden Löffel nach dem anderen in den Mund. Alice rutschte ein wenig von ihrem Stuhl runter, starrte unschuldig auf ihren Teller und streckte ihr Bein unter dem Tisch aus. Sie zog es wieder zurück und holte zu einem gezielten, flinken Tritt aus. Ihre Schuhspitze traf genau eines der zarten Schienbeine von Warren.

Alice musterte ihn vorsichtig, ihre Spannung unter gesenkten Lidern verbergend. Der Löffel fiel ihm, auf halbem Weg zu seinen Lippen, aus der Hand, und der Pudding wälzte sich schlierig das Lätzchen hinab auf den Boden, in seinen Augen lag ein Ausdruck von wachsender Bestürzung. Sein Gesicht verzog sich zu einer Maske des Jammers, und er begann zu greinen. Er sagte nichts, saß nur demütig da, Tränen quollen ihm aus den geschlossenen Augenwinkeln und tropften feucht in seinen Schokoladenpudding.

»Großer Gott, kann er denn nichts als heulen?« Finster blikkend und mit einem verächtlichen Zug um den Mund hob Alices Vater den Kopf. In ihrer Bosheit abgesichert, starrte Alice Warren wütend an.

»Er ist müde«, sagte ihre Mutter mit einem gekränkten, tadelnden Blick auf Alice. Sie beugte sich über den Tisch und strich Warren über das blonde Haar. »Er fühlt sich nicht wohl, das arme Kerlchen. Das weißt du doch.«

Zärtlich und sanft, wie die Marienbildchen aus der Sonntagsschule, war das Gesicht ihrer Mutter, als sie aufstand und Warren in ihre Arme schloß. Zusammengerollt lag er da, warm und sicher, schniefend den Kopf von Alice und dem Vater abgewandt. Das einfallende Licht zog einen lichten Heiligenschein über sein weiches Haar. Leise summte Mutter kurze Lieder, um ihn zu beruhigen und sagte: »Na komm, mein Engel, komm, ist ja alles gut. Alles ist gut.«

Alice spürte, wie der Puddingklumpen ihr in der Kehle stekkenblieb, als sie gerade schlucken wollte, und sie mußte beinahe würgen. Mit heftigen Kaubewegungen bekam sie ihn schließlich runter. Dann wurde sie sich des gleichbleibend ermutigenden Blickes ihres Vaters bewußt und war wieder fröhlich. Sie sah in seine durchdringend blauen Augen und lachte hell triumphierend auf. »Wer ist mein Mädchen?« fragte er vernarrt und zupfte an ihrem Rattenschwänzchen.

»Das ist Alice!« rief sie aus und schmiß sich in ihren Stuhl.

Mutter hob Warren hoch, um ihn nach oben ins Bett zu bringen. Alice nahm den entschwindenden Rücken ihrer Mutter wahr, das gleichmäßige Klacken ihrer Absätze auf der Treppe, deren schwächeren Widerhall aus dem oberen Stock. Dem folgte das Geräusch von einlaufendem Wasser. Warren würde gebadet werden, und Mutter würde ihm eine erfundene Geschichte erzählen. Mutter erzählte Warren jeden Abend eine Geschichte, bevor sie ihn ins Bett packte, weil er den ganzen Tag so ein guter Junge gewesen war.

»Kann ich dir heute abend beim Korrigieren zusehen?« fragte Alice ihren Vater.

»*Darf*«, sagte ihr Vater. »Ja, du darfst, wenn du sehr leise bist.« Er wischte mit der Serviette über seine Lippen, faltete sie zusammen und warf sie auf den Tisch, wobei er den Stuhl zurückschob.

Alice folgte ihrem Vater in sein Arbeitszimmer und setzte sich in einen der großen, rutschigen Ledersessel neben seinem Schreibtisch. Sie liebte es, ihm beim Korrigieren der Aufsätze zuzuschauen, die er in seiner Aktentasche aus der Stadt heimgebracht hatte; wenn er all die Fehler, die die Leute den Tag über gemacht hatten, richtigstellte. Er las eine Weile, hielt dann ganz plötzlich inne, nahm seinen Farbstift und brachte hier und da, wo die Worte falsch waren, kleine rote Schnitte an.

»Weißt du«, hatte ihr Vater sie einmal, plötzlich von der Arbeit aufsehend, gefragt, »was morgen passiert, wenn ich der Klasse diese Aufsätze zurückgebe?«

»Nein«, sagte Alice, ein wenig schauernd. »Was denn?«

»Es wird«, seine Stimme wandelte sich zu höhnischer Strenge und seine Stirn verdüsterte sich, »Heulen und Jammern und Zähneknirschen geben.«

Alice hatte sich den großen Saal im College vorgestellt, wo ihr Vater hoch oben auf dem Podium stand. Sie war einmal mit Mutter dagewesen, und da waren Hunderte von Leuten, die gekommen waren, um ihrem Vater zuzuhören, der ihnen wundervolle neue Dinge darüber erzählte, wie es in der Welt zuging.

Sie sah ihn da oben stehen, die Aufsätze an die Leute verteilend, wobei er jeden namentlich aufrief, jeden einzeln. Er sah so aus wie manchmal, wenn er mit Mutter schimpfte, stark und stolz, und seine Stimme war hart und schneidend scharf. Von dort oben, wie ein König hoch auf dem Thron, rief er mit donnernder Stimme die Namen, und zitternd und ängstlich kamen sie, um ihre Arbeiten entgegenzunehmen. Und dann stieg düster der Klang von Heulen und Jammern und Zähneknirschen auf. Alice wünschte, daß sie eines Tages dabeisein könnte, wenn die Leute mit ihren Zähnen knirschten; sie war sicher, daß das ein schreckliches und furchteinflößendes Geräusch sein würde.

Heute abend saß sie neben ihrem Vater und sah ihm beim Korrigieren zu, bis es Zeit für sie war, ins Bett zu gehen. Das Licht der Schreibtischlampe umgab seinen Kopf mit einer hellen Krone, und die bösen, kleinen roten Zeichen, die er auf das Papier setzte, hatten die Farbe des Bluts, das ihr an dem Tag in einem dünnen Faden aus dem Finger gequollen war, als sie sich mit dem Brotmesser geschnitten hatte.

In dem Jahr brachte der Vater ihr jeden Tag, wenn er kurz vor dem Essen nach Hause kam, in seiner Aktentasche Überraschungen aus der Stadt mit. Er trat durch die Tür, nahm seinen Hut ab, zog den schweren, rauhen Mantel mit dem kalten Seidenfutter aus und stellte die Aktentasche auf einem Stuhl ab.

Dann schnallte er die Riemen auf und nahm die Zeitung heraus, die ganz schmal zusammengefaltet war und nach Druckerschwärze roch. Danach kamen die Papierbündel, die er für den nächsten Tag korrigieren mußte. Und ganz unten in der Tasche lag etwas Besonderes für sie, Alice.

Es konnten Äpfel sein, gelb und rot, oder in buntes Zellophan gewickelte Walnüsse. Manchmal waren es Mandarinen, und er pellte die pockennarbige Orangenhaut für sie ab und entfernte die lockeren weißen Fäden, die die Frucht netzartig überzogen. Sie aß jeden Schnitz einzeln, und der Saft spritzte ihr süß und beißend in den Mund.

Im Sommer, wenn es draußen sehr schön war, ging ihr Vater überhaupt nicht in die Stadt. Er nahm sie mit an den Strand, während Mutter mit Warren, der immer hustete und nörgelte, weil er Asthma hatte und ohne den Dampfkessel neben seinem Bett nicht atmen konnte, zu Hause bleiben mußte.

Zuerst schwamm Vater allein hinaus, ließ sie am Strand bei den kleinen Wellen zurück, die sich an ihren Füßen brachen und den nassen Sand kühl zwischen die Zehen schoben. Knöcheltief stand Alice in den auslaufenden Brechern im Sand und sah ihm bewundernd zu, die Augen gegen die blendende Sommersonne, die still und strahlend auf die Wasserfläche fiel, abgeschirmt.

Nach einer Weile rief sie ihn; er drehte um und begann strandwärts zu schwimmen; mit den Beinen schäumte er das Wasser hinter sich zu einer Linie auf, und mit der mächtigen Propellerkraft seiner Arme teilte er es vor sich. Er kam zu ihr, hob sie auf seinen Rücken, wo sie sich, mit den Armen um seinen Hals, festhielt, und schwamm aufs neue hinaus. Berauscht vor Angst, hielt sie sich an ihm fest, ihre weiche Wange, an seinen Hals geschmiegt, prickelte, ihre Beine und ihr schmaler Körper schwebten frei hinter ihr, schwammen ohne Anstrengung im kraftvollen Kielwasser ihres Vaters.

Auf dem Rücken ihres Vaters schwand allmählich ihre

Angst, und das schwarze, tiefe Wasser unter ihr schien ruhig und freundlich der kundigen Überlegenheit der rhythmischen Züge ihres Vaters zu gehorchen und beide auf die Höhe der Wellen zu tragen. Auch die Sonne fiel warm und freundlich auf ihre dünnen Arme, die von einer getüpfelten Gänsehaut überzogen waren. Die Sommersonne brannte ihre Haut nicht rot und wund, wie bei Warren, sondern tönte sie in einem wunderbaren Braun, das der Farbe von Zimttoast gleichkam.

Nach dem Schwimmen nahm ihr Vater sie zu einem flotten Lauf den Strand hoch und runter mit, damit sie wieder trocknete. Wenn sie neben ihm auf dem flachen, harten, festgebakkenen Sand am Rande des Wassers entlangrannte, lachend in dem schneidenden Wind, versuchte sie, ihre Schritte dem leichten motorischen Tempo seiner raschen Gangart anzupassen. Dann schien es Alice, als spürte sie die wachsende Kraft und Sicherheit ihrer jungen Glieder, und sie wußte, daß auch sie eines Tages den Wellenritt sicher beherrschen würde und daß der Sonnenschein sich ihr immer ehrerbietig zuneigen würde, zahm und großzügig in seiner schöpferischen Wärme.

Alices Vater fürchtete nichts. Kraft war nützlich, weil sie Macht bedeutete, und wenn die Sommerstürme mit knisternden blauen Flächenblitzen und ohrenzerreißenden Donnerschlägen kamen, daß man meinen konnte, eine ganze Stadt stürze Zeile für Zeile zusammen, dann brüllte Alices Vater vor Lachen, wenn Warren, die Finger in den Ohren und sein sonst blasses Gesicht dunkel vor Angst, davonhastete, um sich im Besenschrank zu verstecken. Von ihrem Vater lernte Alice das Donnerlied singen: »Thor ist wütend. Thor ist wütend. Bumm, bumm, bumm! Bumm, bumm, bumm! Uns ist's egal. Uns ist's egal. Bumm, bumm, bumm!« Und über dem volltönend widerhallenden Bariton ihres Vaters war das Donnergrollen so harmlos wie ein gezähmter Löwe.

Auf Vaters Schoß sitzend und durch das Fenster seines Arbeitszimmers die Wellen am Ende der Straße betrachtend, die zu einem lumpigen Schaum von Gischt zerschlagen waren und als Sprühregen gegen die Kaimauer spritzten, lernte Alice über die zerstörerische Erhabenheit der Elemente zu lachen. Die aufgeblähten dunkelvioletten und schwarzen Wolken platzten mit blendenden Lichtblitzen auf, und die Donnerschläge brachten das Haus vom Dach bis zu den Grundmauern zum Beben. Aber in den starken Armen ihres Vaters und mit seinem beständigen, beruhigenden Herzschlag an ihrem Ohr, glaubte Alice, daß er irgendwie mit dem Zauber der Furien hinter den Fenstern verbündet war und daß sie durch ihn dem Jüngsten Gericht in vollkommener Sicherheit entgegensehen konnte.

Wenn der richtige Zeitpunkt gekommen war, nahm ihr Vater sie mit in den Garten und zeigte ihr, wie er Hummeln fing. Das war etwas, was kein anderer Vater konnte. Er fing eine besondere Hummelart, die er an der Form erkannte, und hielt sie in der geschlossenen Faust an Alices Ohr. Es war schön, das wütende, erstickte Summen der Hummel zu hören, die in der dunklen Falle der Hand ihres Vaters gefangen war, denn sie würde nicht stechen, nicht wagen zu stechen. Dann spreizte ihr Vater lachend seine Finger, und die Hummel stieg frei empor und flog davon.

Eines Sommers aber nahm Alices Vater sie nicht mit hinaus zum Hummelfangen. Er lag im Haus auf der Couch, und Mutter brachte ihm Tabletts mit Orangensaft in hohen Gläsern und Trauben und Pflaumen zum Essen. Er trank sehr viel Wasser, denn er war immer durstig. Alice ging oft für ihn in die Küche und holte einen Krug voll Wasser und Eiswürfel zur Kühlung und ein Glas, an dem die Wassertropfen gefroren.

Lange Zeit änderte sich daran nichts, und Alices Vater sprach kaum mit den Leuten, die ins Haus kamen. Nachts, im Bett, hörte Alice ihre Mutter im Nebenzimmer mit sanfter, leiser Stimme reden, bis ihr Vater ärgerlich wurde und donnernd seine Stimme erhob, daß sogar manchmal Warren wach wurde und zu weinen begann.

Eines Tages kam nach einer solchen Nacht der Arzt. Er hatte eine schwarze Aktentasche und silberne Instrumente bei sich, und als er gegangen war, blieb Vater im Bett. Der Arzt hatte das verordnet. Oben wurde nun nicht mehr gesprochen, sondern nur noch geflüstert, und die Rolläden in seinem Zimmer mußten unten bleiben, denn der Arzt fand, daß das grelle Sonnenlicht Vaters Augen schaden würde.

Alice konnte ihren Vater nun nur noch manchmal sehen, die meiste Zeit war die Tür seines Zimmers geschlossen. Einmal, als sie gerade an seinem Bett saß und ihm mit gedämpfter Stimme erzählte, daß die Veilchensamen in ihren trockenen, braunen Schoten reif zum Einsammeln seien, kam der Arzt. Alice hörte, wie unten die Haustür geöffnet wurde und Mutter ihn hineinbat. Sie blieben eine Weile unten stehen, das leise Murmeln ihrer Stimmen klang feierlich und undeutlich.

Dann kamen sie zusammen die Treppe hoch, der Arzt mit seiner schwarzen Tasche und einem dümmlich-munter lächelnden Gesicht. Neckisch zog er an Alices Rattenschwanz, doch sie entzog sich ihm schmollend, indem sie den Kopf zurückwarf. Vater zwinkerte ihr zu, aber Mutter schüttelte den Kopf.

»Sei brav, Alice«, bat sie. »Der Arzt ist hier, um Vater zu helfen.«

Das stimmte nicht. Vater brauchte überhaupt keine Hilfe. Der Arzt zwang ihn, im Bett zu bleiben; und weil er die Sonne aussperrte, fühlte Vater sich unglücklich. Wenn er wollte, konnte er dem feisten, dummen Arzt befehlen, das Haus zu verlassen. Er könnte die Tür hinter ihm zuknallen und ihm verbieten, jemals wiederzukommen. Doch statt dessen ließ Vater es zu, daß der Arzt eine lange silberne Nadel aus seiner schwarzen Tasche nahm, eine Stelle seines Armes steril tupfte und die Nadel hineinstach.

»Du sollst doch nicht hingucken«, sagte Mutter freundlich zu Alice.

Aber Alice beschloß, hinzusehen. Vater zuckte überhaupt nicht. Er ließ die Nadel hineingleiten und blickte sie mit seinen scharfen blauen Augen an, wobei er ihr insgeheim erzählte, daß es ihm gar nichts ausmachte, daß er in Wirklichkeit nur Mutter und den lächerlich fetten kleinen Arzt, zwei harmlose Verschwörer, bei Laune hielt. Alice fühlte, wie sich ihre Augen mit Tränen des Stolzes füllten. Aber sie blinzelte die Tränen weg und weinte nicht. Vater konnte Leute, die heulten, nicht ausstehen.

Am nächsten Tag besuchte Alice ihren Vater wieder. Vom Flur aus spähte sie in das abgedunkelte Zimmer, in dem er, den Kopf auf die Kissen gebettet, in einem blassen, faden, orangenen Licht lag, das durch die geschlossenen Rolläden sickerte.

Auf Zehenspitzen ging sie in das Zimmer, in dem es süßlich und fremd nach Alkohol roch. Vater schlief, bewegungslos lag er auf dem Bett, es gab nur das regelmäßige Heben und Senken der Bettdecke über seiner Brust und das Geräusch des Atems. In dem gedämpften Licht hatte sein Gesicht die fahle Blässe von Wachskerzen, und um seinen eingefallenen Mund lag ein abgespannter Zug.

Alice blickte hinunter in das ausgezehrte Gesicht, ballte und öffnete ihre mageren Hände und lauschte dem langsamen Faden seines Atems. Dann beugte sie sich vor und legte ihren Kopf auf die Decke über seine Brust. Von irgendwoher hörte sie matt und weit weg den schwachen Schlag seines Herzens, wie das nachlassende Beben einer sich entfernenden Trommel.

»Vater«, bettelte sie mit kleiner Stimme. »Vater.« Aber er hatte sich in sich selbst zurückgezogen, war gegen ihre flehende Stimme abgeschirmt, er hörte nichts. Verloren und verraten, drehte sie sich langsam um und verließ das Zimmer.

Das war das letzte Mal, daß Alice Denway ihren Vater sah. Damals konnte sie noch nicht wissen, daß es nie wieder in ihrem Leben jemanden geben würde, der mit ihr, stolz und hochmütig, unter den Hummeln wandeln würde.

Superman und Paula Browns neuer Schneeanzug

In dem Jahr, als der Krieg anfing, ging ich in die fünfte Klasse der Annie F. Warren-Grundschule in Winthrop, und das war der Winter, wo ich für die Zeichnung des besten Zivilschutz-Abzeichens einen Preis gewann. Es war auch der Winter mit Paula Browns neuem Schneeanzug, und selbst heute, dreizehn Jahre später, kann ich mir die wechselnden Farben dieser Tage ins Gedächtnis zurückrufen, klar und deutlich wie die Bilder, die man durch ein Kaleidoskop sieht.

Ich wohnte auf der Seite zur Bucht, in der Johnson Avenue, gegenüber vom Logan Airport, und jeden Abend, bevor ich ins Bett ging, kniete ich vor dem Westfenster meines Zimmers und sah zu den Lichtern von Boston hinüber, die weit entfernt über das dunkler werdende Wasser funkelten und blinkten. Der Sonnenuntergang prahlte mit seiner rosa Flagge über dem Flughafen, und das Geräusch der Wellen verlor sich im unaufhörlichen Dröhnen der Flugzeuge. Ich bestaunte den Lauf der Leuchtfeuer auf der Rollbahn und beobachtete, bis es völlig dunkel wurde, die blitzenden roten und grünen Lichter, die wie Sternschnuppen am Himmel auf- und untergingen. Der Flughafen war mein Mekka, mein Jerusalem. Jede Nacht träumte ich vom Fliegen.

Das war die Zeit meiner Träume in Technicolor. Mutter war der Meinung, daß ich ungeheure Mengen Schlaf brauchte, weshalb ich nie wirklich müde war, wenn ich ins Bett ging. Es war die beste Zeit des Tages; ich lag im nebelhaften Zwielicht, in den Schlaf sinkend, und legte mir im Kopf den Ablauf von Träumen zurecht. Meine Flugträume waren so glaubwürdig wie eine Landschaft von Dalí, so wirklich, daß ich mit einem plötzlichen Schock hochschreckte, beinahe atemlos, als wäre ich wie Ikarus vom Himmel gestürzt und hätte mich gerade noch rechtzeitig im weichen Bett auffangen können.

Diese nächtlichen Abenteuer im Weltraum begannen, als Superman in meine Träume eingriff und mir das Fliegen beibrachte. Er kam herangebraust, in seinem glänzenden blauen Anzug, sein Cape pfiff im Wind, und seine Ähnlichkeit mit meinem Onkel Frank, der bei meiner Mutter und mir wohnte, war bemerkenswert. Im magischen Sirren seines Capes hörte ich den Flügelschlag von hundert Möwen, das Motorengeräusch von tausend Flugzeugen.

Ich war in unserem Block nicht der einzige Verehrer von Superman. David Sterling, ein blasser, auf Bücher versessener Junge, der weiter unten in der Straße wohnte, teilte meine Liebe zu der reinen Poesie des Fliegens. Jeden Abend vor dem Essen hörten wir Superman zusammen am Radio, und am Tage erfanden wir unsere eigenen Abenteuer auf dem Weg zur Schule.

Die Annie F. Warren-Grundschule war ein roter Backsteinbau, von der Hauptstraße zurückgesetzt an einer schwarzen Asphaltstraße gelegen und von ärmlichen Schotterspielplätzen umgeben. Draußen am Parkplatz fanden David und ich eine perfekte Nische für unsere Superman-Aufführungen. Der schäbige Hintereingang der Schule lag am Ende eines langen Durchgangs, der für Überraschungsangriffe und plötzliche Rettung hervorragend geeignet war.

Während der Pausen blieben wir unter uns. Wir kümmerten uns nicht um die Jungs, die auf dem Schotterplatz Baseball spielten, und die Mädchen, die unten beim Völkerballspiel kicherten. Unsere Superman-Spiele machten uns zu Außenseitern, gaben uns dafür aber das Gefühl von hochtrabender Überlegenheit. Wir fanden sogar ein Double für den Schurken, Sheldon Fein, ein blasses Muttersöhnchen aus unserem Block, der von den Jungenspielen ausgeschlossen war, weil er immer heulte, wenn ihn jemand beim Fangen einholte, und es immer schaffte, hinzufallen und sich seine dicken Knie aufzuschürfen.

Zuerst mußten wir Sheldon seinen Part soufflieren, aber nach einiger Zeit wurde er Experte im Erfinden von Foltermethoden und wandte sie sogar privat, außerhalb des Spiels an. Er hatte die Angewohnheit, Fliegen die Flügel und Grashüpfern die Beine auszureißen; die unvollständigen Insekten hielt er in einem Glas unter seinem Bett gefangen, wo er sie heimlich hervorholen und ihnen beim Zappeln zusehen konnte. David und ich spielten, außer in der Pause, nie mit Sheldon. Nach der Schule überließen wir ihn seiner Mama, seinen Bonbons und seinen hilflosen Insekten.

Zu dieser Zeit wohnte mein Onkel Frank bei uns, der auf seine Einberufung wartete, und ich war davon überzeugt, daß er unerkannterweise eine außerordentliche Ähnlichkeit mit Superman hatte. David konnte die Ähnlichkeit nicht so deutlich sehen wie ich, aber er gab zu, daß Onkel Frank der stärkste Mann war, den er kannte, und der eine Menge Tricks drauf hatte, wie Karamelbonbons unter Servietten verschwinden zu lassen und auf den Händen zu gehen.

In demselben Winter war der Krieg erklärt worden, und ich erinnere mich, mit Mutter und Onkel Frank am Radio gesessen zu haben, und an das Gefühl seltsamer Vorahnungen. Ihre Stimmen waren leise und ernst, und sie sprachen von Flugzeugen und deutschen Bomben. Onkel Frank sagte etwas über Deutsche, die für die Dauer des Krieges in amerikanische Gefängnisse gesteckt werden, und Mutter sagte wieder und wieder über Daddy: »Was bin ich nur froh, daß Otto das nicht mehr erleben muß, was bin ich nur froh, daß Otto nicht mehr erleben muß, daß es soweit gekommen ist.«

In der Schule fingen wir an, Zivilschutz-Abzeichen zu zeichnen, und dabei habe ich Jimmy Lane aus unserem Block geschlagen und den Preis der fünften Klasse gewonnen. Immer mal wieder probten wir einen Luftangriff. Wenn die Feuerglocke klingelte, nahmen wir unsere Mäntel und Bleistifte und marschierten hintereinander die knarrenden Stufen hinunter in den Keller, wo wir uns, unseren farbigen Abzeichen entsprechend, in die zugewiesenen Ecken setzten und die Bleistifte zwischen die Zähne steckten, damit wir uns nicht wegen der Bomben versehentlich auf die Zunge bissen. Einige der kleinen Kinder aus den unteren Klassen weinten, denn es war dunkel im Keller, nur ein spärliches Deckenlicht beleuchtete die kalten schwarzen Steine.

Die Bedrohung des Krieges breitete sich überall aus. In den Pausen wurde Sheldon zum Nazi und machte den Stechschritt aus dem Kino nach, aber sein Onkel Macy war wirklich drüben in Deutschland, und Mrs. Fein wurde immer dünner und blasser, denn sie hatte erfahren, daß Macy in Gefangenschaft geraten war, und danach hörte sie nichts mehr von ihm.

Der Winter schleppte sich dahin, vom Meer wehte ständig ein nasser Ostwind, und der Schnee schmolz, bevor genug zum Rodeln da war. An einem Freitagnachmittag, direkt vor Weihnachten, gab Paula Brown ihre jährliche Geburtstagsparty, und ich war eingeladen, denn sie gab die Party für alle Kinder in unserem Block.

Paula wohnte gegenüber von Jimmy Lane in der Somerset Terrace. In unserem Block mochte sie eigentlich niemand, weil sie rechthaberisch und hochnäsig war; sie hatte eine blasse Haut, lange rote Zöpfe und wäßrige blaue Augen.

Sie öffnete uns in einem weißen Organdykleid die Tür, ihr rotes Haar war in Korkenzieherlocken und mit einem Satinband hochgebunden. Bevor wir uns zu Geburtstagskuchen und Eis an den Tisch setzen durften, mußte sie uns alle ihre Geschenke zeigen. Es waren überaus viele, weil es nicht nur Geburtstags-, sondern auch Weihnachtsgeschenke waren.

Paulas Lieblingsgeschenk war ein neuer Schneeanzug, den sie vor uns anprobierte. Er war taubenblau, und sie sagte, er sei in einer silbernen Schachtel aus Schweden gekommen. Das Vorderteil der Jacke war bestickt mit weißen und rosa Rosen und Rotkehlchen, und selbst auf den Hosenträgern sah man

Stickereien. Sie hatte sogar eine passende weiße Baskenmütze und weiße Fäustlinge aus Angora dazu.

Nach dem Dessert wurden wir zur Feier des Tages von Jimmy Lanes Vater ins Kino gefahren, um uns die Nachmittagsvorstellung anzusehen. Mutter hatte, bevor sie mich mitgehen ließ, erkundet, daß der Hauptfilm »Schneewittchen« war, aber es war ihr entgangen, daß vorher ein Kriegsfilm lief.

Der Film handelte von japanischen Gefangenen, die mit Wasser- und Essensentzug gefoltert wurden. Unsere Kriegsspiele und Radiosendungen waren alle erfunden, aber dies war Realität, das passierte wirklich. Ich hielt mir die Ohren zu, um mich dem Stöhnen der verdurstenden und verhungernden Männer zu entziehen, aber ich konnte meine Augen nicht von der Leinwand losreißen.

Schließlich rissen die Gefangenen einen schweren Holzstamm aus den niedrigen Dachbalken und stießen ihn durch die Lehmwand, um an die Quelle im Hof zu kommen, aber gerade als der erste Mann das Wasser erreichte, erschossen die Japaner die Gefangenen, trampelten auf ihnen herum und lachten. Ich saß am Gang, und als ich das sah, sprang ich auf, rannte auf die Mädchentoilette, kniete mich vor die Toilettenschüssel und erbrach den Kuchen und das Eis.

Abends im Bett wurde, sobald ich die Augen schloß, das Bild des Gefangenenlagers erneut in mir lebendig, wieder brachen die stöhnenden Männer durch die Wände, und wieder wurden sie niedergeschossen, gerade als sie die rieselnde Quelle erreichten. Ganz gleich, wie fest ich vor dem Einschlafen an Superman dachte, kein blauer Kreuzritter kam in himmlischem Zorn heruntergebraust, um die gelben Männer zu vernichten, die in meine Träume einfielen. Als ich am Morgen aufwachte, waren meine Laken naßgeschwitzt.

Samstag war es bitterkalt, und die dichte, graue Wolkendecke am Himmel kündigte Schnee an. An diesem Nachmittag, als ich, die kalten Finger in den Fausthandschuhen zusammengepreßt, nach Hause trödelte, sah ich, wie ein paar Kinder vor Paula Browns Haus chinesisches Fangen spielten.

Paula blieb mitten im Spiel stehen und musterte mich kühl. »Wir brauchen noch jemand«, sagte sie. »Willst du mitspielen?« Sie schlug an meinen Knöchel, und ich hüpfte herum, bis ich schließlich Sheldon Fein fing, als er sich vorbeugte, um einen seiner pelzgefütterten Überschuhe zuzubinden. Ein frühes Tauwetter hatte den Schnee auf der Straße geschmolzen, und auf dem geteerten Pflaster knirschte der Sand, den die Schneefahrzeuge gestreut hatten. Vor Paulas Haus hatte irgendein Auto einen glänzendschwarzen Ölfleck hinterlassen.

Wir rannten auf der Straße herum und zogen uns auf die harten, braunen Rasenflächen zurück, wenn derjenige, der »dran« war, uns zu nahe kam. Jimmy Lane kam aus seinem Haus, sah uns eine Weile zu und spielte dann mit. Immer wenn er »dran« war, jagte er Paula in ihrem taubenblauen Schneeanzug, die gellend schrie und sich mit ihren weit aufgerissenen, wäßrigen Augen nach ihm umsah, und es gelang ihm immer, sie zu fangen.

Nur einmal achtete sie nicht darauf, wohin sie lief, und als Jimmy den Arm vorstreckte, um sie zu berühren, rutschte sie in der Ölpfütze aus und fiel auf die Seite. Wir alle erstarrten zu Denkmälern, niemand sagte ein Wort, und für eine Minute hörte man nur das Geräusch der Flugzeuge über der Bucht. Das trübe grüne Licht des Spätnachmittags schloß uns ein, kalt und endgültig wie ein Rolladen.

Paulas Schneeanzug war seitlich von oben bis unten schmutzig, naß und schwarz vom Öl. Ihre Angorafäustlinge tropften wie das Fell einer nassen, schwarzen Katze. Langsam setzte sie sich auf und sah uns, die um sie herumstanden, einen nach dem anderen an, als ob sie irgend etwas suchte. Dann, plötzlich, heftete sie ihre Augen auf mich.

»Du«, sagte sie gemächlich und zeigte auf mich, »du hast mich geschubst.«

Noch eine Sekunde war es still, dann drehte Jimmy Lane sich zu mir um. »Du warst es«, höhnte er. »Du warst es.«

Sheldon und Paula und Jimmy und all die anderen sahen mich an, und in ihren Augen funkelte eine seltsame Freude. »Du warst es, du hast sie geschubst«, sagten sie.

Und selbst als ich schrie, »hab' ich nicht!« kamen sie alle näher und sangen im Chor: »Ja, hast du wohl, ja, hast du wohl, wir haben dich gesehen.«

Die Gesichter, die auf mich zukamen, versprachen keine Hilfe, und ich begann zu überlegen, ob Jimmy Paula geschubst hatte oder ob sie von selbst gefallen war, und ich war mir nicht sicher. Ich war mir überhaupt nicht sicher.

Ich ging langsam an ihnen vorbei nach Hause, mit der festen Absicht, nicht zu rennen, aber als sie alle hinter mir waren, fühlte ich den harten Schlag eines Schneeballs an meiner linken Schulter, und noch einen. Ich ging etwas schneller und bog bei Kellys um die Ecke. Da stand unser braunes schindelgedecktes Haus, und drinnen warteten Mutter und Onkel Frank, der auf Heimaturlaub war. Ich fing an zu rennen, durch den kalten, rauhen Abend den hellen Lichtquadraten entgegen, die zu Hause hießen.

Onkel Frank öffnete mir die Tür. »Wie geht's meinem Lieblingssoldaten?« fragte er und schwang mich so hoch in die Luft, daß mein Haar die Decke streifte. Es war so viel Liebe in seiner Stimme, daß die Rufe, die noch in meinen Ohren nachhallten, übertönt wurden.

»Gut«, log ich, und er brachte mir im Wohnzimmer ein bißchen Jiu-Jitsu bei, bis Mutter uns zum Abendessen rief.

Auf der weißen Leinentischdecke standen Kerzen, und Miniaturflammen flackerten im Silber und in den Gläsern. In dem dunklen Eßzimmerfenster spiegelte sich noch ein Raum, in dem die Menschen in einem schützenden Netz aus Licht, dessen unzerstörbarer Glanz sie umfing, lachten und redeten.

Plötzlich klingelte es an der Tür, und Mutter stand auf, um

zu öffnen. Ich hörte David Sterlings klare, hohe Stimme in der Diele. Von der offenen Tür kam ein kalter Luftzug, aber Mutter und er redeten weiter, und er kam nicht herein. Als Mutter zum Tisch zurückkam, sah sie traurig aus. »Warum hast du mir nichts erzählt?« sagte sie. »Warum hast du mir nicht erzählt, daß du Paula in den Dreck geschubst und ihren neuen Schneeanzug ruiniert hast?«

Ein Mundvoll Schokoladenpudding blieb mir im Hals stekken, dick und bitter. Ich mußte ihn mit Milch herunterspülen. Schließlich sagte ich: »Ich war's nicht.«

Aber die Worte kamen wie harte, trockene Samenkerne heraus, hohl und falsch. Ich versuchte es noch einmal. »Ich war's nicht. Jimmy Lane war's.«

»Natürlich glauben wir dir«, sagte Mutter langsam, »aber die ganze Nachbarschaft redet darüber. Mrs. Sterling hat die Geschichte von Mrs. Fein gehört und David hergeschickt, um uns zu sagen, daß wir Paula einen neuen Schneeanzug kaufen sollen. Ich verstehe das nicht.«

»Ich war's nicht«, wiederholte ich, und das Blut pochte in meinen Ohren wie eine dumpfe Trommel. Ich schob meinen Stuhl vom Tisch weg, ohne Onkel Frank oder Mutter anzusehen, die dort ernst und bekümmert im Kerzenlicht saßen.

Das Treppenhaus zum ersten Stock war dunkel, aber ich ging durch den langen Flur, ohne den Lichtschalter anzurühren, und schloß die Tür. Ein kleiner, unreifer Mond warf grünliche Lichtquadrate auf den Boden, und die Fensterscheiben hatten Frostränder.

Ich warf mich heftig auf mein Bett und blieb mit trockenen, brennenden Augen liegen. Etwas später hörte ich Onkel Frank die Treppe heraufkommen und an die Tür klopfen. Als ich nicht antwortete, kam er herein und setzte sich auf mein Bett. Ich konnte die massigen Konturen seiner starken Schultern vor dem Mondlicht erkennen, doch sein Gesicht lag im Schatten.

»Erzähl's mir, Schatz«, sagte er sanft, »erzähl's mir. Du

mußt keine Angst haben. Wir werden es verstehen. Erzähl' mir nur, was wirklich passiert ist. Du mußtest mir nie etwas verschweigen, das weißt du. Erzähl' mir nur, wie es wirklich gewesen ist.«

»Ich hab' es gesagt«, antwortete ich. »Ich habe dir gesagt, was passiert ist, und ich kann es nicht anders machen. Nicht einmal für dich kann ich es anders machen.«

Er seufzte und stand auf, um zu gehen. »In Ordnung, Schatz«, sagte er an der Tür. »In Ordnung, aber wir werden sowieso einen neuen Schneeanzug bezahlen, nur um alle zufriedenzustellen, und in zehn Jahren wird keiner mehr den Unterschied kennen.«

Die Tür schloß sich hinter ihm, und ich hörte, wie seine Schritte leiser wurden, als er hinunterging. Ich lag allein im Bett; der schwarze Schatten von der Unterseite der Welt kroch wie eine Flutwelle in mir hoch. Nichts hielt, nichts war geblieben. Die silbernen Flugzeuge und die blauen Capes lösten sich alle auf und verschwanden, weggewischt wie die bunten Kreidezeichnungen eines Kindes von der riesigen Tafel der Dunkelheit. Das war das Jahr, in dem der Krieg begann, und die reale Welt und der Unterschied.

America! America!

Ich bin auf öffentliche Schulen gegangen – wirklich öffentliche. *Jedermann* ging dahin: der Draufgänger und der Schüchterne, der Pummlige und der Schlaksige, der künftige Elektronikwissenschaftler so wie der künftige Polizist, der eines Nachts einen Diabetiker zu Tode treten wird, in der falschen Annahme, es sei ein Betrunkener, der etwas Ernüchterung brauche; der Arme, an dem der Geruch von feuchter Wolle, von Babypisse und dem polyglotten Eintopf von zu Hause hing; der Reichere mit schäbigem Pelzkragen, Monatssteinringen und Vätern mit Autos (»Wat macht denn *dein* Vater?« – »Nischt macht er, er is Busfahrer.« Gelächter). Erziehung – da war sie –, uns allen kostenlos auferlegt, eine schöne große Portion deprimierter amerikanischer Öffentlichkeit. *Wir* waren natürlich nicht deprimiert. Das überließen wir unseren Eltern, die sich mit ein oder zwei Kindern mühsam durchschlugen und nach der Arbeit und kargem Abendessen dumpf über ihren Radios hingen, um Nachrichten von »zu Hause« und über einen Mann mit schwarzem Schnurrbart namens Hitler zu hören.

Wir aber fühlten uns vor allem als Amerikaner in dieser brodelnden Stadt am Meer, wo ich die ersten zehn Jahre Unterricht wie Fusseln zusammenklaubte – ein großer lärmender Katzensack voller irischer Katholiken, deutscher Juden, Schweden, Neger, Italiener und mit dieser seltenen reinen Mayflower-Fracht irgendwelcher *Engländer*.

In diese Zwischendeckladung von Neu-Bürgern sollten durch freie Gemeindeschulen die Lehren von Freiheit und Gleichheit eingepflanzt werden. Obwohl wir uns immerhin fast Bostoner nennen konnten (der Flughafen der Stadt mit seinen schönen schwebenden Flugzeugen und silbernen Fesselballons dröhnte und glänzte über der Bucht), waren doch die Wolkenkratzer New Yorks die Ikonen in unserem Hausaltar, New York und die große grüne Königin, die mit ausgestreckter Nachttischlampe für die Freiheit einstand.

Jeden Morgen legten wir die Hand aufs Herz und gelobten Treue den Sternen und Streifen der amerikanischen Flagge, die als wesenlose Altardecke auf dem Lehrertisch lag. Und wir sangen Lieder von Pulverdampf und Patriotismus zu unmöglichen, schwankenden, viel zu hohen Melodien. Ein hohes schönes Lied mit den Worten »For purple mountain majesties above the fruited plain« brachte jedesmal den krabbengroßen Dichter in mir zum Weinen. Ich hätte damals den Unterschied zwischen majestätischen Bergen und fruchtbaren Ebenen nicht erklären können und verwechselte Gott mit George Washington (dessen lammfrommes Großmuttergesicht, umkränzt von hübschen weißen Locken, von der Wand des Klassenzimmers auf uns herunterschien), dennoch schmetterte ich zusammen mit meinen kleinen rotzigen Mitbürgern »America! America! God shed His grace on thee, and crown thy good with brotherhood from sea to shining sea.«

Über das Meer wußten wir einiges. Am Ende fast jeder Straße spuckte, klatschte und schleuderte sein grauer formloser Rachen Porzellanteller, hölzerne Affen, feine Muscheln und Schuhe toter Männer heraus. Nasse Salzwinde furchten ständig unsere Spielplätze – die sowieso nur eine schauerliche Mischung aus Kies, Schotter, Granit und nackter festgestampfter Erde waren und gemeinerweise zu nichts anderem bestimmt, als zarte Knie abzuschürfen und aufzuschlagen. Dort tauschten wir Spielkarten (wegen der Muster auf der Rückseite) und schweinische Geschichten aus, machten Seilhüpfen, ließen Murmeln kullern und spielten die Radio- und Comic-Heftdramen unserer Zeit nach (»Wer weiß, welches Übel im Herzen des Menschen lauert? Der Schatten weiß es – huuu, huuu, huuu«, oder: »Guck, was da oben fliegt, es ist ein Vogel, es ist ein Flugzeug, es ist Superman!«). Wenn wir zu etwas Besonderem bestimmt waren – vorgeprägt, verurteilt, beschränkt, schicksalsschwer –, wir merkten nichts davon. Unbekümmert stürzten wir nach der Schule zum Völkerballspiel ins Freie, offen und voller Hoffnung, wie das Meer.

Denn uns stand die Welt offen. Wenn wir arbeiteten. Wenn wir fleißig lernten. Weder unsere Aussprache noch Geld, noch unsere Eltern spielten eine Rolle. Waren denn nicht Rechtsanwälte aus den Lenden von Kohlenträgern entsprungen, Ärzte aus den Tonnen der Müllmänner? Bildung war das Schlagwort, und nur der Herrgott weiß, wie sie uns zuteil wurde. Am Anfang wahrscheinlich unmerklich, ein geheimnisvolles infrarotes Glühen der abgegriffenen Rechenbücher, die entsetzlichen Gedichte, in denen das klare blaue Oktoberwetter gepriesen wurde, und die Welt der Geschichte, die mehr oder weniger mit der Boston Tea Party begann und endete – Pilgerväter und Indianer waren für uns ebenso prähistorisch wie das Eohippus.

Später waren wir versessen aufs College – ein heimtückischer schrecklicher Virus. Jeder fühlte sich gezwungen, *das* eine oder andere College zu besuchen. Ein College für Betriebswirtschaft, ein Junior College, ein staatliches College, ein Sekretärinnencollege, ein College der Ivy League, ein College für Schweinezüchter. Erst die Bücher, dann die Arbeit. Als wir (künftiger Polizist und Elektronikgenie gleichermaßen) in die blühende Höhere Schule der Nachkriegszeit hineinplatzten, wurden wir in immer kürzeren Zeitabständen von vollberuflichen Studienberatern mit Diskussionen über Motivation, Wunschvorstellungen, Schulfächer, Berufe und über Colleges belämmert. Hervorragende Lehrer kamen über uns wie Meteoritenschwärme: Biologielehrer hielten menschliche Gehirne hoch, Englischlehrer begeisterten uns mit ihrer persönlichen, schwärmerischen Leidenschaft für Tolstoi und Plato, Kunsterzieher führten uns durch die Elendsviertel von Boston und dann zurück zur Staffelei, wo wir die college-eigenen Farben mit wütendem sozialen Engagement auf die Pappe schleuderten. Solche Überspanntheiten wie die Einbildung, etwas ganz Besonderes zu sein, wurden uns gurrend aber bestimmt ausgeredet, wie früher das Daumenlutschen.

Der Studienberater für Mädchen diagnostizierte mein Problem sofort. Ich war einfach auf gefährliche Weise zu kopfbetont. Meine vornehme reine Kette glatter Einser könne mich durchaus, ohne ausreichende außerschulische Ergänzung, ins Nichts schleudern. Die Colleges zögen zunehmend vielseitige Studenten vor. Da ich mich im Fach Zeitgeschichte gerade mit Machiavelli beschäftigt hatte, nahm ich das Stichwort auf.

Nun hatte dieser Studienberater, was ich nicht wußte, eine weißhaarige Zwillingsschwester, die ich immer wieder im Supermarkt und beim Zahnarzt traf. Dieser Zwillingsschwester vertraute ich meine zunehmenden, vielfältigen Aktivitäten an – ich kaute Orangenschnitze in den Viertel-Pausen beim Basketball der Mädchen (die Mannschaft hatte ich organisiert), ich malte riesengroße Bilder von Li'l Abner und Daisy Mae für unsere Klassenfêten, ich klebte noch um Mitternacht den Umbruch der Schülerzeitung, während mein bereits völlig erschöpfter Mitredakteur mir die Witze aus dem »New Yorker« vorlas. Der leere, merkwürdig nichtssagende Gesichtsausdruck der Zwillingsschwester meines Studienberaters hinderte mich nicht, noch taten das die offensichtlichen Erinnerungslücken ihres tüchtigen bleichen Doppelgängers im Schulbüro. Ich wurde ein wütend pragmatischer Teenager.

»Der Zweck heiligt die Mittel«, hätte ich vielleicht vor mich hinsagen können, während ich die Söckchen auf die gleiche Höhe wie die meiner Mitschülerinnen zog, offiziell gab es keine Schuluniform, aber es *gab* doch eine Uniform – Pagenschnitt, Rock und Pullover, alles blitzsauber, und »Slipper«, abgetragene Kopien indianischer Mokkasins. Trotz unseres demokratischen Überbaus pflegten wir sogar zwei uralte Überbleibsel des Snobismus – zwei Mädchen-Verbindungen mit

Namen Subdeb und Sugar 'n' Spice. Zu Beginn jedes neuen Schuljahres schickten die alten Mitglieder den neuen Mädchen Einladungen – den Hübschen, den Beliebten, den irgendwie Besonderen. Bevor man allerdings die gönnerhafte Zulassung erhielt, mußte man sich einer Einführungswoche unterziehen, um zu beweisen, daß man der hochgeschätzten Norm genügte. Die Lehrer predigten dagegen, die Jungen spotteten darüber, aber es lief immer wieder nach dem gleichen Muster ab.

Mir wurde, wie jedem Neuling, eine Große Schwester zugewiesen, die systematisch begann, mein Ego zu zerstören. Eine ganze Woche lang durfte ich kein Make-up tragen, mich nicht waschen, mein Haar nicht kämmen, die Kleider nicht wechseln und nicht mit Jungen sprechen. In aller Herrgottsfrühe mußte ich im Haus meiner Großen Schwester erscheinen, ihr Bett machen und das Frühstück zubereiten. Dann schleppte ich, zusätzlich zu meiner, ihre unerträglich schwere Büchertasche hinter ihr her, wobei ich, wie ein Hund, in gebührendem Abstand bleiben mußte. Auf dem Weg konnte es passieren, daß sie mir befahl, auf einen Baum zu klettern und mich dann an einem Ast runterhängen zu lassen, bis ich hinunterfiel; oder ich mußte einem Passanten eine unverschämte Frage stellen oder in Geschäften um angefaulte Trauben und schimmligen Reis betteln. Wenn ich lächelte – also das geringste Anzeichen von Ironie über meine Versklavung zeigte –, mußte ich mitten auf dem Bürgersteig niederknien, bis mir das Lächeln verging. Wenn es klingelte und die Schule aus war, übernahm wieder die Große Schwester. Spätabends tat mir alles weh, und ich stank; meine Hausaufgaben dröhnten in meinem betäubten und benebelten Kopf. Ich war drauf und dran, auf ein Okay-Image getrimmt zu werden.

Irgendwie zog das bei mir nicht. Diese Einführung in ein Nichts von Zugehörigkeit. Vielleicht war ich einfach nicht genügend angepaßt, um da mitzumachen. Denn was taten diese auserwählten Knospen amerikanischer Weiblichkeit bei ihren

Verbindungstreffen? Sie aßen Kuchen; aßen Kuchen und zerrissen sich die Mäuler über ihre Samstags-Verabredung. Das Privileg, jemand zu sein, zeigte unter dem Druck, wie alle zu sein, sein wahres Gesicht; ergo, ein Niemand.

Kürzlich spähte ich durch die verglaste Seitenwand in eine amerikanische Volksschule: Kindgerechte Tische und Stühle aus sauberem, hellen Holz standen da, spielzeugkleine Öfen und winzige Trinkwasserhähne. Die Sonne schien ungehindert hinein. Das ganze Chaos, alle Qual und aller Mut, woran ich mich so zärtlich erinnere, waren in einem Vierteljahrhundert sanft entschwunden. Eine Klasse hatte den Vormittag busfahrend zugebracht, um zu lernen, wie man Fahrgeld bezahlt und nach der richtigen Haltestelle fragt. Lesen – unsereins lernte es mit vier Jahren von den Aufschriften der Waschpulverkartons – war eine so traumatische und stürmische Kunst geworden, daß man sich glücklich schätzte, es mit zehn Jahren geschafft zu haben. Aber die Kinder da im Kreis lächelten. Doch sah ich dort im Erste-Hilfe-Schrank nicht einen Schimmer, das Funkeln von Flaschen – Gleichmacher und Weichmacher für den Embryo-Revoluzzer, den Künstler, den Andersdenkenden?

Einführung

Dunkel und warm war es in dem Kellerraum; als ob man in einem luftdicht verschlossenen Glas sitzt, dachte Millicent, und sie versuchte, ihre Augen auf die ungewohnte Dunkelheit einzustellen. Die Stille war weich vor Staub, und durch das kleine rechteckige Fenster hoch oben in der steinernen Mauer drang schwaches bläuliches Licht, das nur von dem Oktobervollmond kommen konnte. Erst jetzt sah sie, daß der Platz, den sie zum Sitzen gefunden hatte, ein Holzstoß neben dem Heizkessel war.

Millicent strich eine Haarsträhne zurück. Sie war steif und klebrig von dem Ei, das sie vor kurzem, als sie mit verbundenen Augen vor dem Altar der Schwesternschaft gekniet hatte, auf ihrem Kopf zerbrochen hatten. Es war ein leises, leicht knirschendes Geräusch gewesen, und dann fühlte sie, wie das kalte, schleimige Eiweiß sich ausbreitete, sich über ihren Kopf verteilte und ihren Nacken hinunterglitt. Sie hatte gehört, wie jemand sein Lachen unterdrückte. Es gehörte alles zur Zeremonie.

Dann hatten die Mädchen sie, noch immer mit verbundenen Augen, durch die Flure von Betsy Johnsons Haus geführt und im Keller eingeschlossen. Es würde eine Stunde dauern, bevor sie sie wieder holten, aber dann wäre das Rattengericht vorbei, und sie konnte sagen, was sie zu sagen hatte, und nach Hause gehen.

Denn heute abend war das große Finale, die Feuerprobe. Es bestand wirklich kein Zweifel mehr, daß sie bestehen würde. Ihr fiel niemand ein, der je eine Einladung zur Schwesternschaft der High School erhalten hatte und an den Aufnahmeriten gescheitert war. Aber dennoch, ihr Fall lag ganz anders.

Dafür würde sie sorgen. Sie konnte nicht genau sagen, was den Ausschlag für ihre Revolte gegeben hatte, aber es hatte mit Sicherheit etwas mit Tracy und mit den Birkhühnern zu tun.

Welches Mädchen der Lansing High wäre jetzt nicht gern an ihrer Stelle, dachte Millicent amüsiert. Welches Mädchen wollte nicht gern eine der Erwählten sein, egal, ob das fünf Tage Einführung vor und nach der Schule bedeutete, und Freitagabend ihren Höhepunkt mit dem Rattengericht fand, wenn die neuen Mädchen zu Mitgliedern erhoben wurden. Sogar Tracy war ganz schweigsam geworden, als sie hörte, daß Millicent eins der fünf Mädchen war, die eine Einladung erhalten hatten.

»Zwischen uns wird sich nichts ändern«, hatte Millicent zu ihr gesagt. »Wir werden genauso miteinander umgehen wie bisher, und nächstes Jahr wirst du bestimmt aufgenommen.«

»Ich weiß, aber selbst dann«, hatte Tracy still erwidert, »wirst du dich ändern, ob du es glaubst oder nicht. Nichts bleibt jemals, wie es war.«

Aber auch gar nichts, hatte Millicent gedacht. Es wäre auch schrecklich, wenn man sich niemals änderte . . . wenn sie verdammt gewesen wäre, für den Rest ihres Lebens die reizlose, schüchterne Millicent, die sie noch vor ein paar Jahren war, zu bleiben. Glücklicherweise gab es immer Veränderungen, das Wachsen, das Weitermachen.

Auch Tracy würde an die Reihe kommen. Sie würde Tracy die Dummheiten weitererzählen, die die Mädchen von sich gegeben hatten, und auch Tracy würde sich ändern und eines Tages in den magischen Kreis eintreten. Sie würde das außergewöhnliche Ritual kennenlernen, wie Millicent seit letzter Woche.

»Zuallererst mal«, hatte Betsy Johnson, die muntere, blonde Sekretärin der Schwesternschaft, den fünf neuen Kandidatinnen letzten Montag in der Schulcafeteria bei Sandwiches erklärt, »zuallererst mal hat jede von euch eine große Schwester.

Sie ist diejenige, die euch herumkommandiert, und ihr habt genau das zu tun, was sie euch sagt.«

»Vergiß nicht die Sache mit dem Lächeln und den frechen Antworten«, hatte Louise Fullerton lachend eingeworfen. Sie war eine weitere Berühmtheit der High School, hübsch, dunkelhaarig und Vizepräsidentin des Schülerrats. »Ihr dürft nicht sprechen, es sei denn, eure große Schwester fragt euch etwas oder befiehlt euch, mit jemandem zu sprechen. Und ihr dürft nicht lächeln, selbst wenn ihr daran sterbt.« Die Mädchen hatten ein bißchen nervös gelacht, und dann hatte die Glocke zum Nachmittagsunterricht geschellt.

Zur Abwechslung könnte das ganz nett sein, überlegte Millicent, als sie ihre Bücher aus dem Schließfach in der Halle nahm. Ziemlich aufregend, zu einer fest zusammengewachsenen Gruppe zu gehören, der ersten Garnitur der Lansing High. Natürlich war es keine Organisation der Schule. Im Gegenteil, Mr. Cranton, der Schulleiter, wollte die Einführungswoche sogar rundherum abschaffen, weil er fand, sie sei undemokratisch und störe den Ablauf der schulischen Arbeit. Aber er hatte nichts in der Hand, um dagegen einzuschreiten. Die Mädchen mußten zwar fünf Tage lang ohne Lippenstift und ohne Locken in die Schule kommen, und natürlich merkte das jeder, aber was sollten die Lehrer tun?

Millicent setzte sich in dem großen Klassenzimmer an ihren Tisch. Morgen würde sie stolz und lachend in die Schule kommen, ohne Lippenstift, ihr braunes Haar würde glatt bis auf die Schultern fallen, und jeder würde sehen, auch die Jungs würden es sehen, daß sie zu den Erwählten gehörte. Die Lehrer würden hilflos lächeln und vielleicht denken: Jetzt haben sie also Millicent Arnold ausgewählt. Darauf wäre ich nie gekommen.

Ein oder zwei Jahre vorher wären nicht viele Leute darauf gekommen. Millicent hatte lange auf ihre Anerkennung gewartet, länger als die meisten. Es war, als hätte sie jahrelang in einem Pavillon außerhalb der Tanzfläche gesessen, durch die Fenster in den goldenen Innenraum geblickt, dessen Licht hell und dessen Luft wie Honig war, und sehnsüchtig den fröhlichen Paaren zugesehen, die zu nicht enden wollender Musik Walzer tanzten, paarweise, oder in Gruppen lachten, und niemand war allein. Und nun endlich, nach einer Woche voller Trara und Lustbarkeiten, würde sie der Einladung folgen und den Ballsaal durch den Haupteingang, über dem »Einführung« stand, betreten. Sie würde ihre samtenen Röcke und ihre seidene Schleppe raffen – oder was auch immer enterbte Prinzessinnen in Märchenbüchern trugen – und in ihr rechtmäßiges Königreich einziehen . . . Die Glocke läutete zum Stundenende.

»Millicent, warte mal!« Es war Louise Fullerton hinter ihr, Louise, die schon vorher immer sehr nett, sehr höflich, freundlicher als die anderen gewesen war, sogar lange bevor sie die Einladung bekommen hatte.

»Sag mal«, Louise ging mit ihr den Flur in die nächste Klasse hinunter, zum Lateinunterricht, »hast du heute gleich nach der Schule etwas vor? Denn ich würde gern mit dir über morgen reden.«

»Gerne. Ich habe massenhaft Zeit.«

»Gut, warte auf mich in der Halle nach der Klassenversammlung, wir können dann ja zum Drugstore oder sonst irgendwohin gehen.«

Als Millicent neben Louise zum Drugstore ging, stieg eine Woge des Stolzes in ihr hoch, denn jeder konnte sehen, daß Louise und sie die besten Freundinnen waren.

»Weißt du, ich habe mich so gefreut, als sie dich gewählt haben«, sagte Louise.

Millicent lächelte. »Ich fand es richtig aufregend, die Einladung zu bekommen«, sagte sie offen, »schade ist nur, daß Tracy nicht auch gewählt wurde.«

Tracy, dachte sie. Wenn es so etwas wie eine beste Freundin gibt, dann war Tracy genau das für sie im letzten Jahr gewesen.

»Ja, weißt du, Tracy«, hatte Louise gesagt, »sie ist ein nettes Mädchen, und sie haben sie auch als Kandidatin aufgestellt, aber . . . naja, sie hatte drei schwarze Wahlkugeln gegen sich.«

»Schwarze Wahlkugeln? Was ist das denn?«

»Na, eigentlich sollen wir mit keinem außerhalb des Clubs darüber reden, aber da du ja Ende der Woche sowieso dabei bist, wird es wohl niemanden kratzen.« Sie waren am Drugstore angekommen.

»Also«, begann Louise mit gesenkter Stimme zu erklären, nachdem sie sich in eine Nische zurückgezogen hatten, wo niemand zuhören konnte, »einmal im Jahr stellt die Schwesternschaft alle Mädchen auf, die für eine mögliche Mitgliedschaft vorgeschlagen werden . . .«

Millicent nippte langsam von ihrem kalten, süßen Getränk, das Eis hob sie sich auf, um es am Schluß auslöffeln zu können. Sie achtete genau auf Louises Worte: ». . . und dann gibt es ein großes Treffen, bei dem alle Namen vorgelesen werden und über jedes Mädchen diskutiert wird.«

»Oh?« fragte Millicent unwillkürlich, ihre Stimme klang etwas reserviert.

»Oh, ich weiß, was du denkst.« Louise lachte. »Aber es ist wirklich nicht so schlimm, wie es klingt. Die Gehässigkeiten werden auf ein Minimum beschränkt. Sie sprechen nur über jedes Mädchen und warum sie gut oder nicht gut für den Club wäre. Dann wird gewählt. Mit drei schwarzen Wahlkugeln scheidet ein Mädchen aus.«

»Hast du was dagegen, wenn ich dich frage, was mit Tracy passiert ist?« sagte Millicent.

Louises Lachen klang etwas unbehaglich. »Du weißt ja, wie Mädchen so sind. Denen entgeht nicht die geringste Kleinigkeit. Ich glaube, manche fanden Tracy einfach ein bißchen *zu* anders. Vielleicht kannst du ihr ja ein paar Tips geben.«

»Zum Beispiel?«

»Oh, vielleicht keine Kniestrümpfe zur Schule anziehen

oder diese alte Schultasche, die sie immer hat. Ich weiß, das hört sich an, als sei das gar nichts, aber es ist nun mal so, daß solche Dinge sie von anderen abheben. Ich meine, du weißt, daß kein Mädchen der Lansing sich, nicht mal als Leiche, in Kniestrümpfen sehen lassen würde, egal, wie kalt es ist, und es ist kindisch und unreif, eine Schultasche zu tragen.«

»Das meine ich auch«, sagte Millicent.

»Wegen morgen«, fuhr Louise fort, »du hast Beverly Mitchell als große Schwester gezogen. Ich wollte dich warnen, weil sie die Härteste ist, aber wenn du da anständig durchkommst, wird dir das um so mehr Ansehen verschaffen.«

»Dank dir, Lou«, sagte Millicent verbindlich und dachte bei sich, das fängt an, bedenklich zu klingen. Schlimmer als ein Ergebenheitstest, dieses Schmoren auf dem Rost. Was soll überhaupt bewiesen werden? Daß ich Befehle ausführe, ohne mit der Wimper zu zucken? Oder haben sie Spaß daran zu sehen, wie wir nach ihrer Pfeife tanzen?

»Alles, was du wirklich tun mußt«, sagte Louise, den Rest aus ihrem Eisbecher löffelnd, »ist, wenn du mit Bev zusammen bist, ganz demütig und unterwürfig zu sein und genau das zu tun, was sie dir sagt. Lach nicht, gib keine frechen Antworten und versuch nicht, witzig zu sein, sonst macht sie es dir nur noch schwerer, und glaub mir, darin ist sie ganz groß. Sei um halb acht bei ihr zu Hause.«

Und sie war. Sie klingelte und setzte sich auf die Stufen, um auf Bev zu warten. Nach ein paar Minuten wurde die Haustür geöffnet und Bev stand mit ernstem Gesicht da.

»Steh auf, Taschenratte«, befahl Bev.

In ihrem Ton schwang etwas mit, das Millicent ärgerte. Er war nahezu maliziös. Und die Bezeichnung »Taschenratte« hatte eine unangenehme Anonymität, wenn sie auch alle Mädchen, die die Riten durchliefen, so nannten. Es war entwürdigend, als ob man zu einer Nummer geworden war. Es war die Verweigerung der Individualität.

Empörung durchströmte sie.

»Ich habe gesagt, steh auf. Bist du taub?«

Millicent erhob sich und blieb stehen.

»Ins Haus, Taschenratte. Oben gibt es ein Bett zu machen und ein Zimmer zu putzen.«

Stumm ging Millicent die Treppe hinauf. Sie fand Bevs Zimmer und begann das Bett zu machen. In sich hineinlächelnd, dachte sie: Wie absolut lächerlich, daß ich von diesem Mädchen wie ein Dienstbote Befehle entgegennehme.

Plötzlich stand Bev in der Tür. »Hör auf zu grinsen«, kommandierte sie. Irgend etwas war an dieser Beziehung, das deutlich machte, daß es nicht nur Spaß war. In Bevs Augen, da war sich Millicent sicher, gab es einen harten, metallischen Funken des Triumphs.

Auf dem Schulweg mußte Millicent mit zehn Schritten Abstand hinter Bev gehen und ihre Bücher tragen. Sie kamen zum Drugstore, wo bereits ein Haufen Jungen und Mädchen der Lansing High auf die Show wartete.

Millicent stellte erleichtert fest, daß die anderen Mädchen, die eingeführt wurden, auch da waren. Mit denen im Verbund würde es nicht so schwer werden.

»Was befehlen wir ihr zu tun?« fragte Betsy Johnson Bev. Betsy hatte ihre »Taschenratte« an diesem Morgen mit einem alten, bunten Sonnenschirm über den Platz gehen lassen, wobei sie »Immer jag' ich Regenbogen« singen mußte.

»Ich weiß was«, sagte Herb Dalton, der gutaussehende Chef der Basketballmannschaft.

Mit Bev ging eine beachtliche Veränderung vor. Im Nu war sie sehr sanft und kokett.

»Du darfst ihnen nicht sagen, was sie tun sollen«, sagte sie honigsüß. »Männer haben bei diesem kleinen Handel nichts zu sagen.«

»Schon gut, schon gut«, Herb lachte, und rückwärtsgehend tat er, als wehre er einen Schlag ab.

»Es ist schon spät«, Louise war dazugekommen. »Bald halb neun. Wir setzen sie besser Richtung Schule in Marsch.«

Den Weg zur Schule mußten die »Taschenratten« im Charleston-Schritt zurücklegen, und jede mußte ein anderes Lied singen und dabei versuchen, die anderen vier zu übertönen. Während der Unterrichtszeit konnte man natürlich keinen Unsinn machen, aber selbst da schrieb die Regel vor, daß man außerhalb der Klasse oder beim Mittagessen nicht mit Jungen reden durfte... auch nicht zu irgendeiner Zeit nach der Schule. Die Mädchen der Schwesternschaft überredeten deshalb die beliebtesten Jungen dazu, auf die »Taschenratten« zuzugehen, um sie einzuladen oder zum Reden zu bringen. Manchmal war eine »Taschenratte« derart überrascht, daß sie zu reden anfing, bevor sie sich fangen konnte. Und dann verpetzte er sie, und sie bekam einen Minuspunkt.

Herb Dalton näherte sich Millicent, als sie sich in der Mittagspause ein Eis an der Essenstheke holte. Sie sah ihn kommen, noch bevor er sie ansprach, blickte schnell zu Boden und dachte: Er ist zu erhaben, zu undurchsichtig und lächelnd. Und ich bin viel zu verwundbar. Warum mußte er derjenige sein, vor dem ich mich vorsehen muß?

Ich werde nichts sagen, dachte sie. Ich werde nur ganz reizend lächeln.

Mit einem reizenden und stummen Lächeln sah sie zu Herb auf. Er lächelte auf geradezu übernatürliche Weise zurück. Das bedeutete ganz bestimmt mehr, als im Dienst vorgeschrieben war. »Ich weiß, daß du nicht mit mir reden darfst«, sagte er ganz leise. »Aber die Mädchen sagen, daß du dich gut hältst. Mir gefällt sogar dein glattes Haar und all das.«

Dann kam Bev auf sie zu, ihren Mund zu einem strahlenden, berechnenden Lächeln verzogen. Sie ignorierte Millicent und segelte auf Herb zu.

»Warum vergeudest du deine Zeit mit Taschenratten?« trällerte sie heiter. »Ihre Zungen sind gebunden, und zwar total.«

Herb gelang es, zum Schluß noch einen Pfeil zu landen: »Aber die hier bewahrt eine *derart* attraktive Schweigsamkeit.«

Millicent lächelte, als sie mit Tracy an der Theke einen Eisbecher aß. Üblicherweise spotteten die Mädchen, die nun Außenseiter waren, wie Millicent es gewesen war, über die Einführungsmätzchen, fanden sie kindisch und absurd, um ihren geheimen Neid zu verbergen. Nur Tracy verstand alles, wie immer.

»Ich schätze, Tracy, heute abend kommt das Schlimmste«, sagte Millicent zu ihr. »Ich habe mitgekriegt, daß sie uns in den Bus nach Lewiston verfrachten wollen, damit wir dort auf dem Platz etwas vorführen.«

»Behalt äußerlich einfach ein Pokerface«, riet Tracy, »aber innerlich lachst du wie irre.«

Millicent und Bev nahmen einen Bus vor den anderen Mädchen; den Weg bis Lewiston Square mußten sie stehen. Bev schien über irgend etwas höchst verärgert zu sein. Schließlich sagte sie: »Du hast heute beim Essen mit Herb Dalton geredet.«

»Nein«, sagte Millicent aufrichtig.

»Na, hör mal, ich habe *gesehen*, daß du ihn angelächelt hast. Das ist faktisch genauso schlimm wie Reden. Paß auf, daß das nicht wieder passiert.«

Millicent blieb still.

»Bis zur Stadt sind es jetzt noch fünfzehn Minuten«, fuhr Bev fort. »Ich wünsche, daß du den Bus nun auf- und abgehst und die Leute fragst, was sie zum Frühstück essen. Denk dran, daß du nicht sagen darst, daß du geprüft wirst.«

Millicent blickte den Gang des überfüllten Busses entlang, plötzlich war ihr speiübel. Sie dachte, wie soll ich das bloß machen, all diese versteinerten Leute ansprechen, die so teilnahmslos aus dem Fenster gucken ...

»Du hast mich verstanden, Taschenratte.«

»Entschuldigen Sie, meine Dame«, sprach Millicent höflich die Dame auf dem ersten Sitzplatz an, »ich mache eine Umfrage. Würden Sie mir bitte sagen, was Sie zum Frühstück essen?«

»Wieso . . . eh . . . nur Orangensaft, Toast und Kaffee«, sagte sie.

»Ich danke Ihnen sehr.« Millicent wandte sich der nächsten Person, einem jungen Geschäftsmann zu. Er aß Eier, nur auf einer Seite gebraten, Toast und Kaffee.

Als Millicent hinten im Bus angekommen war, lächelten die meisten sie an. Sie ahnen offenbar, dachte sie, daß ich in irgend etwas geprüft werde.

Schließlich war nur noch ein Mann in der Ecke der hintersten Bank übrig. Er war klein und vergnügt, mit einem rötlichen, faltigen Gesicht, auf dem sich ein strahlendes Lächeln ausbreitete, als Millicent sich näherte. Mit seinem braunen Anzug und der waldgrünen Krawatte hatte er etwas von einem Gnom oder einem heiteren Kobold an sich.

»Entschuldigen Sie, mein Herr«, Millicent lächelte, »ich mache eine Umfrage. Was essen Sie zum Frühstück?«

»Birkhuhnaugenbrauen auf Toast«, ratterte der kleine Mann los.

»Was?« rief Millicent aus.

»Birkhuhnaugenbrauen«, erklärte der kleine Mann. »Birkhühner leben auf den Mooren der Märchen, fliegen den ganzen Tag herum und singen wild und süß in der Sonne. Sie sind von einem leuchtenden Purpurrot und haben *sehr* wohlschmekkende Augenbrauen.«

Impulsiv brach Millicent in Lachen aus. Das war einfach wundervoll, wie sie bei diesem Fremden plötzlich Kameradschaft spürte. »Sind Sie auch aus dem Märchen?«

»Nicht so ganz«, entgegnete er, »aber ich hoffe zuversichtlich, eines Tages dazuzugehören. Märchenhaft zu sein tut dem Ego Wunder.«

Der Bus schwenkte jetzt in die Haltestelle ein; Millicent verließ den kleinen Mann nur sehr ungern. Sie hätte gern mehr über die Vögel erfahren.

Von diesem Moment an regten Millicent die Aufnahmeriten überhaupt nicht mehr auf. Fröhlich ging sie in Lewiston Square von Geschäft zu Geschäft, fragte nach kaputten Keksen und Mangos, und wenn die Leute sie erst anglotzten und dann strahlend ihre verrückten Fragen beantworteten, als sei sie eine wahrhaft bedeutende Persönlichkeit, lachte sie nur unsichtbar in sich hinein. Sehr viele Menschen hatten sich innerlich so fest verschlossen wie Kästen, aber es reichte, daß man sich für sie interessierte, und sie blühten auf und öffneten sich. Und man brauchte wirklich keinem Club anzugehören, um sich mit anderen Menschen verbunden zu fühlen.

Eines Nachmittags hatte Millicent mit Liane Morris, einem der anderen Mädchen, das die Riten durchlief, darüber gesprochen, was wohl sein würde, wenn sie schließlich in der Schwesternschaft wären.

»Oh, ich weiß ziemlich genau, wie es sein wird«, hatte Liane gesagt. »Meine Schwester war drin, bevor sie vor zwei Jahren die High School abgeschlossen hat.«

»Ich meine, was *tun* sie so als Club?« wollte Millicent wissen.

»Na ja, sie treffen sich einmal in der Woche . . . jedes Mädchen muß abwechselnd die Bewirtung übernehmen . . .«

»Du meinst, es ist so etwas wie eine exklusive Gesellschaft . . .?«

»Ich glaube schon, obwohl das komisch klingt. Aber es gibt einem Mädchen auf jeden Fall mehr Prestige. Meine Schwester ging danach fest mit dem Chef der Footballmannschaft. Nicht schlecht, finde ich.«

Nein das war nicht schlecht, hatte Millicent gedacht, als sie am Morgen des Rattengerichts im Bett lag und die Spatzen in der Dachrinne tschilpen hörte. Sie dachte an Herb. Wäre er je so freundlich gewesen, wenn sie nicht das Etikett der Schwesternschaft gehabt hätte? Würde er sie einladen (wenn er es denn jemals tat) allein ihretwegen, ohne Bedingungen?

Und noch etwas quälte sie. Daß Tracy außen vor blieb. Genau so würde es sein; Millicent wußte, daß es so lief.

Noch immer tschilpten draußen die Spatzen, und Millicent, in ihrem Bett liegend, sah die blassen grau-braunen Vögel vor sich, die ganze Schar, einer wie der andere und alle genau gleich.

Und aus irgendeinem Grund fielen Millicent die Birkhühner ein. Sorglos schossen sie über die Moore dahin, sangen und kreischten unter dem weiten Himmel, fallend und steigend, stark und stolz in ihrer Freiheit und auch in ihrer Einsamkeit. Das war der Moment, in dem Millicent eine Entscheidung traf.

Jetzt, auf dem Holzstoß in Betsy Johnsons Keller sitzend, wußte Millicent, daß sie die Feuerprobe mit Bravour bestanden hatte; die Zeit, die ihr Ego abgestumpft hatte, konnte mit zwei verschiedenen Siegen enden. Der einfachere war ihre Krönung zur Prinzessin, die sie folgerichtig als eine aus der erlesenen Herde ausweisen würde.

Der andere Sieg würde schwerer zu erringen sein, aber sie wußte, daß es das war, was sie wollte. Es ging nicht darum, edel oder sonstwas zu sein. Es war nur so, daß sie herausgefunden hatte, daß es andere Wege gab, die in die große, von Lichtern glühende Halle voller Menschen und Leben führten.

Natürlich würde es nicht leicht werden, das den Mädchen heute abend zu erklären, aber sie würde Louise später erzählen, worum es wirklich ging. Wie sie sich selbst bewiesen hatte, daß sie durchhalten konnte, selbst das Rattengericht ertragen konnte, und dann beschlossen hatte, der Schwesternschaft überhaupt nicht beizutreten. Und daß sie trotzdem mit allen Freund bleiben konnte. Schwester von allen. Auch von Tracy.

Hinter ihr wurde die Tür geöffnet, und ein Lichtstrahl teilte die sanfte Düsternis des Kellerraums.

»He, Millicent, kommt jetzt raus. Das war's.« Draußen standen einige der Mädchen.

»Ich komme«, sagte sie, erhob sich und schritt aus der weichen Dunkelheit in das blendende Licht. Das war's, dachte sie, na gut. Der schlimmste, der schwerste, der Teil der Prüfung, den ich mir selbst ausgesucht habe.

In diesem Moment hörte Millicent, und sie war sich ganz sicher, von weit her ein melodisches Flöten, ganz wild und süß, und sie wußte, daß das der Gesang der Birkhühner war, die unter dem weiten blauen Horizont kreisten, durch unermeßliche Räume glitten, und in der strahlenden Sonne flammten schnell und purpurn ihre Schwingen.

Eine andere Melodie schwang sich in Millicent empor, mächtig und übersprudelnd, eine triumphierende Antwort auf die Musik der hochstürmenden Birkhühner, klar und schwingend sang sie über dem weiten Land. Und sie wußte, daß ihre ganz persönliche Prüfung eben begonnen hatte.

Sonntag bei den Mintons

Wenn Henry bloß nicht so anspruchsvoll wäre, seufzte Elizabeth Minton, als sie die Landkarte an der Wand seines Arbeitszimmers zurechtrückte. So überaus anspruchsvoll. In Gedanken versunken, lehnte sie sich einen Moment an seinen Mahagonischreibtisch, bleich hoben sich ihre welken, blaugeäderten, gespreizten Finger von dem dunklen polierten Holz ab.

Die späte Morgensonne malte blasse Karos auf den Boden, Sonnenstäubchen trieben und sanken in dem hellen Licht. Durch das Fenster konnte sie den matten Glanz des grünen Septembermeeres sehen, das sich in weitem Bogen über den verschwommenen Horizont erstreckte.

An schönen Tagen, wenn die Fenster geöffnet waren, hörte sie, wie sich die Wellen brachen. Erst zerbarst nur eine und glitt dann zurück – und dann noch eine und noch eine. In manchen Nächten, wenn sie halbwach sehnsüchtig darauf wartete, vom Schlaf umfangen zu werden, hörte sie die Wellen und dann den Wind in den Bäumen, bis sie ein Geräusch vom anderen nicht mehr unterscheiden konnte, so daß es sein konnte, daß die Blätter vom Wasser umspült wurden oder daß sie, im Fallen zum Schweigen gebracht, ins Meer hinaustrieben.

»Elizabeth« – Henrys Stimme hallte tief und unheilverkündend durch den höhlenartigen Korridor.

»Ja, Henry?« Unterwürfig antwortete Elizabeth dem älteren Bruder. Jetzt, wo sie wieder in dem alten Haus zusammen waren, jetzt, wo sie sich aufs neue nach seinen Wünschen richtete, hatte sie manchmal das Gefühl, wieder das kleine, gehorsame und ergebene Mädchen von ganz früher zu sein.

»Hast du das Arbeitszimmer fertig aufgeräumt?« Henry kam durch den Flur. Sein langsamer, gewichtiger Schritt war schon hinter der Tür zu hören. Nervös hob Elizabeth die schmale Hand zum Hals, tastete nach der Amethystbrosche ihrer Mutter, die sie immer am Kragen ihrer Kleider trug, als könne sie ihr Sicherheit geben. Mit einem Blick überflog sie das düstere Zimmer. Ja, sie hatte daran gedacht, die Lampenschirme abzustauben. Staub duldete Henry nicht.

Sie schaute zu Henry hinüber, der jetzt in der Tür stand. In dem unbestimmten Licht konnte sie seine Züge nicht deutlich erkennen, nur schemenhaft war sein rundes, mürrisches Gesicht zu sehen; sein massiver Schatten verschmolz mit der Dunkelheit des Flurs hinter ihm. Während Elizabeth blinzelnd auf die verschwommene Gestalt ihres Bruders blickte, empfand sie ein sonderbares Vergnügen darin, ihn ohne ihre Brille zu beobachten. Er, der ausnahmslos immer so klar, so präzise war, war nun auf einmal vollkommen unscharf.

»Wieder mal am Träumen, Elizabeth?« tadelte Henry traurig, als er den eigentümlich abwesenden Ausdruck ihrer Augen bemerkte. So war es immer zwischen den beiden gewesen: Henry hatte sie aufgespürt, wenn sie lesend im Garten unter der Rosenlaube saß oder Sandburgen an der Kaimauer baute, um ihr zu sagen, daß Mutter Hilfe bräuchte oder daß das Silber geputzt werden sollte.

»Nein, Henry.« Elizabeth richtete sich zu ihrer ganzen zerbrechlichen Höhe auf. »Nein, Henry, überhaupt nicht. Ich wollte gerade das Huhn in den Ofen schieben.« Es war nur ein Hauch ungehaltenen Auffahrens zu spüren, als sie an ihrem Bruder vorbeihuschte.

Henry starrte seiner Schwester nach; gelassen klapperten ihre Absätze zur Küche hinunter, und um ihre Waden wippte und schwang ihr lavendelfarbener Rock mit einer alarmierenden Andeutung von Unverschämtheit. Sie war nie ein praktisch veranlagtes Mädchen gewesen, aber bisher war sie wenigstens fügsam. Und nun so etwas . . . dieses beinahe trotzige Gebaren wiederholte sich in letzter Zeit ein wenig zu oft. Eigentlich schon, seit sie nach seiner Pensionierung zu ihm gezogen war. Henry schüttelte den Kopf.

Draußen in der Küche klapperte Elizabeth mit Geschirr und Bestecken, um den Tisch für ihr sonntägliches Mittagessen zu decken. Trauben und Äpfel türmte sie in einer Kristallschale auf und stellte sie in die Mitte des Tisches; die großen, blaßgrünen Pokale füllte sie mit Eiswasser.

Eilzabeth schritt durch das düstere, schmucklose Eßzimmer, eine weiche lila Gestalt im Dämmerlicht der zugezogenen Vorhänge. Genauso waren die Bewegungen ihrer Mutter vor Jahren ... wann war das gewesen? Wie lange war das her? Elizabeth hatte den Faden der Zeit verloren. Aber Henry würde es ihr sagen. Henry würde exakt den Tag und die genaue Stunde von Mutters Tod wissen. In solchen Dingen war Henry peinlich genau.

Henry nahm zum Essen am Kopfende des Tisches Platz. Er senkte den Kopf und sprach mit tiefer Stimme das Tischgebet, rollend kamen die Worte aus seinem Mund, klangvoll und rhythmisch wie ein biblischer Gesang. Gerade als er beim Amen angekommen war, roch Elizabeth, daß etwas angebrannt war. Unbehaglich dachte sie an die Kartoffeln.

»Die Kartoffeln, Henry!« Sie schnellte von ihrem Stuhl hoch und eilte in die Küche, wo die Kartoffeln im Ofen langsam schwarz wurden. Sie drehte das Gas ab, hob die Kartoffeln auf die Arbeitsplatte, wobei ihr eine auf den Boden fiel, weil sie sich die dünnen, empfindlichen Finger verbrannt hatte.

»Es ist nur die Schale, Henry, sonst sind sie in Ordnung«, rief sie ins Eßzimmer hinüber. Ein verärgertes Schnaufen war die Antwort. Henry freute sich immer besonders auf seine gebutterten, ungepellten Kartoffeln.

»Wie ich sehe, Elizabeth, hast du dich in all den Jahren überhaupt nicht verändert«, begann Henry moralisierend, als Elizabeth mit den angebrannten Kartoffeln in einer Schüssel zurück ins Eßzimmer kam. Sie setzte sich und verschloß die Ohren vor seinem Verweis. Sie wußte, daß er nun zu einer langen vorwurfsvollen Rede anheben würde. Seine Stimme triefte vor Scheinheiligkeit wie fette, goldene Buttertropfen.

»Manchmal frage ich mich, Elizabeth«, fuhr Henry fort, wobei er mühsam ein besonders zähes Stück Huhn zerteilte, »ich frage mich, wie du es fertiggebracht hast, in all den Jahren, in denen du allein in der Bibliothek in der Stadt gearbeitet hast, für dich zu sorgen, bei deinen Tagträumereien und all dem.«

Still senkte Elizabeth den Kopf über ihren Teller. Henrys Standpauken waren leichter zu ertragen, wenn man an etwas anderes dachte. Als sie klein war, hatte sie sich immer die Ohren zugehalten, um den beharrenden Ton seiner Stimme nicht zu hören, mit der er sie an ihre Pflicht gemahnte, den Anweisungen der Mutter zu gehorchen. Aber jetzt hatte sie einen ganz einfachen Weg gefunden, um Henrys Tadel unauffällig zu entfliehen, indem sie sich in ihre eigene, geheime Welt treiben ließ und träumend irgendwelchen Gedanken nachsann. Jetzt dachte sie darüber nach, wie wohltuend der Horizont im blauen Himmel verschwamm, man konnte meinen, daß das Wasser sich zu Luft verdünnte oder die Luft sich verdichtete, sich niederließ und zu Wasser wurde.

Still aßen sie weiter, ab und an erhob sich Elizabeth, um Geschirr abzuräumen, Henrys Wasserglas nachzufüllen oder die Dessertschüsseln mit Brombeeren und Sahne aus der Küche zu holen. Beim Umhergehen berührte ihr weiter, lavendelfarbener Rock knisternd die steifen, polierten Möbel, und sie hatte das seltsame Gefühl, in jemand anderen aufgegangen zu sein, vielleicht in ihrer Mutter. Denn es war jemand, der die Haushaltspflichten tüchtig und fleißig erledigte. Seltsam, daß sie, nach all den Jahren der Unabhängigkeit, wieder zurück bei Henry sein sollte, erneut auf häusliche Pflichten beschränkt.

Mit starrem Blick schaute sie ihren Bruder an, der, über seinen Nachtisch gebeugt, einen Löffel voller Beeren und Sahne nach dem anderen in seinen höhlenartigen Mund schaufelte.

Er paßte, dachte sie, gut zu der trüben, halbdurchsichtigen Düsternis des abgedunkelten Eßzimmers, und es gefiel ihr, ihn in diesem künstlichen Zwielicht sitzen zu sehen und zu wissen, daß hinter den geschlossenen Läden die Sonne schien, wirklich und strahlend.

Elizabeth ließ sich Zeit beim Abwasch des Mittagsgeschirrs, während Henry sich in seinem Arbeitszimmer in ein paar Karten vertieft hatte. Nichts hatte er lieber, als Tabellen oder Berechnungen anzufertigen, dachte Elizabeth; linkisch tasteten ihre Hände in der warmen Seifenlauge, während sie auf die funkelnden Blitze des blauen Wassers hinter dem Küchenfenster blickte. Schon als sie klein waren, hatte Henry Tabellen und Landkarten aus seinem Geographiebuch abgezeichnet und maßstabgerecht die Dinge verkleinert, während sie über den Bildern der Berge und Flüsse mit den merkwürdigen fremden Namen träumte.

In den Tiefen der Abwaschschüssel stießen wahllos Bestecke und Gläser mit leise klirrendem Crescendo aneinander. Elizabeth legte die letzten Teller in die Schüssel mit Seifenwasser und sah zu, wie sie sich neigten und zu Boden sanken. Wenn sie fertig war, würde sie sich zu Henry ins Wohnzimmer setzen, zusammen würden sie eine Weile lesen oder sich zu einem Spaziergang aufmachen. Henry fand frische Luft so gesund.

Ein wenig verstimmt erinnerte Elizabeth sich an die langen Tage, die sie, als sie klein war, im Bett verbracht hatte. Sie war ein blasses, kränkliches Kind gewesen, und Henry war dauernd hereingekommen, um nach ihr zu sehen, sein rundes rötliches Gesicht glühend und strahlend vor Energie.

Einmal würde es soweit sein, dachte Elizabeth zum wiederholten Male, daß sie Henry gegenübertreten und ihm etwas sagen würde. Sie wußte nicht genau, was, nur daß es etwas ziemlich Niederschmetterndes und Furchtbares sein würde. Irgend etwas, soviel war sicher, das außerordentlich respektlos und frivol war. Und dann würde sie Henry einmal in der

Klemme sehen, taumelnd, hilflos schwankend und ohne Worte.

In sich hinein lächelnd, gesellte sie sich mit einem entrückten Ausdruck voll inneren Vergnügens zu Henry, der sich im Wohnzimmer ein Buch mit Landkarten anschaute.

»Komm her, Elizabeth«, befahl Henry und klopfte neben sich auf das Sofa. »Ich habe eine höchst interessante Karte der Neuenglandstaaten gefunden. Ich möchte, daß du sie dir ansiehst.«

Folgsam setzte Elizabeth sich neben ihren Bruder. Für eine Weile saßen die beiden auf dem Sofa, hielten die Enzyklopädie zwischen sich und studierten sorgsam die glänzenden Seiten mit den blaßrosa, blauen und gelben Karten der Staaten und Verwaltungsbezirke. Plötzlich erspähte Elizabeth mitten in Massachusetts einen vertrauten Namen.

»Warte einen Moment«, rief sie, »laß mich sehen, wo ich schon überall gewesen bin. Hier« – sie zog mit dem Finger eine Linie über die Seite, westlich von Boston bis Springfield – »und da.« Ihr Finger schnellte in die Ecke des Staates nach North Adams. »Und dann gerade über die Grenze nach Vermont, als ich Cousine Ruth besuchte ... wann war das? Letztes Frühjahr ...«

»Die Woche des sechsten April«, sagte Henry prompt.

»Ja, natürlich. Weißt du«, sagte sie, »ich habe nie darüber nachgedacht, in welche Richtung ich auf der Karte gehe ... rauf, runter oder quer.«

Henry schaute seine Schwester mit so etwas wie Entsetzen an.

»Du hast nie«, schnaufte er ungläubig, »du meinst, du hast dir nie klargemacht, ob du nach Norden oder Süden oder Osten oder Westen gehst?

»Nein«, sagte Elizabeth mit flammender Stimme. »Habe ich nie. Ich habe nie einen Sinn darin gesehen.«

Sie dachte an sein Arbeitszimmer, dessen Wände mit großen

Landkarten bedeckt waren, gründliche schematische Darstellungen mit akribischen Anmerkungen. Vor ihrem inneren Auge sah sie die sorgfältig gezeichneten schwarzen Konturen und die hellblauen Farbschleier an den Küsten der Erdteile. Es gab auch Symbole, fiel ihr ein. Stilisierte Grasbüschel, die Sümpfe andeuten sollten, und grüne Flecken für Naturschutzgebiete.

Sie stellte sich vor, wie sie, winzigklein, die feingezeichneten Konturen auf- und abwanderte, durch die flachen, blauen Ovale der Seen watete, sich ihren Weg durch die zähen Sumpfgrasbüschel bahnte.

Dann sah sie sich mit einem runden Kompaß mit weißem Zifferblatt in der Hand. Die Kompaßnadel wirbelte herum, zitterte, stand still, zeigte immer nach Norden, wohin sie sich auch wandte. Der Mechanismus mit seiner unbarmherzigen Exaktheit irritierte sie.

Henry sah sie immer noch an, als hätte er etwas Ähnliches wie einen Schock erlitten. Sie registrierte, daß seine Augen sehr kalt und sehr blau waren, beinahe wie das Wasser des Atlantiks auf der Landkarte der Enzyklopädie. Feine schwarze Linien verliefen strahlenförmig von der Pupille nach außen. Sie sah den schwarzen Wimpernrand plötzlich klar und deutlich gezeichnet. Henry wüßte, wo Norden war, dachte sie verzweifelt. Ganz genau wüßte er, wo Norden war.

»Wirklich, ich glaube nicht, daß die Richtung so wichtig ist. Der Ort, wo du hingehst, der ist wichtig«, verkündete sie gereizt. »Ich meine, denkst du wirklich immer daran, in welche Richtung du gehst?«

Selbst das Zimmer schien diese offene Unverschämtheit übelzunehmen; Elizabeth war sich sicher, den starren Kaminrost steifer werden zu sehen, und die Tapete über dem Sims wurde sichtlich blasser. Die Standuhr starrte sie an, sprachlos vor dem nächsten tadelnden Ticken.

»Natürlich denke ich darüber nach, in welche Richtung der

Karte ich fahre«, erklärte Henry unerschütterlich, Röte stieg in sein Gesicht. »Ich zeichne mir die Route vorher ein, und dann nehme ich eine Karte mit und verfolge die Reiseroute.«

Elizabeth sah ihn jetzt vor sich, wie er am Morgen munter auf der flachen Oberfläche einer Karte stand und erwartungsvoll nach Osten sah, bis die Sonne aufging. (Er würde genau wissen, wo Osten war.) Nicht nur das, er würde wissen, aus welcher Richtung der Wind blies. Durch irgendeinen unfehlbaren Zauber konnte er sagen, auf welchen Winkel des Kompasses sich der Wind drehte.

Sie stellte sich Henry auf dem Mittelpunkt einer Karte vor, die wie ein Apfelkuchen unter der blauen Kuppel einer Kugel geviertelt war. Die Füße fest am Boden, stand er mit Bleistift und Papier da und stellte Berechnungen an, um zu überprüfen, ob die Erde sich vorschriftsmäßig drehte. Bei Nacht würde er die Sternbilder beobachten, die wie erleuchtete Uhrwerke vorbeizogen, und ihnen vergnügt ihre Namen zurufen, als ob er pünktlich eintreffende Verwandte begrüßte. Sie konnte beinahe hören, wie er herzlich brüllte: »Wie steht's Orion, altes Haus?« Ach, es war absolut unerträglich.

»Wahrscheinlich kann jeder lernen, mit den Himmelsrichtungen zurechtzukommen«, murmelte Elizabeth schließlich.

»Natürlich«, erklärte Henry und strahlte vor Freude über ihre Demut. »Ich würde dir sogar eine Karte leihen, mit der du üben kannst.«

Elizabeth saß ziemlich still, als Henry die Seiten der Enzyklopädie umblätterte und Karten studierte, die er von besonderem Interesse fand. Wie einem lieben Freund, dem man Übles nachgesagt hatte, hielt Elizabeth ihrer unbestimmten, unpräzisen Welt die Treue.

Ihre Welt war eine Welt des Zwielichts, wo der Mond des Nachts wie ein zitternder Ballon silbrigen Lichts über den Bäumen emporschwebte, seine bläulichen Strahlen flackerten durch die Blätter draußen vor ihrem Fenster und malten zitternd fließende Muster auf die Tapete ihres Zimmers. Die Luft selbst war von mildem Glanz, und Umrisse bebten und verschmolzen miteinander. Der Wind blies in sanften, launenhaften Böen, mal hier, mal da, mal vom Meer, mal vom Rosengarten. (Sie erkannte es am Duft des Wassers oder der Blumen.)

Die wohlwollende Heiterkeit von Henrys gönnerhaftem Lächeln erregte sie. Sie hätte am liebsten etwas Mutiges und Unverschämtes gesagt, etwas, das die schreckliche Gelassenheit seiner Züge zerstörte.

Einmal, erinnerte sie sich, hatte sie es gewagt, spontan einen plötzlichen Gedanken zu äußern ... was war es nur? Daß sie gerne die Köpfe der Leute oben aufmachen würde, wie man den Deckel einer Teekanne abhebt, und hineinsehen würde, um zu erfahren, was sie denken. Henry war erstarrt, hatte sich geräuspert und seufzend, wie zu einem unzurechnungsfähigen Kind, etwas gesagt wie: »Und was glaubst du, was du darin findest? Sicher keine Zahnräder und Triebwerke oder Gedanken wie Papierstapel, zusammengebunden und mit Etiketten versehen!« Und er hatte über seinen plumpen Witz gelächelt.

»Nein, natürlich nicht«, hatte Elizabeth ihm ernüchtert geantwortet. Sie dachte jetzt daran, wie es in ihrem Gehirn aussähe: ein dunkler, warmer Raum, mit bunten Lichtern, die schwankten und flackerten wie viele Laternen, die sich im Wasser spiegelten und auf den umschatteten Wänden erschienen und vergingen, Bilder, sanft und verschwommen wie impressionistische Malerei. Die Farben wären in kleine bunte Fragmente zerlegt, und die Haut der Frauen wäre so rosa wie die Rosen, und die lavendelfarbenen Kleider mischten sich mit dem Flieder. Und von irgendwo ertönte süß der Klang von Geigen und Glocken.

Henrys Verstand, da war sie sicher, wäre flach und eben, mit Meßgeräten, die im hellen, gleichmäßigen Sonnenlicht ausgebreitet wären. Da wären geometrisch angelegte, betonierte Fußwege und quadratische, solide Gebäude mit Uhren dran, die absolut genau gingen, absolut gleichzeitig. Und die Luft wäre von akkuratem Ticken erfüllt.

Plötzlich hellte es sich draußen auf, und in dem frischen Licht schien der Raum größer zu werden. »Komm, das wird ein schöner Nachmittag für einen Spaziergang«, sagte Henry lächelnd, erhob sich von der Couch und streckte ihr eine breite, solide Hand entgegen.

Er hatte sich angewöhnt, jeden Sonntag nach dem Essen mit ihr einen Spaziergang auf der Strandpromenade zu machen. Die frische Salzluft, sagte er, würde sie stärken. Sie war immer ein bißchen bleich, ein bißchen schmal um die Wangen.

Im Wind würde sich Elizabeth' graues Haar lösen und feucht und klamm in einem dünnen Heiligenschein um ihr Gesicht flattern. Aber sie wußte, daß Henry es trotz der gesunden Brise ungern sah, wenn ihr Haar in Unordnung geriet, und froh war, wenn sie es wieder in dem gewohnten Knoten glättete und mit einer langen, metallenen Haarnadel sicherte.

Heute war die Luft klar und doch warm für Anfang September, und mit überraschender Heiterkeit trat Elizabeth auf die vordere Veranda, ihren grauen Tuchmantel lässig offen über dem lavendelfarbenen Kleid. In der Ferne türmten sich einige dunkle Wolken, die einen sich langsam nähernden Sturm ankündigten. Die purpurnen Wolken sahen wie winzige Trauben aus, vor denen Möwen wie cremeweiße Flocken kreisten.

Unten am Steinfundament der Strandpromenade brachen sich machtvoll die Wellen; die großen, grünen Kämme hingen wie ein Bogen aus kaltem, blaumarmoriertem Glas in der Schwebe, und dann, nach einem Moment der Reglosigkeit, stürzten sie in einer weißen Schaumkrone zusammen, und die Wasserschichten leuchteten am Strand wie dünne, spiegelnde Kristallflächen auf.

Elizabeth' Hand lag fest auf Henrys Arm; sie fühlte sich sicher wie ein Ballon, der vom Wind gehalten wurde. Den frischen Wind einzuatmen gab ihr ein Gefühl seltsamer Leichtigkeit, beinahe, als ob sie aufgeblasen wäre und bei einer nur wenig stärkeren Bö abheben und über dem Wasser dahintaumeln würde.

Weit, weit draußen am Horizont schwollen die Trauben an, breiteten sich aus, und der Wind war verdächtig warm und schob sie vorwärts. Das Licht der Septembersonne schien plötzlich blasser, schwächer.

»Henry, ich glaube, es gibt Sturm.«

Henry spottete über die düsteren Wolken in der Ferne. »Unsinn«, sagte er. »Das weht auseinander. Der Wind dreht sich.«

Der Wind drehte sich. Er blies in heftigen, launischen Stößen, foppte Elizabeth, zupfte am Saum ihres Unterrocks, ausgelassen blies er ihr eine Haarsträhne ins Auge. Sie fühlte sich seltsam schadenfroh und mutig, insgeheim erfreut, daß der Wind sich drehte.

Henry blieb an der Kaimauer stehen. Er zog seine massiv goldene Taschenuhr aus der Westentasche. »Die Flut«, sagte er, »wird in fünfzehn Minuten ihren höchsten Stand erreicht haben. Genau um sieben Minuten nach vier.« Sie würden sie vom alten Pier beobachten, der über den Felsen ins Meer hinausragte.

Elizabeth fühlte, wie ihre Heiterkeit wuchs, als sie über die Planken des Piers liefen, die unter ihren Füßen knarrten und stöhnten. Durch die Ritzen konnte sie das dunkelgrüne Wasser zu sich heraufblinken sehen. Die schäumenden Wellen schienen ihr etwas Geheimnisvolles zuzuflüstern, etwas, das nicht zu verstehen war, sich in der Lautstärke des Windes verlor. Sie spürte dumpf die moosbedeckten Pfeiler des Piers unter ihnen in der starken Strömung der Flut schwanken und quietschen.

»Hierher«, sagte Henry und lehnte sich über das Geländer am Ende des Piers; sein konservativer blauer Nadelstreifenanzug blähte sich im zügellosen Wind, der die sorgfältig gekämmten Haare von seinem Scheitel hob, bis sie wie die Fühler eines Insekts senkrecht standen und vibrierten.

Elizabeth beugte sich neben ihrem Bruder über das Geländer, starrte nach unten auf die Wellen, die an den Felsen aufschäumten. Ihr lavendelfarbener Rock blähte sich und flatterte um ihre Beine, und obwohl sie ihn mit ihren dünnen, schwachen Fingern festzuhalten versuchte, flog er immer wieder rebellisch hoch.

Etwas stach sie am Hals. Geistesabwesend hob sie eine Hand und konnte nur noch fühlen, wie sich ihre Amethystbrosche löste, durch ihre Finger glitt und fiel; purpurne Blitze zuckten, als sie sich im Fallen drehte und unten auf den Felsen gehässig funkelnd liegenblieb.

»Henry«, rief sie, sich an ihn klammernd. »Henry – Mutters Brosche! Was soll ich tun?« Henrys Blick folgte ihrer Hand, ihrem knochigen, zitternden Zeigefinger hinab, wo die Brosche lag und glitzerte. »Henry«, rief sie, fast schluchzend, »du mußt sie für mich holen. Die Wellen werden sie sonst mitnehmen!«

Henry, der ihr seinen schwarzen Bowler reichte, war plötzlich verantwortungsvoller Beschützer. Er lehnte sich über das Geländer, um zu sehen, wo er den besten Halt finden konnte. »Keine Angst«, sagte er mutig, und seine Worte wurden von dem höhnischen Wind zu ihm zurückgeschleudert. »Keine Angst, da ist so etwas wie eine Leiter. Ich werde dir deine Brosche wiederholen.«

Vorsichtig, fachmännisch, begann Henry seinen Abstieg. Er setzte einen Fuß nach dem anderen genau in die Winkel der Holzbalken und ließ sich auf die trockene, bemooste Spitze der Felsen hinab, wo er triumphierend stehenblieb. Die Wellen schlugen unter ihm ein wenig auf, hoben und senkten sich rhythmisch; in den Ritzen und Spalten zwischen den großen Felsen waren unheilvolle klopfende Geräusche zu hören. Sich mit der einen Hand an der untersten Sprosse seiner improvisierten Leiter haltend, beugte sich Henry vor, um die Brosche aufzuheben. Er bückte sich langsam, majestätisch, leicht keuchend vom schweren Mittagessen.

Elizabeth erkannte, daß die Welle schon eine ganze Weile nähergekommen war, aber sie hatte nicht bemerkt, daß sie so viel höher war als die anderen. Da kam sie, eine große, grüne Wassermasse bewegte sich langsam, majestätisch voran, rollte unerbittlich, von einem unfehlbaren Naturgesetz beherrscht, Henry entgegen, der sich mit der Brosche in der Hand gerade aufrichtete, um ihr zuzulächeln.

»Henry«, flüsterte sie, außer sich vor Entsetzen, als sie sich vorbeugte, um zuzusehen, wie die Welle den Felsen überspülte und eine enorme Wasserflut sich genau über den Punkt ergoß, auf dem Henry stand, an seinen Knöcheln hochbrandete und zwei Strudel an seinen Knien bildete. Für einen ziemlich langen Augenblick balancierte Henry tapfer, ein Koloß rittlings auf der tobenden See, mit dem Ausdruck ungewohnter und schmerzhafter Überraschung auf seinem weißen Gesicht, das zu ihr hinaufsah.

Henrys Arme rotierten wie die Propeller eines rasenden Flugzeugs, als er fühlte, wie das Moos unter seinen überschwemmten, blankgeputzten Schuhen rutschig wurde und er den Halt verlor; mit einem letzten hilflosen Blick, taumelnd, tastend, wortlos, stürzte er rückwärts in die Tiefen der nächsten schwarzen Welle. Mit zunehmender Ruhe sah Elizabeth, wie die fuchtelnden Arme sich hoben und senkten, sich wieder hoben. Schließlich wurde die dunkle Gestalt ruhiger, sank langsam weiter und weiter hinab in die unbekannte Tiefe der See. Die Gezeiten wechselten.

Versonnen lehnte Elizabeth über dem Geländer, das spitze Kinn in ihren blauädrigen Händen geborgen. Sie stellte sich einen grünen Wasser-Henry vor, der wie ein Meerschwein durch trübe Wasserschichten sank. In seinem Haar wäre Seegras und Wasser in seinen Taschen. Das Gewicht seiner runden goldenen Uhr, seines Kompasses mit dem weißen Zifferblatt würde ihn auf den Grund des Meeres ziehen.

Das Wasser würde in seine Schuhe laufen und in das Uhrwerk eindringen, bis das Ticken aufhörte. Kein irritiertes Schütteln oder Klopfen würde ausreichen, um das Werk wieder in Bewegung zu setzen. Selbst die mysteriösen und exakten Räder des Kompasses würden rosten, und Henry könnte schütteln und dagegenklopfen, aber die feine, zitternde Nadel würde hartnäckig festsitzen, und Norden wäre überall, wohin er sich auch drehte. Sie sah ihn vor sich, wie er auf seinem Spaziergang am Sonntagnachmittag im blassen, grünen Licht lebhaft ausschritt, neugierig mit seinem Spazierstock nach den Seeanemonen stach.

Und dann dachte sie an sein Arbeitszimmer mit all den Karten und den Seeschlangen, die kunstvoll mitten in den Atlantik gezeichnet waren; an Neptun, der mit seinem Dreizack in der Hand und der Krone auf seinem fliegenden weißen Haar königlich auf einer Welle saß. Während sie noch darüber nachdachte, verschwammen Neptuns königliche Züge, schwollen an, rundeten sich, und da, ihr zugewandt, war das verblüffte Gesicht eines reichlich veränderten Henry. Zitternd, ohne seinen Mantel, ohne seinen Nadelstreifenanzug, kauerte er auf dem Kamm der Welle, mit klappernden Zähnen. Und während sie hinsah, hörte sie ein winziges und erbärmliches Niesen.

Armer Henry. Ihr Herz flog ihm voll Mitleid entgegen. Denn wer würde sich da unten bei all den glitschigen, trägen Seekreaturen um ihn kümmern? Wer würde ihm zuhören, wenn er darüber redete, wie der Mond die Gezeiten beherrschte oder über die Dichte des atmosphärischen Drucks? Sie dachte mitfühlend an Henry und daß er Schellfisch nie vertragen hatte.

Der Wind wurde wieder stärker, und Elizabeths Röcke hoben sich in einer frischen Bö, bauschten, blähten sich auf, füllten sich mit Luft. Sie schwankte gefährlich, ließ das Geländer los, um ihren Unterrock glattzustreichen. Ihre Füße lösten sich von den Planken, fanden neuen Halt, lösten sich wieder, bis sie emporschnellte und wie blaßlila Löwenzahnsamen vom Wind über die Wellen hinaus aufs Meer getragen wurde.

Und das war das letzte, was man von Elizabeth Minton gesehen hat, die mit größtem Vergnügen aufwärtsflog, mal hierhin, mal dorthin, ihr lavendelfarbenes Kleid verschmolz mit dem Purpur der Wolken in der Ferne. Ihr hohes, triumphierendes weibliches Kichern vereinigte sich mit Henrys tiefem, gurgelnden Glucksen, das unter ihr mit der auslaufenden Flut herausgetragen wurde.

Die Dämmerung senkte sich über den Nachmittag. Plötzlich zog etwas an Elizabeth' Arm. »Komm mit nach Hause, Elizabeth«, sagte Henry. »Es wird schon spät.«

Elizabeth seufzte ergeben: »Ich komme.«

Zungen aus Stein

Die reine Morgensonne schien durch die grünen Blätter der Topfpflanzen in den kleinen Wintergarten, verbreitete Frische und Sauberkeit, und das Blumenmuster auf der chintzbezogenen Couch sah in dem frühen Licht kindlich und rosa aus. Das Mädchen auf dem Sofa, in den Händen ein gestricktes schiefes, rotes Viereck, fing an zu weinen, weil alles falsch war. Löcher waren darin, und die Frau in der seidenweißen Uniform, die gesagt hatte, daß jeder stricken lernen konnte, war im Nähzimmer und half Debby bei einer schwarzen, mit lavendelfarbenen Fischen bedruckten Bluse.

Nur Mrs. Sneider war noch in dem Wintergarten, wo das Mädchen auf dem Sofa saß, deren Tränen wie träge Insekten die Wangen hinabkrochen und naß und brennend auf ihre Hände fielen. Mrs. Sneider formte am Holztisch beim Fenster eine fette Frau aus Ton. Sie beugte sich über ihren Ton und warf hin und wieder einen wütenden Blick auf das Mädchen. Schließlich stand es auf und ging zu Mrs. Sneider hinüber, um sich die aufgedunsene Tonfrau anzusehen.

»Sie machen sehr hübsche Tonsachen«, sagte das Mädchen.

Mrs. Sneider verzog das Gesicht zu einem höhnischen Grinsen und fing an, die Frau auseinanderzunehmen, riß Arme und Kopf ab und versteckte sie unter der Zeitung, auf der sie arbeitete.

»Das hätten Sie wirklich nicht tun sollen, wissen Sie«, sagte das Mädchen. »Es war eine wirklich gute Frau.«

»Ich kenne Sie«, zischte Mrs. Sneider und zerquetschte den Körper der fetten Frau wieder zu einem formlosen Tonklumpen. »Ich kenne Sie, Sie schnüffeln und spionieren ständig überall herum!«

»Aber ich wollte doch nur mal sehen«, versuchte das Mädchen zu erklären, als die seidenweiße Frau zurückkam, sich auf die quietschende Couch setzte und fragte: »Zeigen Sie mir Ihr Strickzeug?«

»Es hat überall Löcher«, sagte das Mädchen gleichgültig. »Ich kann mir nicht merken, was Sie mir erklärt haben. Meine Finger wollen nicht.«

»Aber es ist absolut richtig«, gab die Frau fröhlich zurück und stand auf, um zu gehen. »Ich würde mich freuen, wenn Sie noch ein bißchen weiter daran arbeiteten.«

Das Mädchen nahm das rote Viereck, wickelte den Faden langsam um ihren Finger und stach mit der rutschigen blanken Nadel in eine Masche. Sie hatte die Masche erwischt, aber ihr Finger war steif und weit weg und wollte das Garn nicht über die Nadel bringen. Ihre Hände fühlten sich wie Ton an; sie ließ das Strickzeug in ihren Schoß fallen und fing wieder an zu weinen. Wenn sie einmal angefangen hatte zu weinen, gab es kein Halten mehr.

Zwei Monate lang hatte sie weder geweint noch geschlafen, und jetzt schlief sie immer noch nicht, aber es kamen immer mehr Tränen, den ganzen Tag. Durch ihre Tränen starrte sie aus dem Fenster auf die im Sonnenlicht verschwimmenden Blätter, die sich leuchtend rot färbten. Es war irgendwann im Oktober; sie hatte den Faden all dieser Tage längst verloren, und eigentlich machte das auch nichts, weil einer wie der andere war und es keine Nächte gab, um sie zu trennen, da sie nie mehr schlief. Jetzt war nur noch ihr Körper vorhanden, eine dumpfe Marionette aus Haut und Knochen, die Tag für Tag für Tag gewaschen und gefüttert werden mußte. Und ihr Körper würde noch weitere sechzig Jahre leben oder mehr. Nach einer Weile würden sie es satt haben, zu warten und zu hoffen und ihr zu erzählen, daß es einen Gott gab oder daß sie eines Tages auf diese Zeit zurückblicken würde wie auf einen schlechten Traum.

Dann würde sie ihre Nächte und Tage in die Länge ziehen, angekettet in einer dunklen Einzelzelle mit Dreck und Spinnen. Außerhalb des Traumes waren sie sicher und konnten ihr Kauderwelsch verbreiten. Aber sie war in dem Alptraum ihres Körpers gefangen, ohne Verstand, ohne irgend etwas, nur das seelenlose Fleisch, das vom Insulin immer fetter und mit der verblassenden Bräune immer gelber wurde.

Wie immer ging sie an diesem Nachmittag allein hinaus in den von Mauern umgebenen Hof hinter der Station; sie hatte ein Buch mit Kurzgeschichten mitgenommen, in dem sie nicht las, weil die Wörter nur tote, schwarze Hieroglyphen waren, die sie nicht mehr in farbige Bilder übersetzen konnte.

Sie nahm die warme, weiße Wolldecke mit, die sie aus irgendeinem Grund gern um sich wickelte, und legte sich auf einen Steinvorsprung unter die Pinien. Fast niemand kam hier heraus. Nur die kleinen, schwarzgekleideten, ehrwürdigen Frauen von der Station im dritten Stock gingen gelegentlich draußen in der Sonne spazieren und saßen dann steif am Holzzaun wie ausgetrocknete schwarze Käfer, das Gesicht mit geschlosenen Augen dem Licht zugewandt, bis die Schwesternschülerinnen kamen, um sie zum Abendessen zu rufen.

Während sie im Gras lag, summten schwarze Fliegen monoton im Sonnenlicht um sie herum; sie starrte sie an, als ob es durch Konzentration gelingen könnte, auf die Größe eines Fliegenkörpers zu schrumpfen, um so Bestandteil der natürlichen Welt zu werden. Sie beneidete sogar die grünen Grashüpfer, die im hohen Gras zu ihren Füßen herumsprangen, und fing einmal eine glänzende schwarze Grille, hielt sie in der Hand und haßte das kleine Insekt, weil dieses anscheinend einen schöpferischen Platz in der Sonne hatte, während sie nur wie ein Gallapfel auf der Erdoberfläche lag.

Sie haßte sogar die Sonne, weil sie heimtückisch war. Trotzdem war die Sonne die einzige, die noch mit ihr sprach, denn die Menschen hatten alle Zungen aus Stein. Nur die Sonne tröstete sie ein wenig und die Äpfel, die sie im Obstgarten sammelte. Sie versteckte sie unter ihrem Kopfkissen, denn wenn die Schwestern kamen und ihren Schrank und die Schubladen während der Insulinbehandlung verschlossen, konnte sie immer noch mit einem Apfel in der Tasche ins Bad gehen, die Tür abschließen und ihn mit großen, gierigen Bissen essen.

Wenn die Sonne nur auf dem Höhepunkt ihrer Kraft stehenbleiben und die Welt martern würde, sie jetzt und für immer mit ihr, wie sie da auf dem Boden lag, verschlingen würde. Aber die Sonne wanderte weiter, wurde schwächer, ließ sie im Stich und glitt den Himmel herunter, bis sie wieder den endlosen Einbruch der Nacht spürte.

Jetzt, wo sie die Insulinbehandlung hatte, wollten die Schwestern, daß sie früher hereinkommen sollte, damit sie ihr alle fünfzehn Minuten die kühlen Hände auf die Stirn legen und sie fragen konnten, wie sie sich fühle. Das alles war eine Farce, und deshalb sagte sie jedesmal: »Ich fühle mich wie vorher. Wie vorher.« Und das war die Wahrheit.

Einmal fragte sie die Schwester, warum sie nicht draußen bleiben konnte, bis die Sonne untergegangen war, weil sie sich nicht bewegte und nur dalag, und die Schwester hatte gesagt, es sei gefährlich, weil sie einen Schock haben könnte. Dabei hatte sie nie einen Schock. Sie saß nur da und starrte vor sich hin oder arbeitete an dem braunen Huhn, das sie auf eine gelbe Schürze stickte, und weigerte sich zu reden.

Es hatte keinen Zweck, die Kleider zu wechseln, denn sie schwitzte jeden Tag in der Sonne ihr kariertes Baumwollhemd durch, und mit jedem Tag wurde ihr langes, schwarzes Haar fettiger. Täglich lastete das erstickende Gefühl ihres permanent alternden Körpers schwerer auf ihr.

Sie fühlte, wie ihr Fleisch langsam faulte, heimtückisch und unvermeidlich von Stunde zu Stunde gelber und weicher wurde. Sie stellte sich vor, wie der Abfall sich in ihr anhäufte, sie mit Gift aufpumpte, das sie in dem leeren Dunkel ihrer Augen sah, wenn sie in den Spiegel starrte. Sie haßte das tote Gesicht, das ihr begegnete, das geistlose Gesicht mit der häßlichen, purpurfarbenen Narbe auf der linken Wange, die sie zeichnete wie ein scharlachroter Buchstabe.

In jedem Mundwinkel bildete sich ein kleiner Streifen Schorf. Sie war davon überzeugt, daß dies ein Zeichen ihres nahenden Austrocknens war, daß der Schorf nie abheilen, sondern sich über ihren Körper ausbreiten würde und die Reste ihres Verstandes in einem langsamen, sie verzehrenden Aussatz auf ihrem Körper ausbrechen würden.

Vor dem Abendessen brachte die lächelnde junge Schwesternschülerin dem Mädchen ein Tablett mit Orangensaft, der voller Zucker war und den es zum Abschluß der Behandlung trinken sollte. Dann klingelte die Essensglocke, und sie ging wortlos in den kleinen Speisesaal mit den fünf runden, weißgedeckten Tischen. Steif setzte sie sich einer großen knochigen Frau gegenüber, die in Vassar studiert hatte und immerzu Silbenrätsel löste. Die Frau versuchte das Mädchen zum Reden zu bringen, aber es gab nur einsilbige Antworten und aß weiter.

Debby kam zu spät zum Essen, rosig und atemlos vom Laufen, denn sie hatte Sondervergünstigungen. Debby schien mit ihr zu fühlen, aber ihr Lächeln war verschlagen, und sie steckte mit all den anderen unter einer Decke, die dem Mädchen nicht sagen würden: Du bist ein Kretin, und es gibt keine Hoffnung für dich.

Wenn es eines Tages jemand sagen würde, würde das Mädchen ihnen glauben, weil sie schon seit Monaten wußte, daß es wahr war. Sie war weiter am Rand des Strudels gekreist, hatte so getan, als ob sie klug und fröhlich sei, und während der ganzen Zeit sammelten sich diese Gifte in ihrem Körper an, bereit, jeden Moment hinter den leuchtenden falschen Augenblasen hervorzubrechen und zu schreien: Idiot! Angeber!

Dann kam die Krise, und jetzt saß sie für sechzig Jahre in der Falle, in ihrem verfallenden Körper gefangen, und fühlte ihr totes Gehirn, das wie eine graue, paralysierte Fledermaus in der dunklen Grotte ihres lebendigen Schädels zusammengefaltet war.

Eine neue Frau in einem purpurroten Kleid war heute abend auf der Station. Sie war farblos wie eine Maus und lächelte geheimnisvoll in sich hinein, während sie den Flur entlang zum Speisesaal ging, präzise auf einer Spalte zwischen den Bodendielen einen Fuß vor den anderen setzend. Als sie die Tür erreicht hatte, drehte sie sich seitwärts, den Blick sittsam zu Boden gerichtet, und hob erst ihren rechten, dann den linken Fuß über die Spalte, als benutzte sie einen kleinen, unsichtbaren Tritt.

Ellen, die fette, lachende irische Küchenhilfe, brachte laufend Teller aus der Küche. Als Debby um Obst statt Kürbiskuchen zum Nachtisch bat, brachte Ellen ihr einen Apfel und zwei Orangen, und Debby schälte sie gleich am Tisch und schnitt sie in ein Frühstücksschälchen. Clara, das Mädchen aus Maine mit dem blonden Pagenkopf, stritt sich mit der großen, schweren Amanda, die wie ein kleines Kind lispelte und sich immer wieder beklagte, es würde in ihrem Zimmer nach Kohlengas riechen.

Die anderen waren alle zusammen, herzlich, aktiv und laut. Nur das Mädchen saß starr, in sich selbst zurückgezogen wie ein hartes, verkümmertes Samenkorn, das nichts zum Leben erwecken konnte. Mit einer Hand umklammerte sie ihr Milchglas, fragte nach einem weiteren Stück Kuchen, um den Beginn der schlaflosen Nacht noch etwas hinauszuzögern, die mit der gleichen steigenden Geschwindigkeit ohne Halt in den nächsten Tag hineinrasen würde. Die Sonne kreiste schneller und schneller um die Erde, und sie wußte, daß ihre Großeltern bald sterben würden und daß ihre Mutter sterben würde und daß letztendlich kein bekannter Name mehr übrigbliebe, der gegen die Dunkelheit beschworen werden konnte.

Während dieser letzten Nächte vor ihrem Blackout hatte das

Mädchen wach gelegen, dem dünnen Atem ihrer Mutter gelauscht und sich gewünscht, aufzustehen und dem zerbrechlichen Hals das Leben abzudrehen, den langsamen Zersetzungsprozeß sofort zu beenden, der sie, wohin sie auch sah, wie ein Totenschädel angrinste.

Sie war zu ihrer Mutter ins Bett gekrochen und hatte mit wachsendem Entsetzen die Schwäche des schlafenden Körpers gefühlt. Es gab auf der Welt keine Zuflucht mehr. Zu ihrem eigenen Bett zurückschleichend, hatte sie die Matratze angehoben und sich in den Spalt zwischen Matratze und Bettfedern gezwängt, sehnsüchtig hoffend, unter der schweren Matte zerquetscht zu werden.

Sie hatte gegen die Dunkelheit angekämpft und verloren. Man hatte sie in die Hölle ihres toten Körpers zurückgestoßen. Man hatte sie wie Lazarus von den seelenlosen Toten wiedererweckt, vom Atem der Gruft bereits verdorben, fahlhäutig, mit purpurnen Prellungen an Armen und Schenkeln und einer rohen, offenen Wunde, die ihre linke Gesichtshälfte zu einer Masse aus bräunlichem Schorf und gelbem Schleim verzerrte, so daß sie ihr linkes Auge nicht öffnen konnte.

Zuerst hatte sie gedacht, sie sei auf dem Auge blind. In der Nacht ihrer Wiedergeburt in die Welt des Fleisches hatte sie wach gelegen, redete mit einer Schwester, die bei ihr wachte, das blinde Gesicht der sanften Stimme zugewandt, und sagte immer wieder: »Aber ich kann nichts sehen, ich kann nichts sehen.«

Die Schwester, die ebenfalls glaubte, sie sei blind, versuchte sie zu trösten, indem sie sagte: »Es gibt eine Menge Menschen auf der Welt, die auch blind sind. Sie werden einen netten blinden Mann kennenlernen und ihn eines Tages heiraten.«

Und dann kehrte die ganze Wirklichkeit des Verhängnisses zu dem Mädchen zurück, aus der endgültigen Dunkelheit, in der sie versucht hatte zu versinken. Es hatte keinen Sinn, sich um ihre Augen zu sorgen, wenn sie weder denken noch lesen konnte. Es würde keinen Unterschied machen, daß ihre Augen jetzt leere, blinde Fenster waren, weil sie weder lesen noch denken konnte.

Nichts auf der Welt konnte sie berühren. Sogar die Sonne strahlte weit entfernt in einer Muschel der Stille. Der Himmel, Blätter und Menschen wichen zurück, und nichts verband sie mit ihnen, weil sie innerlich tot war, nichts, weder all ihr Gelächter noch all ihre Liebe konnten sie mehr erreichen. Wie von einem fernen Mond, erloschen und kalt, sah sie ihre flehenden, sorgenvollen Gesichter, ihre ausgestreckten Hände, die in Gesten der Liebe erstarrt waren.

Es gab keinen Ort, wo man sich verstecken konnte. Dunkle Ecken und solche, die verborgene Orte versprachen, fielen ihr immer häufiger auf. Sehnsuchtsvoll dachte sie an Schubladen und Schränke und die schwarzen, offenen Schlünde von Toiletten und Badewannenabflüssen. Auf Spaziergängen mit der dicken, sommersprossigen Beschäftigungstherapeutin zog es sie zu den Wasserlachen in flachen Pfützen und zu den verheißungsvollen Schatten unter den Rädern vorbeifahrender Autos.

Nachts saß sie in ihre Decke gewickelt im Bett. Wieder und wieder zwang sie ihre Augen auf die Wörter der Kurzgeschichten in den abgegriffenen Zeitschriften, die sie immer bei sich hatte, bis die Nachtschwester mit ihrer Taschenlampe hereinkam und die Leselampe ausschaltete. Dann lag das Mädchen fest zusammengerollt unter ihrer Decke.

Eines Abends, als die Schwester auf ihrem Rundgang Schubladen und Schrank für die Nacht abschloß, versteckte sie das rosafarbene, baumwollene Schultertuch ihres Regenmantels im Kopfkissenbezug. Im Dunkeln knüpfte sie es zu einer Schlinge und versuchte, sie um ihren Hals fest zuzuziehen. Aber immer, wenn die Luft gerade wegblieb und sie fühlte, wie das Rauschen in ihren Ohren lauter wurde, erschlafften ihre Hände und gaben nach, so daß sie nach Atem ringend dalag und den dumpfen Instinkt in ihrem Körper verfluchte, der um sein Leben kämpfte.

An diesem Abend nach dem Essen, als die letzten gegangen waren, nahm das Mädchen ihr Milchglas mit hinunter in ihr Zimmer, während Ellen damit beschäftigt war, in der Küche Teller zu stapeln. Niemand war im Korridor. Ein Lustgefühl breitete sich langsam wie eine ansteigende Flutwelle in ihrem Körper aus.

Sie ging zu ihrem Schreibpult, nahm ein Handtuch aus der untersten Schublade, umwickelte damit das leere Glas und legte es in einer Ecke ihres Zimmers auf den Boden. Dann trampelte sie mit einer merkwürdig heftigen Leidenschaft wieder und wieder auf dem Handtuch herum, als ob sie in dem unwiderstehlichen Zwang eines Traums gefangen wäre.

Es machte keinen Lärm, aber sie spürte mit Wollust, wie das Glas unter den dicken Handtuchlagen zersplitterte. Sie bückte sich und wickelte die Bruchstücke aus. Zwischen den kleinen Teilchen lagen einige lange Splitter, von denen sie zwei aussuchte und unter der Innensohle ihres Turnschuhs versteckte. Den Rest wickelte sie wieder in das Handtuch.

Im Badezimmer schüttelte sie das Handtuch über der Toilettenschüssel aus und sah zu, wie das Glas das Wasser berührte, langsam sank, sich drehte, Licht fing und im dunklen Trichter verschwand. Das tödliche Glitzern der fallenden Splitter spiegelte sich im Dunkel ihres Verstandes, zeichnete einen Funkenbogen, der sich noch im Fallen verzehrte.

Um sieben kam die Schwester, um ihr das abendliche Insulin zu spritzen.

»Rechts oder links?« fragte sie, als das Mädchen sich mechanisch über das Bett beugte und ihre Schenkel entblößte.

»Das ist egal«, sagte das Mädchen. »Ich spüre sie gar nicht mehr.«

Die Schwester spritzte meisterhaft. »Herrje, Sie sind ja *wirklich* grün und blau«, sagte sie.

Auf dem Bett, eingewickelt in die schwere Wolldecke, trieb das Mädchen auf einer Woge der Trägheit hinaus. In der Schwärze, die Betäubung war, die Schlaf war, sprach eine Stimme zu ihr, wuchs im Dunkel wie eine Grünpflanze.

»Mrs. *Pat*terson, Mrs. *Pat*terson, Mrs. *Pat*terson!« Die Stimme wurde lauter und lauter, erhob sich und schrie. Licht brach durch Meere von Blindheit. Die Luft verdünnte sich.

Die Schwester, Mrs. Patterson, nahm vor den Augen des Mädchens Gestalt an. »Sehr gut«, sagte sie, »sehr gut, lassen Sie mich nur Ihre Uhr abmachen, damit Sie sie nicht am Bett zerschlagen.«

»Mrs. Patterson«, hörte das Mädchen sich sagen.

»Trinken Sie noch ein Glas Saft.« Mrs. Patterson hielt dem Mädchen einen weißen Zelluloidbecher mit Orangensaft an die Lippen.

»Noch eins?«

»Sie haben schon eins getrunken.«

Das Mädchen konnte sich überhaupt nicht an den ersten Becher Saft erinnern. Die dunkle Luft hatte sich verdünnt, jetzt lebte es. Da war das Klopfen am Tor gewesen und die Schläge am Bett, und jetzt sagte sie Worte zu Mrs. Patterson, die eine Welt eröffnen konnten. »Ich fühle mich anders. Ich fühle mich ganz anders.«

»Wir haben lange darauf gewartet«, sagte Mrs. Patterson, beugte sich über das Bett, um den Becher wegzunehmen, und ihre Worte waren warm und rund wie Äpfel in der Sonne. »Möchten Sie warme Milch? Ich glaube, Sie werden heute nacht schlafen.«

Und das Mädchen lag im Dunkeln, hörte der Stimme der Dämmerung zu und spürte mit jeder Faser ihres Verstandes und Körpers den immerwährenden Sonnenaufgang.

Steinknabe mit Delphin

Bamber hatte am Market Hill ihr Fahrrad gerammt; Orangen, Feigen und ein Paket mit rosa glasierten Törtchen flogen auf die Straße, und als er sie zur Entschädigung zu der Party einlud, beschloß Dody Ventura, hinzugehen. Sie hielt ihr verrostetes Raleigh-Rad fest und blieb unter den gestreiften Segeltuchmarkisen des Obststandes stehen, während Bamber die Orangen einsammelte. Sein roter Mönchsbart war dünn und struppig. Zu seinen Baumwollsocken trug er Sommersandalen, obwohl die Februarluft beißend kalt war.

»Du kommst doch, oder?« Albinoaugen fixierten sie. Blasse, knochige Hände ließen die leuchtenden Orangen mit der scharfriechenden Schale in ihren geflochtenen Fahrradkorb fallen. »Leider«, sagte Bamber, während er versuchte, die ursprüngliche Form des Kuchenpakets wiederherzustellen, »etwas zermatscht.«

Seinem Blick ausweichend, sah Dody die Great St. Mary's Passage hinunter, die von parkenden Fahrrädern gesäumt war, ein Rad hinter dem anderen. Die Steinfassade von King's und die Zinnen der Kapelle zeichneten sich formvollendet und frostig vor einem lichten, aquarellblauen Himmel ab. Solche Momente konnten das Schicksal wenden.

»Wer kommt denn alles?« fragte Dody. Ihre Finger fühlten sich in der Kälte steif und leer an. Wenn mich niemand braucht, bin ich überflüssig, erstarre ich.

Bamber spreizte seine großen Hände zu kreidigen Spinnennetzen, als wollte er die ganze Menschheit umspannen. »Alle. All die Literaturjungs. Kennst du sie?«

»Nein.« Aber Dody las sie. Mick. Leonard. Besonders Leonard. Sie kannte ihn nicht, aber sie konnte ihn auswendig. Mit ihm, wenn er mit Larson und den Jungs aus London kam, ging Adele zum Mittagessen. Nur zwei amerikanische Mädchen im College, und Adele wird den Keim in Leonard ersticken. Kaum mehr Keim: Blüte war es, in voller Blüte auf dem Höhepunkt der Karriere. Kein Platz für uns beide, hatte Dody Adele erklärt, als Adele die Bücher zurückbrachte, die sie ausgeliehen hatte, alles frisch unterstrichen und am Rand mit Notizen versehen. »Aber *du* hast unterstrichen«, rechtfertigte sich Adele zuckersüß mit unschuldigem Gesicht unter ihrem glänzenden blonden Haarschopf. »Ich kann mit meinen Sachen umgehen, wie ich will«, sagte Dody, »und du verwischst gefälligst deine Spuren.« Aus irgendeinem Grund hatte Adele das Spiel um die Königin gewonnen: anbetungswürdig, ganz unschuldiges Erstaunen. Den Geschmack von Zitronen auf den Lippen, zog Dody sich in ihr grünes Heiligtum von Arden mit seinem steinernen Abbild von Verrocchios Knaben zurück. Zum Abstauben, zur Andacht: Talent genug.

»Ich komme«, sagte Dody plötzlich.

»Mit wem?«

»Schick Hamish vorbei.«

Bamber seufzte. »Er wird da sein.«

Dody radelte in Richtung Benet Street davon. Roter karierter Schal und schwarzer Talar flogen im Wind. Hamish: solide, langsam. Als ob er per Maulesel reiste, ohne ihn zu treten. Dody wählte mit Bedacht, mit Bedacht und einer Verbeugung vor der Steinfigur in ihrem Garten. Solange es jemand war, der nicht wichtig war, war es nicht wichtig. Seit Beginn des Frühjahrssemesters hatte sie sich angewöhnt, den Schnee vom Gesicht des geflügelten, delphintragenden Knaben mitten im schneebedeckten Collegegarten zu wischen. Um die langen Tische mit den schwarzgewandeten Mädchen zu verlassen, die sich schwatzend über dem verkochten Abendessen von Spaghetti, Steckrüben, matschigen Spiegeleiern und rotem Himbeerpudding zum Nachtisch mit ihren Wassergläsern zuprosteten, schob Dody ihren Stuhl zurück und schwebte mit gesenktem Blick, unterwürfig und mit aufgesetzter, sittsamer Miene am Dozententisch vorbei, wo Gelehrte mit viktorianischer Reife Äpfel, Käsestückchen und Diätzwieback zu sich nahmen. Sie lief hinaus aus der verschnörkelten, weißgestrichenen Halle mit ihren goldgerahmten Direktorenporträts, die sich in hochgeschlossenen Talaren selbstlos und strahlend von den Wänden neigten, fort von den zugezogenen fahlen Draperien mit blaugoldenem Farnmuster. Ihre Absätze hallten in den kahlen Fluren.

Im menschenleeren Collegegarten stieg ihr der scharfe Geruch der dunkelgrünen Fichtennadeln in die Nase. Der Steinknabe balancierte auf einem Fuß, hielt die steinernen Flügel wie Federfächer dem Wind entgegen und trug seinen wasserlosen Delphin durch das rauhe, stürmische Wetter eines fremden Landes. Jeden Abend, wenn es geschneit hatte, kratzte Dody mit bloßen Fingern den verkrusteten Schnee von seinen steinernen Augenlidern und von seinem plumpen, steinernen Puttenfuß. Wenn nicht ich, wer dann?

Während sie die schneebedeckten Tennisplätze auf ihrem Weg zurück nach Arden überquerte, am Haus der kleinen, auserwählten Gruppe ausländischer Studentinnen aus Südafrika, Indien und Amerika vorbei, schickte sie ein stilles Stoßgebet zum Himmel, an das orangerot glühende Freudenfeuer, das schwach über den kahlen Baumwipfeln der Stadt aufleuchtete, und an die Sterne, die weit entfernt wie geschliffene Edelsteine blinkten: Laßt etwas geschehen. Laßt etwas geschehen. Etwas Schreckliches, etwas Blutiges. Etwas, das diesen endlos fallenden Flocken der Schneewehe aus Luftpostbriefen und umgeblätterten leeren Seiten in Bibliotheksbüchern ein Ende setzt. Wie wir vergeudet werden, wie wir uns ans Nichts verschwenden. Laßt mich *Phädra* sein und den roten Mantel der Verdammnis nehmen. Laßt mich ein Zeichen setzen.

Aber die Tage kamen und gingen, adrett, nett, einer Abschlußprüfung entgegen, und Mrs. Guinea machte ihre Runde, pünktlich wie ein Uhrwerk, jeden Samstagabend, beladen mit Stapeln frischgewaschener Laken und Kissenbezüge, ein Beweis für die sichere und ewig erneuerbare Reinheit der Welt. Mrs. Guinea, die schottische Haushälterin, für die Bier und Männer häßliche Worte waren. Als Mr. Guinea starb, wurde die Erinnerung an ihn wie ein Zeitungsausschnitt im Sammelalbum für immer zusammengefaltet, beschriftet und verwahrt, und Mrs. Guinea erblühte geruchlos nach all den Jahren wieder zur Jungfrau, auf irgendeine Weise zu übernatürlicher Jungfernschaft wiedererweckt.

An diesem Freitagabend, als Dody auf Hamish wartete, trug sie einen schwarzen Pullover und einen schwarzweiß karierten Wollrock mit einem breiten roten Gürtel um die Taille. Ich werde Schmerzen ertragen, tat sie der Luft kund, während sie ihre Nägel in Applecart Red lackierte. Ein halbfertiges Referat über die Metaphorik in *Phädra*, das siebte weiße Blatt steckte in der Schreibmaschine. Weisheit durch Leiden. In ihrer Mansarde im dritten Stock lauschte sie, hielt die Höhe letzter Angstschreie fest; lauschte: den Hexen auf der Folter, dem prasselnden Scheiterhaufen der Jeanne d'Arc, den unbekannten Damen, die wie Fackeln im berstenden Metall der Sportwagen an der Riviera loderten, der erleuchteten Zelda, die hinter den Barrieren ihres Irrsinns brannte. Was an Visionen zu haben war, kam unter Daumenschrauben, nicht in den tödlichen Komfort einer wärmflaschengemütlichen Ecke. Ohne im Geiste mit der Wimper zu zucken, entblößte sie ihr Fleisch. Hier. Triff mich im Innersten.

Ein Klopfen an der kahlen weißen Tür. Dody lackierte den Nagel ihres linken kleinen Fingers zu Ende, schraubte die Flasche mit dem blutig leuchtenden Nagellack, ließ Hamish solange warten. Dann erst, ihre Hand schüttelnd, um den Lack zu trocknen, öffnete sie schwungvoll die Tür.

Langweiliges rosa Gesicht, schmale Lippen mit einem aufgesetzten, neunmalklugen Lächeln. Hamish trug einen makellosen blauen Blazer mit Messingknöpfen, der ihn wie einen Jungen von einer Privatschule oder einen Sportsegler außer Dienst aussehen ließ.

»Hallo«, sagte Dody.

»Wie«, Hamish trat ein, ohne daß sie ihn gebeten hätte, »geht's dir?«

»Hab eine Nebenhöhlenvereiterung.« Sie zog die verstopfte Nase hoch, und in ihrer Kehle klumpte es sich, entgegenkommenderweise, mit einem häßlichen, froschähnlichen Geräusch.

»Hör mal«, Hamish badete sie mit seinen wasserblauen Augen, »ich meine, wir sollten aufhören, uns gegenseitig das Leben so schwer zu machen.«

»Klar.« Dody reichte ihm den roten Wollmantel und faltete ihren Universitätstalar zu einem schwarzen Trauerpaket. »Klare Sache.« Sie schlüpfte in den roten Mantel, den Hamish ihr hinhielt. »Kannst du meinen Talar nehmen?«

Sie knipste das Licht aus, als sie das Zimmer verließen, und schloß die cremefarbene Tür. Hamish voran ging sie, Stufe für Stufe, die zwei Treppen hinunter. Der untere Flur mit den numerierten Türen und der dunklen Täfelung war leer. Kein Geräusch, nur das dumpfe Ticken der Standuhr im Treppenschacht.

»Ich will mich noch schnell austragen.«

»Nein, brauchst du nicht«, sagte Hamish. »Du wirst spät zurückkommen. Und du hast einen Schlüssel.«

»Woher weißt du das?«

»Alle Mädchen in diesem Haus haben Schlüssel.«

»Aber«, flüsterte Dody protestierend, als er die Haustür öffnete, »Miss Minchell hat so scharfe Ohren.«

»Miss Minchell?«

»Unsere Universitätssekretärin. Sie schläft bei uns, sie paßt auf uns auf.« Miss Minchell führte grimmig und mit zusammengekniffenen Lippen die Aufsicht über den Frühstückstisch in Arden. Es gab ein Gerücht, daß es ihr die Sprache verschlagen hatte, als die amerikanischen Mädchen anfingen, mit Schlafanzügen unter ihren Bademänteln zum Frühstück zu erscheinen. Die englischen Mädchen kamen alle förmlich und vollständig angezogen zu ihrem morgendlichen heißen Tee, zu Hering und Weißbrot hinunter. Die Amerikanerinnen in Arden hatten das unvorstellbare Glück – Miss Minchell rümpfte spitz die Nase –, daß sie einen Toaster besaßen. Großzügigerweise wurde jedem Mädchen am Sonntag ein Viertelpfund Butter für die Woche zugeteilt. Nur die Unersättlichen kauften zusätzlich Butter beim Gemischtwarenhändler und schmierten sie doppelt dick auf den Toast, während Miss Minchell mißbilligend ihren ungebutterten in die zweite Tasse Tee tunkte, um ihren Nerven etwas Gutes zu tun.

Die Umrisse eines schwarzen Taxis waren im Lichtkegel der Lampe über dem Eingang zu erkennen, an der sich in Frühlingsnächten Motten ihre Flügel zu Staub schlugen. Keine Motten, nur die Winterluft jagte jetzt, wie die Schwingen einer Raubmöwe, Schauer über Dodys Rücken. Der hintere Schlag des Taxis hing offen in den schwarzen Angeln, ließ den Blick frei auf das karge Interieur, einen tiefen, rissigen Ledersitz. Hamish half ihr hinein und setzte sich neben sie. Er schlug die Tür zu, und wie auf ein Signal drehten die Räder durch und das Taxi schleuderte die Straße hinunter, daß der Schotter aufspritzte. Natriumdampflampen vom Fen Causeway flochten ihr unheimliches, orangefarbenes Licht in die blattlosen Pappeln von Sheep's Green, und die Häuser und Ladenfronten von Newnham Village reflektierten das fahle Licht, als das Taxi durch die Schlaglöcher der engen Straße rumpelte und schlingernd in die Silver Street einbog.

Hamish hatte kein Wort zu dem Fahrer gesagt. Dody lachte. »Du hast alles organisiert, nicht?«

»Mach ich immer.« Im schwefligen Licht der Straßenlaternen nahm Hamishs Gesicht seltsam orientalische Züge an, seine blassen Augen sahen über den hohen Wangenknochen wie leere Schlitze aus. Dody wußte alles über ihn, ein vom Bier aufgedunsener Kanadier, dessen Wachsmaske sie angenehmerweise zu einer Party von Freizeitlyrikern und unbedeutenden Universitäts-D. H. Lawrences begleitete. Nur Leonards Worte würden sich von dem geistreichen Unsinn abheben. Sie kannte ihn nicht, aber daß sie es wußte, schärfte ihre Klinge. Laß kommen, was kommt.

»Ich plane immer voraus«, sagte Hamish. »So wie ich für uns geplant habe, eine Stunde lang etwas trinken zu gehen. Und dann die Party. Keiner wird so früh da sein. Später gibt es da vielleicht sogar ein paar Dozenten.«

»Werden Mick und Leonard da sein?«

»Du kennst sie?«

»Nein, habe sie nur gelesen.«

»Klar, sie werden da sein. Wenn jemand da ist. Aber halte dich von ihnen fern.«

»Warum? Warum sollte ich?« Wert, von sich fernzuhalten, heißt wert, genauer zu betrachten. Wollte sie solche Begegnungen, oder diktierten die Sterne ihre Tage, zog Orion sie in Ketten an seinen gespornten Stiefeln hinter sich her?

»Weil sie falsch sind. Und außerdem die größten Verführer von Cambridge.«

»Ich kann selbst auf mich aufpassen.« Denn wenn ich gebe, gebe ich niemals wirklich alles. Dody, der immer kluge Geizhals, lehnt sich zurück und umklammert das letzte, wertvollste Kronjuwel. Immer in Sicherheit, nonnenhaft ihrer Statue dienend. Ihrer geflügelten Statue aus Stein mit niemandes Gesicht.

»Sicher«, sagte Hamish. »Sicher.«

Das Taxi hielt gegenüber der zinnenverzierten Steinfassade des King's, die im Lampenlicht wie eine als Stein maskierte, gestärkte Spitze aussah. Jungen in schwarzen Talaren schritten zu zweit und zu dritt vor der Pförtnerloge auf und ab.

»Keine Sorge.« Hamish half ihr auf den Bürgersteig, blieb stehen und zählte sein Kleingeld in die Hand des gesichtslosen Taxifahrers. »Es ist alles arrangiert.«

Von Millers polierter Holztheke aus beobachtete Dody die Paare, die weit entfernt am Ende des mit Teppichen ausgelegten Raumes die plüschbedeckte Treppe zum Speisesaal hinauf- und hinuntergingen: hungrig nach oben, vollgestopft nach unten. Verschmierte Lippenspuren am Glasrand, erstarrendes Rebhuhnfett, rubinbesetzt mit halbedlen Johannisbeergeleeklumpen. Der Whisky fing langsam an, die Beschwerden ihrer Nebenhöhlenvereiterung wegzubrennen, aber auch ihre Stimme mitzunehmen, wie immer. Ganz matt und hohl.

»Hamish.« Sie versuchte es.

»Wo bist du gewesen?« Seine warme Hand unter ihrem Ellenbogen tat gut wie jede warme Hand. Leute schwammen wogend vorbei, ohne Füße, ohne Gesichter. Jenseits des Fensters, umrahmt von grünblättrigen Gummibäumen, leuchteten Gesichtsmasken aus der dunklen See auf und trieben wieder fort, fahle Unterwasserplaneten am Rande der Vision.

»Fertig?«

»Fertig. Hast du meinen Talar?« Hamish zeigte auf das schwarze Stück Tuch, das er über dem Arm trug, und bahnte sich einen Weg durch die Menschenmenge vor der Bar zu den gläsernen Schwingtüren. Dody ging betont vorsichtig hinter ihm her, heftete ihre Augen auf seinen breiten, marineblauen Rücken, und als er die Tür öffnete, um sie vor sich hinaustreten zu lassen, ergriff sie seinen Arm. In seiner Zuverlässigkeit fühlte sie sich sicher, wie ein Ballon vom Wind gehalten, schwindelig, gefährlich schwankend, aber dennoch ziemlich sicher in dem starken Wind. Wenn du auf die Ritze trittst, bricht sich Mutter das Genick. Vorsichtig setzte sie ihre Füße auf die Platten.

»Du solltest lieber deinen Talar anziehen«, sagte Hamish, nachdem sie eine Weile gegangen waren. »Ich will nicht, daß die Aufseher uns schnappen. Besonders heute.«

»Wieso ›besonders‹?«

»Sie haben es heute auf mich abgesehen. Hilfsaufseher und so.«

Bei Peas Hill, unter dem grünbeleuchteten Vordach der Kunsthalle, half Hamish ihr, in die beiden Löcher des schwarzen Talars zu schlüpfen. »Er hat hier auf der Schulter einen Riß.«

»Ich weiß. Ich fühle mich immer wie in einer Zwangsjacke. Rutscht ständig runter und preßt mir die Arme am Körper fest.«

»Die werfen jetzt die Talare weg, wenn sie dich mit einem zerrissenen erwischen. Sie kommen einfach auf dich zu, nehmen ihn dir ab und zerreißen ihn auf der Stelle.«

»Ich sollte ihn zunähen«, sagte Dody. Flicken. Flick das Zerrissene, das Zerfetzte. Rettet den abgerissenen Ärmel. »Mit schwarzem Stickgarn. Damit man's nicht sieht.«

»Das würde ihnen gefallen.«

Hand in Hand gingen sie über den kopfsteingepflasterten Platz von Market Hill. Sterne leuchteten blaß über dem geschwärzten Seitenflügel der Great St. Mary's Church, die letzte Woche bußfertige Horden von Billy-Graham-Zuhörern beherbergt hatte. Vorbei an den Holzpfosten der leeren Marktstände. Dann die Petty Cury hoch, vorbei am Weinhändler mit chilenischem Burgunder und südafrikanischem Sherry im Fenster, an den geschlossenen Metzgereien und den bleiverglasten Fenstern von Heffers, wo die Bücher in der Auslage einer augenlosen Umgebung ihre stille Litanei von Worten wiederholten. Bis zu den Barocktürmen von Lloyd's lag die Straße kahl vor ihnen, verlassen bis auf ein paar Studenten, die zu Dinnerpartys ode Theaterveranstaltungen eilten; schwarze Talare flatterten wie Krähenflügel im frostigen Wind hinter ihnen her.

Dody sog gierig die kalte Luft ein. Ein letzter Segen. In der dunklen, gewundenen Gasse von Falcon Yard ergoß sich Licht aus den Fenstern im oberen Stock, kamen Lachsalven, genau abgestimmt auf die leisen synkopischen Klänge eines Klaviers. Ein Eingang breitete sein Lichtband vor ihnen aus. Auf halbem Weg der himmelschreiend steilen Treppe fühlte Dody, wie das Gebäude schwankte, das Geländer unter ihrer Hand nachgab, ihre Hand war schmierig, klamm vom Schweiß. Schneckenspuren, Fieberspuren. Aber das Fieber würde alles in den richtigen Fluß bringen, sein Feuer in ihre Wangen einbrennen, die braune Narbe auf ihrer linken Wange tilgen und in eine rote Rose verwandeln. Wie damals, als sie mit Fieber in den Zirkus ging, neun Jahre alt, vorher hatte sie sich Eis unter die Zunge gelegt, damit das Thermometer nichts anzeigte und ihre Erkältung verschwunden war, als der Schwertschlucker die Manege betrat und sie sich auf der Stelle in ihn verknallte.

Leonard könnte oben sein. In dem Zimmer am Ende der Treppe, die Hamish und sie gerade erklommen, Schritt für Schritt in Übereinstimmung mit den genau bemessenen Standorten der Sterne.

»Du machst das gut.« Hamish, direkt hinter ihrer Schulter, seine Hand unter ihrem Ellenbogen, schob sie aufwärts. Schritt. Und dann Schritt.

»Ich bin nicht betrunken.«

»Natürlich nicht.«

Der Türrahmen hing in einem Gewirr von Stufen, sich senkenden und hebenden Wänden, schloß alle anderen Räume aus, alle anderen Abgänge außer diesem einen. Gehorsame Engel in rosa Gaze zogen an unsichtbaren Fäden die überflüssigen Kulissen fort. Dody hielt mitten im Türrahmen inne. Das Leben ist ein Baum mit vielen Ästen. Wähle ich diesen Ast, verlasse ich mein Schneckenhaus für meinen Anteil von Äpfeln. Ich sammle meine Winesaps, meine Cox, meine Bramleys, meine Jonathans. Nach meiner Wahl. Wähle ich überhaupt?

»Dody ist da.«

»Wo?« Larson strahlend, mit seinem offenen amerikanischen Gesicht, herzlich, leicht glänzend wie immer, mit unerschütterlichem, ungezwungenem Stolz, kam mit einem Glas in der Hand herüber, Hamish brachte ihren Mantel und Talar zur Garderobe, und sie legte ihre braune, genarbte Lederhandtasche auf die nächste Fensterbank. Nicht vergessen.

»Ich hab' eine Menge getrunken«, bemerkte Larson liebenswürdig, lächerlicher Stolz leuchtete in seinen Augen, als ob er auf der Wöchnerinnenstation nebenan gerade erfolgreich Vierlinge zur Welt gebracht hätte. »Also, nimm mein Gerede nicht ernst.« Er wartete auf Adele, und mit ihrem Lilienhaupt vor Augen verteilte er währenddessen reichlich honigsüße Nettigkeiten. Dody kannte ihn bisher nur von einigen »Hallos« und »Tschüß« unter Adeles stetiger Aufsicht. »Mick ist schon hinüber.« Larsons Daumen wies in Richtung der wogenden, brodelnden Menge von Tänzern, über denen Schweißgeruch und der Freitagabendeintopf bestürzend konträrer Parfüme schwebte. Durch die lose miteinander verbundenen Klavierrhythmen, durch die blauen, wie Reiher aufsteigenden Rauchschwaden erkannte Dody den Jungen, der Mick war, dunkle Koteletten und zerwühltes Haar; er bewegte sich zu einer langsamen, weit ausholenden Version von englischem Jitterbug mit einem Mädchen in jagdgrünem Rock und Pullover, die so eng anlagen wie eine Froschhaut.

»Seine Haare stehen ab wie Teufelshörner«, sagte Dody. Sie würden also alle mit Mädchen versorgt sein, Larson, Leonard. Leonard, der von London gekommen war, um den Start der neuen Zeitschrift zu feiern. Mit ungerührtem Gesicht hatte sie Adeles Gerede ertragen, gelegentlich nachfragend, spionierend von den Zinnen ihrer Festung, bis Leonard als einziger die Rolle des Statuenzerstörers einnahm, weil er keine Statuen hatte. »Ist das Micks Künstlerin?«

Larson strahlte. »Das ist die Ballettänzerin. Wir nehmen

jetzt Ballettstunden.« Eine tiefe Kniebeuge, sein Glas schwappte über, die Hälfte war verschüttet. »Weißt du, Mick ist teuflisch. Wie du sagst. Weißt du, was er tat, als wir noch Kinder waren, in Tennessee?«

»Nein.« Dodys Augen wanderten durch den überfüllten Raum, huschten über Gesichter, hakten die Vorzüge der übrigen Unbekannten ab. »Was hat er getan?«

Da. Hinten in der Ecke, bei dem Holztisch, Gläser waren schon keine mehr da, der Punschkrug enthielt nur noch den Matsch von Orangen- und Zitronenschalen, stand ein Großer. Mit dem Rücken zu ihr, hochgezogene Schultern in einem dikken, schwarzen Rollkragenpullover, durch dessen Löcher man ein abgetragenes grünes Unterhemd sehen konnte. Seine Hände schossen in die Höhe, zerschnitten die Luft, um seinen unhörbaren Worten Nachdruck zu verleihen. Das Mädchen. Natürlich, das Mädchen. Blaß, Sommersprossen, kein Mund, sondern eine rosa, matte, ferne Rosenknospe, neigte sich mit großen Augen wie Schilfrohr im Strom seiner Worte. Das mußte Wie-hieß-sie-doch-gleich sein. Dolores. Oder Cheryl. Oder Iris. Wortlose und bleiche Gefährtin in Dodys Kurs in Klassischer Tragödie. Sie. Schweigsam. Mit Hundeblick. Schlau. Schickte stellvertretend ihre Leiche ins Seminar. Um mit rasselnder, verstaubter Stimme Prometheus' Problem vorzutragen. Während sie meilenweit weg in Sicherheit war, im Hemd vor dem Marmorsockel kniete. Dienerin einer Statue. Sie auch. Also.

»Wer«, fragte Dody, die sich jetzt sicher war, »ist das?«

Aber niemand antwortete.

»Über wilde Hunde«, sagte Larson. »Und Mick war der König der wilden Hunde, und wir mußten ihn bedienen . . .«

»Was zu trinken?« Hamish tauchte neben ihr mit zwei Gläsern auf. Die Musik war zu Ende. Applaus brauste auf. Schaumfetzen auf der Brandung der Stimmen. Mick kam auf sie zu, teilte die Menge mit seinen Ellenbogen.

»Tanzen?«

»Klar.« Leonards Zeit lag in Micks Seemannshänden. Dody hob ihr Glas, und ihr Drink wuchs, um ihren Mund zu treffen. Die Decke schwankte, und die Wände bogen sich. Fenster schmolzen, sich einwärts wölbend.

»Oh, Dody«, Larson grinste. »Du hast gekleckert.«

Tropfen liefen über Dodys Handrücken, ein dunkler Fleck wurde größer, breitete sich auf ihrem Rock aus. Schon markiert. »Ich möchte ein paar von diesen Schriftstellern kennenlernen.«

Larson reckte seinen dicken Hals. »Da ist Brian. Der Herausgeber persönlich. Reicht der dir?«

»Hallo.« Dody sah auf Brian hinunter, der zu ihr hoch sah, dunkelhaarig, tadellos, ein geschniegeltes kleines Paket von einem Mann. Ihre Gliedmaßen wurden riesig, Arm den Schornstein hoch, Bein durch das Fenster. Alles wegen dieser widerlichen kleinen Törtchen. Also wuchs sie, füllte den Raum aus. »Du hast das über die Edelsteine geschrieben. Das Salatleuchten des Smaragds. Das Auge des Diamanten. Ich fand es ...«

Neben dem schwarzen, polierten, sargähnlichen Klavier nahm Milton Chubb sein Saxophon auf, sein massiger Körper schwitzte dunkle Halbmonde unter den Armen. Dilys, dieses schüchterne, wuschelige Küken, schmiegte sich in seinen Arm, blinzelte unter wimpernlosen Augenlidern. Er würde sie zerdrücken. Er war bestimmt viermal so groß wie sie. Im College war bereits unter den Mädchen für sie gesammelt worden, damit sie und ihr kleiner, runder Bauch in London von Miltons ungewollt knospenden Erben befreit werden konnten. Ein Gewinsel. Ein Geknuffe.

Micks Finger griffen nach ihren. Seine Hand, mager, fest wie ein Seil, mit schwieliger Handfläche, riß sie aus ihren kreisenden Gedanken, und sie trat hinaus, hinaus aus den Klauen der Schwermut. Planeten funkelten in den fernen Reichen ihres Kopfes. M. Vem. Jaysun Pa. Merkur. Venus. Erde. Mars. Ich werde da hinkommen. Jupiter. Saturn. Dreht sich merkwürdig. Uranus? Neptun, mit Dreizack, grünhaarig. Weit entfernt. Pluto mit mongoloiden Lidern, danach. Und unzählige Asteroiden, ein Summen vergoldeter Bienen. Raus, raus. Jemanden anrempeln, sanft abprallen und sich wieder auf Mick zubewegen. Zum Hier, zum Jetzt.

»Ich kann überhaupt nicht tanzen.«

Aber Mick stellte sich taub. Wachs in den Ohren gegen Sirenenrufe. Grinst sie von weit, weit entfernt an, verschwindet. Über den Fluß und die Wälder. Sein körperloses Grinsen hing leuchtend in der Luft. Kein Wort konnte er hören in seiner kanariengefiederten Welt.

»Du hast diese Gedichte geschrieben«, schrie Dody über die dröhnende Musik, die lauter und lauter anschwoll, wie das anhaltende Dröhnen der Flugzeuge, die von der Startbahn über Boston Harbor abhoben. Sie versuchte eine Nahaufnahme, den Raum blinzelnd wie durch das verkehrte Ende eines Fernrohrs zu sehen. Ein rothaariger Junge beugte sich über das Klavier, seine Finger spielten einen Cakewalk, unsichtbar. Chubb, schwitzend und mit rotem Kopf, ließ sein Instrument jaulen, und Bamber war auch da, ruckartig flogen seine knochigen, kalkigen Hände wieder und wieder über die Gitarre.

»Diese Worte. Du hast sie geschaffen.« Aber Mick, zerknittert und hinüber in seinen ausgebeulten karierten Hosen, schwang sie vor und zurück, fing sie wieder auf, und Leonard war nirgendwo zu sehen. Überhaupt nirgendwo. All die vergeudeten Stunden. Sie vergeudete auf ihrer Jagd Stunden wie Salzkörnchen an das salzige Meer. Dieser einzigen Jagd.

Hamishs Gesicht leuchtete plötzlich, wie eine Kerze im Kreis der sich drehenden Gesichter, vor ihr auf. Gesichtszüge verschwammen und verwischten sich wie warmes Wachs. Hamish, ein wachsamer Schutzengel, wartete aufmerksam, kam nicht näher. Aber der Mann im schwarzen Pullover war nähergekommen. Seine hochgezogenen Schultern löschten den

Raum aus, Stück für Stück für Stück. Rosa, schimmernd und wirkungslos flimmerte Hamishs Gesicht hinter dem abgetragenen, zerrissenen Pullover hervor.

»Hallo.« Sein kantiges Kinn war grün und rauh. »Ich bin ein bißchen schäbig.« Sein Bart lag wie Moos auf seinem Kinn. Raum und Stimmen verstummten im ersten zarten Wirbel eines aufkommenden Windes. Die Luft erbleichte vor dem kommenden Sturm, war jetzt drückend. Die Blätter kehrten weißbäuchige Seiten in das seltsame Schwefellicht. Flaggen der Verwüstung. Hieß es in seinem Gedicht.

»Flick die Verwüstung.« Aber die vier Wände stiegen, losgelassen, aus der steinernen Höhle der sich drehenden Welt. Komm du, Nord. Komm du, Süd. Ost. West. Und wehe.

»Auch all ihre Zeremonie kann die Verwüstung nicht flikken.«

»Gefällt es dir?«

Der Wind schmatzte und grölte in den Stahlträgern des Weltenhauses. Gefährliches Gerüst. Wenn sie sehr vorsichtig ging. Pudding in den Knien. Sie sah den Partyraum vor ihren Augen wie eine Fotografie vom Untergang der Welt. Mick fing wieder an, mit dem Mädchen in Grün zu tanzen; Larsons Lächeln weitete sich zu einem Grinsen, so groß wie das Grinsen in Humptys Gesicht. Die Tatsachen vereinigen. Sie bewegte sich. Und sie bewegte sich in einen kleinen anderen Raum.

Eine Tür schlug zu. Die Mäntel der Leute waren haufenweise auf den Tischen zusammengesunken, abgelegte Hüllen und Gehäuse. Geister, die sich herumtrieben. Ich habe diesen Ast gewählt, diesen Raum.

»Leonard.«

»Brandy?« Leonard griff nach einem trüben Glas in dem gelblichen Waschbecken. Wundrote Flüssigkeit schoß aus der Flasche in das Glas. Dody streckte die Hände danach aus. Naß, aber absolut leer kamen sie zurück.

»Versuch's noch einmal.«

Noch einmal. Das Glas hob sich und flog, vollführte erst einen perfekten Bogen, einen hervorragenden Todessprung, an die glatte, häßlich-braune Wand. Eine Blüte aus blinkenden Funken machte plötzlich Musik und entblätterte sich in einer kristallinen Abfahrt. Leonard schob mit seinem linken Arm die Wand zurück und plazierte sie in die Lücke zwischen seinem linken Arm und seinem Gesicht. Dody erhob ihre Stimme über die aufkommenden Winde, aber sie stiegen höher in ihren Ohren. Dann, um die Kluft zu überbrücken, stampfte sie. Schließ diese vier Winde in ihre Ziegenlederbeutel ein. Stampfen. Der Boden hallte wider.

»Du bist ganz in Ordnung«, sagte Leonard. »Oder?«

»Hör zu. Ich habe diese Statue.« Augen mit Steinlidern lächelten, bekamen Fältchen. Das Lächeln wurde zum Klotz an ihrem Bein. »Ich muß diese Statue zerstören.«

»So?«

»Also, da ist dieser Steinengel. Nur bin ich nicht sicher, ob er ein Engel ist. Dieser steinerne Wasserspeier vielleicht. Ein ekliges Ding, das die Zunge herausstreckt.« Unter Bodenbrettern rumpelten und murmelten Tornados. »Vielleicht bin ich verrückt.« Sie hörten auf mit dem Rummel, um zuzuhören. »Kannst du das?«

Statt einer Antwort stampfte Leonard auf. Stampfte den Boden heraus. Ein Stampfen, die Decke flog ins Jenseits. Er streifte ihr Haarband ab und steckte es in seine Tasche. Grüner Schatten, Moosschatten kratzte ihren Mund. Und in der Mitte des Irrgartens, im Heiligtum des Gartens, zerbrach ein Steinknabe, zersplitterte in Millionen Teile.

»Wann kann ich dich wiedersehen?« Vom Fieber geheilt stand sie da, den Fuß triumphierend auf einem zerbeulten Steinarm. Merk dir das, mein gefallener Wasserspeier, mein Kieselprinz.

»Ich arbeite in London.«

»Wann?«

»Ich habe Verpflichtungen.« Die Wände kamen näher. Holzfasern, Glassplitter, alles an seinem Platz. »Im nächsten Raum.« Die vier Wände klangen nach Rückzug, geschlagen, heulten sie ihren Tunnel im meerumschlungenen Gürtel der Welt hinab. So hohl, hohl. Höhle im gehöhlten Stein.

Leonard beugte sich zu seinem letzten Abendessen. Sie wartete. Wartete, die weiße Wange mit ihrem Grünspanfleck im Blick, die sich ihrem Mund näherte.

Zähne schlugen. Und faßten zu. Salz, warmes Salz umspülte die Geschmacksknospen ihrer Zunge. Zähne gruben, um zu treffen. Ein Schmerz begann weit entfernt in den Kieferwurzeln. Merk dir das, merk dir das. Aber er schüttelte sie. Schüttelte sie ab mit einem Schlag gegen die massiv gewordene Wand. Zähne schlossen sich über dünner Luft. Kein Wort, nur ein schwarzer Rücken, der sich entfernte und kleiner, kleiner wurde in einer plötzlich aufgesprungenen Tür. Holzfasern fügten sich zusammen, ebneten sich zu Fußbodendielen, rückten die Welt zurecht. Die falsche Welt. Luft floß, füllte die Höhle, die seine Gestalt hinterlassen hatte. Aber überhaupt nichts füllte die Höhle in ihrem Auge.

Durch die halboffene Tür drang Kichern, Flüstern. Auf rauchbeladener Luft, die im Türspalt abriß, kam Hamish, aufmerksam, hinter einer glänzenden rosa Gummimaske.

»Bist du in Ordnung?«

»Natürlich bin ich in Ordnung.«

»Ich hole deinen Mantel. Wir gehen jetzt.« Hamish ging wieder hinaus. Ein kleiner Junge mit Brille und einem senffarbenen Anzug rannte durch ein Loch in der Wand Richtung Toilette. Er musterte sie, wie sie dastand, an die Wand gedrückt, und sie spürte, daß ihre Hand, die auf ihren Lippen lag, plötzlich zuckte wie bei einem Spastiker.

»Kann ich dir irgend etwas bringen?« In seinen Augen flakkerte es merkwürdig auf, ein Flackern, wie es die Leute haben, wenn sich das Blut eines Verkehrsunfalls ansammelt und verschwenderisch über das Pflaster plätschert. Wenn sie zum Gaffen kamen. Eine neugierige Arena von Augen.

»Meine Handtasche«, sagte Dody ruhig. »Ich habe sie hinter den Vorhang auf das erste Fensterbrett gelegt.«

Der Junge ging hinaus. Hamish erschien mit ihrem roten Mantel, der schwarze Talar hing wie ein Fetzen Trauerflor herunter. Gehorsam schlupfte sie hinein. Aber ihr Gesicht brannte, gehäutet, ungeschminkt.

»Gibt es hier einen Spiegel?«

Hamish zeigte ihn ihr. Ein trübes, gesprungenes Rechteck aus Glas hing über dem ehemals weißen Waschbecken, das nun von hundert Jahre altem Erbrochenen und Laugenflecken vergilbt war. Sie lehnte sich vor, und ein erschöpftes, bekanntes Gesicht mit leeren braunen Augen und einer genähten braunen Narbe auf der linken Wange schwamm ihr durch den Nebel entgegen. Es gab keinen Mund in dem Gesicht: Die Stelle, wo er sein sollte, hatte die gleiche blasse Farbe wie die übrige Haut, seine Form zeichnete sich wie bei einer verpfuschten Skulptur nur durch die Schatten unter den erhabenen und geschwollenen Stellen ab.

Der Junge stand neben ihr und hielt eine Handtasche aus zerkratztem braunen Leder hoch. Dody nahm sie. Mit einer roten Lippenstiftpatrone folgte sie dem Umriß des Mundes und ließ die Farbe zurückkehren. Danke, lächelte sie mit ihrem neu leuchtenden roten Mund dem Jungen zu.

»Paß jetzt auf mich auf«, erklärte sie Hamish. »Ich habe mich ziemlich mies benommen.«

»Du bist in Ordnung.« Aber die anderen würden das nicht so sagen.

Hamish stieß die Tür auf. Hinaus in den Raum. Keiner starrte: ein Kreis von Rücken, abgewandte Gesichter. Klaviermusik untermalte noch immer die Gespräche. Die Leute lachten jetzt sehr. Neben dem Klavier kauerte Leonard und hielt ein weißes Taschentuch an seine linke Wange. Die große, blasse Dolores-Cheryl-Iris mit den Tigerlilien-Sommersprossen neigte sich ihm zu, um ihm das Blut abzutupfen. Ich war das, informierte Dody die taube Luft. Aber die Verpflichtung war im Weg, grinsend. Verpflichtungen. Wasser und Seife würden bestimmt eine Woche lang den Kreis aus Löchern nicht abwaschen können. Dody Ventura. Merkt euch den Namen. Merkt euch das.

Durch Hamish, fürsorglich, überhaupt nicht böse, kam sie bis zum Ausgang, ohne daß ein Stein geworfen wurde. Sie wollte nicht gehen, aber sie ging. Auf dem Weg die enge Treppe hinunter kam ihr Adeles Gesicht, umrahmt von glänzendem blonden Haar entgegen, offen und ehrlich und unantastbar wie eine Seerose. Dieses helle Blond, ganz Keuschheit, ganz keusch in sich selbst verschlossen. Vielmännerei, doch jungfräulich, ihre bloße Erscheinung war schon eine Rüge, wie die stille Anwesenheit einer Nonne. Oswald schob sie hoch, und hinter ihm marschierte der große, linkische und depressive Atherton. Oswald, das klebrige Haar über seinen fliehenden Neandertalkopf gebürstet, um die sich ausweitende, glänzende Fläche zu verdecken, starrte Dody durch seine Schildpattbrille an.

»Erzähl uns etwas über Knochenstruktur, Dody.« Sie sah klar im noch ungebrochenen Licht den Moment vor sich, wo die drei zusammen in den Raum eintraten, randvoll mit dem, was sie getan hatte, Versionen und Variationen über das Thema ihrer Tat, die sie bis morgen zeichnen würde, wie die braune Narbe auf ihrer Wange, in allen Colleges und in der ganzen Stadt. Mütter würden am Market Hill stehenbleiben und sie ihren Kindern zeigen: »Da ist das Mädchen, das den Jungen gebissen hat. Er starb einen Tag darauf.« Hört, hört, werden die Hunde bellen.

»Das war letzte Woche.« Dodys Stimme krächzte hohl, wie vom Grund eines unkrautüberwucherten Brunnens. Adele lächelte weiter ihr selbstloses, sublimes Lächeln, weil sie bereits wußte, was sie in dem Raum finden würde: kein Sammelsurium von Verhältnissen, die von den Sternen geschickt waren, sondern ihre erwählten Freunde und Larson, ihren besonderen Freund. Wer würde ihr alles erzählen und das Gerede über die Geschichte in Gang halten, verändern und die Farben wechseln wie ein Chamäleon wegen einer verschmutzten und finsteren Umgebung.

Dody trat an die Wand zurück und ließ Adele, Oswald und Atherton an ihr vorbei die Treppe hinaufsteigen, in den Raum, den sie verlassen hatte, zu dem roten Kreis von Zahnabdrücken und Leonards Verpflichtung. Kalte Luft traf sie, schnitt ihr in die Beine. Aber es kamen keine Gesichter, die sie erkannten, keine Finger, die tadelnd auf sie zeigten. Blinde Ladenfronten und blicklose Gassenmauern sagten: Tröstet euch, tröstet euch. Schwarze Himmelsräume sprachen von der Größe, der Gleichgültigkeit des Universums. Grünende Sternspitzen erzählten ihr, wie wenig es sie kümmerte.

Jedesmal, wenn Dody zu einem Laternenpfahl Leonard sagen wollte, sagte sie Hamish, weil Hamish die Führung übernommen hatte, sie wegführte, sicher, wenn auch beschädigt und mit inneren Verletzungen, aber jetzt sicher, durch die namenlosen Straßen. Irgendwo aus dem dunklen, heiligen Bauch der Great St. Mary's oder tief, tiefer aus der Stadt schlug eine Glocke. Dong.

Schwarze Straßen, bis auf die dünnen Lichtstreifen der Hauptkreuzungen. Alle Stadtbewohner im Bett. Ein Spiel begann, ein Versteckspiel mit niemandem. Niemandem. Hamish postierte sie hinter einem Auto, lief allein voraus, sah vorsichtig um Ecken, kehrte dann zurück, um sie hinter sich her zu führen. Dann, vor der nächsten Ecke, hockte Dody sich wieder hinter ein Auto; der metallene Kotflügel fühlte sich wie Trockeneis an, das ihre Haut magnetisch anzog. Hamish verließ sie wieder, lief voraus, schaute um die Ecke, kam zurück und sagte, daß soweit alles sicher sei.

»Die Aufseher«, sagte er, »werden nach mir Ausschau halten.«

Ein feuchter Nebel stieg auf und wogte um ihre Knie, ließ die Häuser und die kahlen Bäume zu Flecken verschwimmen; eine Nebelschwade färbte sich phosphorblau im Licht des hohen, klaren Mondes, setzte ihr dramatisches Segel auf pelzigem, blauem Dunst mal hierhin, mal dahin, auf einen Ahorn, auf eine Gartenhütte. Nach den schwarzen Gassen, der Kreuzung an der Trumpinton Street, unter den geschwärzten rauhen Mauern des Pembroke College vorbei, an dem Friedhof zur Rechten, über dessen schiefe Steine Schnee in weißen Flecken trieb und dunkle Flecken dort waren, wo man Erde sah, kamen sie zur Silver Street. Mutiger gingen sie jetzt am hölzernen Fensterrahmen des Metzgers vorbei, dessen klinisch weiße Jalousie all die an den Hinterfüßen aufgehängten Schweine und die Ladentische voll gefleckter Schweinswürste und purpurroter Nieren verdeckte. Am verschlossenen Tor des Queen's College sah man im Mondlicht fünf Jungen in schwarzen Talaren umherschlendern. Einer fing an zu singen:

A-las, my love, you do me wrong.

»Warte.« Hamish postierte Dody in eine Ecke außerhalb des mit Eisenspitzen versehenen Tors. »Du wartest, und ich suche eine gute Stelle, um dich herüberzubringen.«

To cast me off dis-courteously.

Die fünf Jungen umringten Dody. Sie hatten überhaupt keine Gesichtszüge, nur blasse, durchscheinende, gesichtsähnliche Monde, so daß sie sie nie wiedererkennen würde, und ihr Gesicht fühlte sich ebenfalls wie ein konturenloser Mond an. Im Tageslicht würden die Jungen sie nicht erkennen.

»Was tust du hier?«

»Geht es dir gut?«

Die Stimmen flüsterten, fledermausgleich, über ihr Gesicht, ihre Hände.

»Mmh, du riechst gut.«

»Dieses Parfüm.«

»Laß dich küssen.«

Ihre Stimmen, sanft und leicht wie Papierschlangen, sanken, berührten sie sanft, wie Blätter, wie Flügel. Stimmen mit Spinnwebflügeln.

»Was tust du hier?«

Den spitzen Zaun im Rücken, starrte Dody auf das weiße Schneefeld hinter den sichelförmig angeordneten, dunklen Gebäuden des Queen's College und auf die bläulichen Nebelschwaden, die taillenhoch über den Schnee flossen; sie wich nicht. Und die Jungen zogen sich zurück, weil Hamish auftauchte, und kletterten einer nach dem anderen über den spitzen Zaun. Dody zählte. Drei. Vier. Fünf. Schläfrig Schafe zählen. Sie hielten sich am Metallgitter fest, schwangen sich über die scharfen, schwarzen Spitzen hinunter auf das Gelände des Queen's College, wo sie sturzbetrunken und taumelnd über den verkrusteten Schnee schlichen.

»Wer war das?«

»Nur ein paar verspätete Jungs, die in den Hof wollten.« Die Jungen waren jetzt alle auf der anderen Seite und entfernten sich über die gewölbte Brücke, die den schmalen, grünen Fluß kreuzte, die Brücke, die Newton einst ohne Bolzen zusammengesetzt hatte.

»Wir steigen über die Mauer«, sagte Hamish. »Sie haben eine gute Stelle gefunden. Nur darfst du nicht reden, bis wir drin sind.«

»Ich kann da nicht rübersteigen. Nicht mit diesem engen Rock. Die Spitzen werden meine Hände durchbohren.«

»Ich helfe dir.«

»Aber ich werde hinfallen.« Trotzdem zog Dody ihren Tweedrock bis zu den Schenkeln hoch, bis zum Ende ihrer Nylonstrümpfe, und setzte einen Fuß auf die Mauer. Mut, nur Mut. Sie hob ihr linkes Bein über die Eisenspitzen, wo sie am niedrigsten waren, aber die schwarzen Spitzen verfingen sich und stachen durch ihren Rock. Hamish half ihr, aber sie saß fest, schwankend, ein Bein über den Spitzen. Würde es weh tun, würde sie vielleicht sogar bluten? Denn die Eisenspitzen würden sich in ihre Hände bohren, die so kalt waren, daß sie sie nicht mehr spürte. Und dann war Hamish plötzlich auf der Innenseite des Zauns, formte mit seinen Händen einen Steigbügel, in den sie treten sollte, und ohne zu argumentieren oder zu denken trat sie einfach hinein, drehte sich mit den Händen an den Eisenspitzen um die eigene Achse, und die Spitzen schienen sich mitten durch die Hände zu bohren.

»Meine Hände«, sagte sie, »sie werden bluten ...«

»Pst!« Hamish legte ihr die Hand auf den Mund. Er blickte zu dem dunklen Eingang des halbmondförmigen Innenhofs hinüber. Die Nacht war still, und der Mond, weit oben in seinem Mantel aus geborgtem Licht, zeigte ihr einen runden O-Mund, ihr, Dody Ventura, die um drei Uhr morgens in den Hof vom Queens' geraten war, weil es keinen anderen Ort gab, wohin man gehen konnte, weil es eine Station auf dem Weg war. Ein Platz zum Aufwärmen, weil ihr sehr kalt war. Verschwendet, verschwendend, ihr Blut verbraucht, um den Kreis von Zahnabdrücken auf Leonards Wange zu röten, und sie, eine blutleere Hülse, in der Hölle treibend zurückgelassen. Hier, mit Hamish.

Dody ging Hamish nach, fuhr mit den Fingern über die rauhe Backsteinoberfläche des Gebäudes, bis sie den Eingang erreicht hatten. Hamish hatte keinen Grund, sich so unauffällig und leise zu bewegen, denn kein Laut war zu hören; es gab nur die große Schneestille und die Stille des Mondes und den leisen Atem von Hunderten von Queens'-Männern, die im tiefen Morgenschlaf lagen. Die erste Treppenstufe knarrte, obwohl sie ihre Schuhe ausgezogen hatten. Die nächste war still. Und auch die nächste.

Ein Zimmer nur für sich. Hamish schloß die schwere Eichentür hinter ihnen, dann die dünne Innentür und brannte ein

Streichholz an. Abrupt war das große Zimmer erleuchtet, mit seiner dunklen, speckigen, rissigen Ledercouch, den dicken Läufern und der vollen Bücherwand.

»Geschafft. Ich bin in der guten Stube.«

Hinter der Holzvertäfelung knarrte ein Bett. Man hörte einen erstickten Seufzer.

»Was ist das? Ratten?«

»Keine Ratten. Mein Zimmergenosse. Er ist in Ordnung...« Hamish verschwand und das Zimmer mit ihm. Ein weiteres Streichholz ratschte, und das Zimmer kehrte zurück. Hamish, in der Hocke, drehte den Gasbrenner für den Heizofen auf. Das zischende Geräusch entzündete mit einem sanften Wusch ein blaues Licht, und die dicht nebeneinanderstehenden Gasflammen hinter dem weißen Asbestgitter warfen flakkernde Schatten auf die große Couch und die schweren Sessel.

»Mir ist so kalt.« Dody saß auf dem Läufer vor dem Feuer, das Hamishs Gesicht gelblich statt rosa färbte und seinen blassen Augen etwas Dunkles gab. Sie rieb ihre Füße, stellte die roten Schuhe, die schwarz aussahen, hinter das Gitter vor dem Feuer. Ihre Schuhe waren innen völlig durchnäßt, sie spürte die Feuchtigkeit an ihren Fingern, aber nicht die Kälte, nur den betäubenden Schmerz in ihren Zehen, als sie sie rieb, das Blut wieder in sie hineinrieb.

Hamish drückte ihre Schultern nach hinten, ihre Haare breiteten sich auf dem Läufer aus, kringelten sich um die langen, dichten Teppichschlingen, aus denen ihr der Geruch von Schuhleder und uraltem Tabak in die Nase stieg. Was ich tue, sollte ich nicht tun. In der Hölle brennt man eigentlich nicht. Hamish küßte ihren Mund, und sie spürte seinen Kuß. Nichts regte sich. Träge lag sie da und starrte an die hohe Decke, die von dunklen Holzbalken gekreuzt wurde, hörte, wie sich Generationen von Würmern darin bewegten, sie mit unzähligen Gängen und kleinen, wurmgroßen Labyrinthen durchlöcherten, und Hamish lag mit seinem Gewicht auf ihr – so war es warm. Wenn mich niemand braucht, bin ich überflüssig, werde ich nicht sein. (Es ist einfach, wenn auch nicht heldenhaft, durchzuhalten.)

Und schließlich lag Hamish einfach nur da, mit seinem Gesicht an ihrem Hals, und sie fühlte seinen ruhiger werdenden Atem.

»Bitte schimpf mit mir.« Dody lauschte ihrer Stimme, die fremd und gepreßt klang, weil sie auf dem Rücken am Boden lag, wegen der Stirnhöhlenvereiterung, wegen des Whiskys. Ich habe genug von beschrifteten Statuen. In einer grauen Welt brennen keine Feuer. Gesichter tragen keine Namen. Leonards können nicht sein, weil Leonards nicht leben: Leonard ist kein Name.

»Wofür?« Hamishs Mund bewegte sich an ihrem Hals, und sie hatte wieder das Gefühl, einen unnatürlich langen Hals zu haben, der ihren Kopf weit entfernt von ihrem Körper nicken ließ, auf einem langen Stiel steckend wie auf der Zeichnung von Alice, deren Kopf, nachdem sie den Pilz gegessen hatte, auf seinem Schlangenhals über die Blätter der Baumwipfel ragte. Eine Taube flog auf, schimpfend. Schlangen, Schlangen. Wie soll ich die Eier beschützen?

»Ich bin eine Schlampe«, hörte Dody ihre Stimme aus der Puppenschachtel in ihrer Brust verkünden, und sie hörte ihr zu und überlegte, welche seltsamen Dinge sie wohl als nächstes sagen würde. »Ich bin eine Hure«, sagte sie ohne Überzeugung.

»Nein, das bist du nicht.« Hamish machte einen Kußmund an ihrem Hals. »Aber ich hoffe, du hast deine Lektion gelernt. Ich habe dir von ihnen erzählt, und du solltest deine Lektion gelernt haben.«

»Ich habe sie gelernt«, log die dünne Stimme. Aber Dody hatte ihre Lektion nicht gelernt, es sei denn, es wäre die Lektion über diese Hölle, in der niemand verletzt wurde, weil niemand einen Namen annahm, an dem man die Verletzung wie eine zerbeulte Dose festbinden konnte. Namenlos erhebe ich mich. Namenlos und unbefleckt.

Die nächste Etappe ihrer Reise rückte bedrohlich näher: sicher durch die Tür von Arden zu kommen und dann ohne knarrende Stufen hinauf in ihr Zimmer. Keine aufgeregte Miss Minchell, die auf dem Absatz zwischen der ersten und zweiten Treppe wütend in ihrem roten Flanellbademantel aus ihrem Zimmer stürzt, mit einem schwarzgrauen Zopf, der ihr, aus dem Knoten gelöst, gerade den Rücken hinab bis zum Hintern hängt, und niemand sieht sie. Niemand erfuhr, daß Miss Minchells Haar, wenn sie den Knoten löste, ihr bis zum Hintern reichte. Eines Tages, in einigen Jahren, wird es ein fregattengrauer Zopf sein, der ihr dann wahrscheinlich bis in die Kniekehlen hing. Und wenn er den Boden erreicht hat, wird er schneeweiß sein. Weiß wird er all seine Weiße an die Luft verschwenden.

»Ich gehe jetzt.«

Hamish stand mühsam auf, und Dody blieb unentschlossen liegen, fühlte die warme Stelle, wo er gelegen hatte, den warmen Schweiß, der an der kühlen Luft trocknete und abkühlte, durch ihren Pullover. »Du hältst dich genau an meine Anweisung«, sagte Hamish. »Sonst kommen wir hier nie raus.«

Dody zog ihre mit Bändern verzierten Schuhe an, die vom Feuer so heiß geworden waren, daß sie sich die Fußsohlen verbrannte.

»Willst du wieder über die Eisenspitzen klettern? Oder sollen wir's mit dem Bach versuchen?«

»Dem Bach?« Dody sah zu Hamish hoch, der über ihr stand, warm und kräftig wie ein Pferd, das das Heu in seinem Stall riecht. »Ist er tief?« Es hätte Larson oder Oswald oder sogar Atherton sein können, der da stand, der mit angenehmer, Pferden eigener Wärme zur Verfügung stand. Unsterbliche Pferde, denn eines ersetzt das andere. Und somit war alles geregelt, in einer Ewigkeit von Pferden.

»Tief? Er ist zugefroren. Ich würde es sowieso erst ausprobieren.«

»Dann den Bach.«

Hamish ließ Dody an der Tür stehen. Erst öffnete er die innere Tür, dann, nachdem er durch den Spalt gespäht hatte, die äußere. »Du wartest hier.« Er drückte sie gegen den Türrahmen.

»Wenn ich ein Zeichen gebe, dann komm.«

Stufen knarrten leicht unter seinem Gewicht, dann, nach einer Pause, flammte ein Streichholz auf, beleuchtete den Eingang, die Struktur des Holzes, dem Geisterhände eine mattglänzende Patina gegeben hatten. Dody begann hinabzusteigen. Wie wir uns immer wieder von uns entfernen und zurückkehren, niemals vereinigen, niemals erstarren in den perfekten Haltungen unserer Träume. Auf Zehenspitzen, die rechte Hand am Geländer, schlich Dody abwärts. Sie hatte das Gefühl, als ob sich der gesamte Queens'-Komplex zur Seite neigte und wieder aufrichtete und wieder neigte, wie ein Schiff, das sich auf hoher See in den Wellen wiegt. Ein Splitter stach in ihren Zeigefinger, aber sie ließ ihre Hand auf dem Geländer weitergleiten. Ohne zu zucken. Hier. Schlag zu. Der Splitter brach ab, war mit einem kleinen bohrenden Schmerz in ihren Finger gebettet. Hamish schob sie in die dunkle Nische des Eingangs, eine Schneiderpuppe.

»Warte«, flüsterte er, und das Flüstern sauste die Treppe hinauf, wand sich um das Geländer, wo vielleicht jemand auf dem nächsten Absatz stand, argwöhnisch, lauschend, mit Taschenlampe und Dienstabzeichen. »Ich gebe Zeichen, wenn alles klar ist, und dann rennst du wie der Teufel. Auch wenn jemand hinterherkommt, rennst du, denn wir werden über den Bach und auf der anderen Straßenseite sein, bevor sie uns einholen können.«

»Was ist, wenn sie dich erwischen?«

»Sie werden mich höchstens rausschmeißen.« Hamish ließ

das Streichholz fallen. Er trat es mit dem Fuß aus. Die kleine gelbe Welt verschwand, und der Hof erstrahlte groß und leuchtendblau im Mondlicht. Hamish trat hinaus, seine dunkle Gestalt zeichnete sich scharf gegen den Schnee ab, eine Pappsilhouette, die sich bewegte, kleiner wurde, mit der Dunkelheit der Büsche am Ufer des Baches verschmolz.

Dody beobachtete ihn, hörte ihren Atem, den Atem eines nichtssagenden Fremden, bis die dunkle Gestalt sich aus dem Gebüsch löste. Sie sah eine Bewegung. Sie rannte los. Ihre Schuhe knirschten laut, brachen durch die verkrustete Schneedecke, jeder Schritt krachend, als ob jemand Zeitungen zusammenknüllte, eine nach der anderen. Ihr Herz klopfte, und das Blut pochte in ihrem Gesicht, und immer noch brach eine Schneekruste nach der anderen unter ihren Füßen. Sie spürte, wie der weiche Schnee wie Puder in ihre Schuhe rieselte, in den Hohlraum zwischen der Fußsohle und dem Schuh, erst trocken und dann kalt schmelzend. Keine plötzlichen Suchlichter, keine Rufe. Hamish griff nach ihr, als sie ihm entgegenstolperte, und einen Moment blieben sie bei der Hecke stehen. Dann bahnte er sich einen Weg durch das harte, dichte Gebüsch, hielt ihr die Äste zur Seite, und sie folgte ihm, vorsichtig einen Fuß vor den anderen setzend, trat auf niedrige Äste, zerkratzte und schürfte sich ihre Beine an kleinen Zweigen auf. Sie waren am Ufer des Baches angekommen, und die Hecke schloß hinter ihnen ihr Tor aus Dornen, dunkel, ungebrochen.

Hamish rutschte, bis zu den Knöcheln im Schnee, den Abhang hinunter und streckte ihr die Hand hin, damit sie nicht fiel. Das schneebedeckte Eis trug sie, aber bevor sie das andere Ufer erreicht hatten, begann es tief unter ihnen zu rumoren und zu knacken. Unbeschadet sprangen sie auf der anderen Seite an Land und begannen, die steile rutschige Böschung hinaufzukriechen. Als ihre Füße den Halt verloren, zogen sie sich mit den Händen nach oben, mit ihren Händen, die voller Schnee waren und deren Finger brannten.

Über das Schneefeld zur leeren, breiten Queen's Road, die jetzt ohne die donnernden Lastwagen und Marktautos ruhig dalag, liefen sie Hand in Hand, sagten kein Wort. Eine Uhr schlug laut und klar in der rötlichen Stille. Dong, dong. Und dong. Newnham Village schlummerte hinter blankgeputzten Fenstern, eine Spielzeugstadt, errichtet aus blassen, orangerosa Sahnebonbons. Niemand begegnete ihnen.

Licht brannte über dem Eingang, keins im Haus. Arden stand dunkel in dem schwachen blauen Spülicht des untergehenden Mondes. Wortlos steckte Dody den Schlüssel ins Schloß, drehte ihn herum und drückte die Klinke nach unten. Mit einem Klicken öffnete sich die Tür zur pechschwarzen Eingangshalle, in der es bis auf das dumpfe Ticken der sargförmigen Uhr still war, weil man das Atmen der schlafenden Mädchen nicht hörte. Hamish beugte sich zu ihr hinunter und drückte seine Lippen auf ihren Mund. Ein Kuß, der nach schalem Heu schmeckte und ihre Gesichter unbewegt ließ.

Die Tür schloß ihn aus. Ein Maultier, das nicht trat. Sie ging zur Speisekammer direkt vor Mrs. Guineas Räumen und öffnete die Tür. Der Geruch von Brot und kaltem Speck stieg ihr in die Nase, aber sie war nicht hungrig. Sie tastete nach unten, bis ihre Hand das kühle Glas einer Milchflasche fühlte. Mit den Schuhen, dem schwarzen Talar und ihrem Mantel in der einen, der Milchflasche in der anderen Hand stieg sie die schwarzen Stufen hinauf. Erschöpft, aber klaren Kopfes legte sie sich die Lügen zurecht, die sie erzählen würde, falls nötig. Daß sie in Adeles Zimmer gewesen war, bis spät in die Nacht mit ihr geredet hätte und gerade jetzt erst hochginge. Aber dann fiel ihr, immer noch absolut gelassen, ein, daß sie nicht im Ausgangsbuch nachgesehen hatte, ob Adeles Rückkehr eingetragen war. Vielleicht hatte Adele auch ihre Abwesenheit gar nicht eingetragen, so daß man nichts wußte, es sei denn, sie ging zu Adeles Tür, um herauszufinden, ob sie wirklich zurück war. Aber Adeles Zimmer war im ersten Stock, und dazu war es jetzt zu spät. Und dann fiel ihr ein, weshalb sie Adele sowieso nicht sehen wollte.

Als Dody das Licht anschaltete, drängte sich das Zimmer ihr zum Gruß entgegen, hieß sie strahlend willkommen. Der grasgrüne Teppich und die beiden Schränke voller Bücher, die sie von ihrem Büchergeld gekauft hatte und möglicherweise nie lesen würde, es sei denn, sie hätte ein Jahr lang nichts zu tun, als dazusitzen mit verschlossener Tür und Essen, das mit einem Flaschenzug hochgehievt war, dann würde sie sich vielleicht da durchlesen. Überhaupt nichts, versicherte das Zimmer, ist passiert. Ich, Dody Ventura, komme genauso herein, wie ich gegangen bin. Sie ließ ihren Mantel auf den Boden fallen und ihren zerrissenen Talar. Er lag da wie ein schwarzer Fleck, wie ein Loch, ein schwarzer Eingang ins Nichts.

Vorsichtig legte Dody ihre Schuhe auf den Sessel, weil sie Miss Minchell nicht wecken wollte, die direkt unter ihr in ihren Zopf gewickelt schlief. Auf dem schwarzen, schmierigen Gasring ihres Kochers klebten ausgekämmte Haare und Sprenkel von vergangenen Make-up-Aktionen, die vor dem Spiegel auf dem Kaminsims stattgefunden hatten. Mit einem Kleenextuch wischte sie den Gasring sauber und warf das fleckige Tuch in den Weidenkorb. Das Zimmer wurde am Wochenende immer schmuddelig und nur dienstags richtig geputzt, wenn Mrs. Guinea mit dem Staubsauger und ihrem Strauß aus Besen und Staubwedeln kam.

Dody nahm ein Streichholz aus der Schachtel mit dem Schwanenbild, die auf dem Boden neben dem Gaszähler mit den zahllosen Zifferblättern und schwarzweiß gestanzten Nummern lag. Sie zündete den Gasofen an und dann den Gasbrenner, sein Flammenkreis züngelte blau nach ihrer zurückweichenden Hand, schnellte hoch, um sie zu versengen. Sie blieb einen Moment da hocken, ganz davon in Anspruch genommen, den Splitter aus ihrer rechten Hand zu entfernen, wo er sich in eine kleine Fleischtasche gegraben hatte und dunkel durch die transparente Hautschicht zu sehen war. Mit Daumen und Zeigefinger der linken Hand preßte sie die Haut zusammen und drückte die Spitze des Splitters heraus, nahm ihn zwischen ihre Fingernägel und zog langsam, bis er draußen war. Dann stellte sie den kleinen, verbeulten Aluminiumtopf auf den Gasbrenner, goß die Milch hinein und setzte sich mit gekreuzten Beinen auf den Boden. Die Strumpfränder drückten sich tief in ihre Schenkel, weshalb sie wieder aufstand und ihren Hüfthalter wie eine Orangenschale samt Strümpfen nach unten pellte. Die Strümpfe waren von den Zweigen im Gebüsch vor Queen's hoffnungslos zerfetzt. Und sie setzte sich im Unterrock wieder hin, schaukelte sanft vor und zurück, ihr Kopf leer und ruhig, die Arme um die Knie geschlungen, die Knie an die Brust gedrückt, bis am Rand des Milchtopfes Blasen aufstiegen. Dann setzte sie sich in den grünbezogenen Sessel und nippte die Milch aus dem holländischen Keramikbecher, den sie in ihrer ersten Woche in London in der New Compton Street erstanden hatte.

Die Milch verbrannte ihre Zunge, aber sie trank sie aus. Und sie wußte, daß die Milch ihren Körper morgen nicht verlassen würde, daß nicht die ganze Milch wie ein Splitter zu entfernen war, sie würde bleiben, um Teil ihrer selbst zu werden, kunstvoll mit ihr verschlungen. Dody. Dody Ventura. Und dann, allmählich, bei diesem Gedanken, sammelten sich in ihrem Kopf alle Ursachen und Wirkungen ihrer Worte und Taten, langsam, wie schleichende Entzündungen. Der Kreis von Zahnabdrücken hing seinen Kranz aus blutenden Rosen hinaus, um Dody Ventura anzuklagen. Und die nicht mehr rückgängig zu machenden Minuten mit Hamish konnte sie nicht ausstechen wie Disteln, sondern sie blieben an ihr hängen, krallten sich fest. Keiner Hölle namenloses Lamm war sie. Sondern befleckt, gezeichnet von allen Worten und Taten aller Dodys vom ersten Schrei an. Dody Ventura. Sie sah es. Wo war die Person, der sie sagen konnte: Dody Ventura bin ich?

Der oberste Stock von Arden antwortete nicht, sondern lag totenstill in der schwarzen Dämmerung. Nichts Äußerliches konnte sie tief genug verletzen, daß es dem innersten Mal gleichkam: ein siamesischer Zwillingskreis von Zahnabdrükken, ein würdiges Symbol für Verlust. Ich habe gelebt: das eine Mal. Jetzt muß ich mein Bündel schultern, die Last meines toten Selbst, bis ich wieder einmal lebe.

Barfuß zog Dody ihren weißen Nylonunterrock aus, ihren Büstenhalter und ihren Schlüpfer. Es knisterte vor Elektrizität, als sich die warme Seide von ihrer Haut löste. Sie löschte das Licht und verließ die Flammenwand und den Flammenring, um zu dem schwarzen Fensterviereck zu gehen. Dody rieb ein rundes Guckloch in die beschlagene Scheibe und spähte hinaus in den Morgen, der jetzt in einem seltsamen Niemandslandlicht zwischen Monduntergang und Sonnenaufgang dalag. Kein Ort. Nirgends.

Aber irgendwo in Falcon Yard fielen die Scheiben der diamantenverglasten Fenster in gezackten Scherben auf die Straße, die im Fall das Licht der einzigen Lampe einfingen. Krachen. Splittern. Klirren. Füße in Stiefeln zertreten die ehrwürdigen Scheiben vor der Dämmerung.

Dody löste den Haken am Fenster und stieß es auf. Der Rahmen quietschte in seinen Angeln, flog nach hinten und schlug gegen den Giebel. Sie kniete nackt auf der zweisitzigen Couch in der Fensternische und lehnte sich weit hinaus in den toten, ausgetrockneten Garten. Sah über die kraftlosen Stengel, die die Wurzeln der Schwertlilie bezeichneten, und die Zwiebeln der Narzissen und Osterglocken. Über die knotigen Äste des Kirschbaums und den verworrenen Laubengang des Goldregens. Über die große Verschwendung des Weltendaches unter der größeren Verschwendung des Himmels. Orion hatte seinen höchsten Punkt erreicht und stand über Arden, seine goldenen, unvergänglichen Glieder blitzten in der kalten Luft. Er sprach wie immer. Seine geistreichen Worte über die unermeßliche Verschwendung von Raum. Raum, verkündete er, wo die Miss Minchells, die Hamishs, all die üblichen Athertons und die ungewollten Oswalds der Welt wieder und wieder wie Raketen im Kreis liefen und die rauchende Zündung ihres Lebens in der Hölle der Lieblosigkeit verplemperten. Und die große Leere der Welt flickten sie mit Vier-Uhr-Tees, Plätzchen und einer klebrig-süßen Paste aus Zitronenquark und Marzipan.

Die Kälte ergriff ihren Leib wie ein Tod. Keine Faust schlug durchs Glas, kein Haareraufen, keine verstreute Asche und blutige Finger. Nur eine einzige, schwache Geste für den unzerstörbaren Steinknaben im Garten, der, ironischerweise mit Leonards Blick, auf seinem gemeißelten Fuß verharrte und sich an seinen Delphin klammerte. Augen mit Steinlidern waren auf eine Welt hinter der beschnittenen Ligusterhecke gerichtet, blickten hinter die Buchsbaumgrenzen und den geharkten Kies der engen, strengen Gartenwege. Eine Welt, in der es keine Verschwendung gab, sondern Rettung und Zärtlichkeit: eine Welt der Liebesentfacher und Liebesverfechter. Als Orion ging, seine festbestimmte Bahn zum Rand dieser unsichtbaren Welt beschritt und sein Glanz im fahlen Unterwasserlicht verblaßte, krähte der erste Hahn.

Sterne löschten ihre brennenden Strahlen vor der aufgehenden Sonne.

Dody schlief den Schlaf der Ertrunkenen.

Sah auch nicht oder ahnte nicht, wie jetzt unten in der Küche Mrs. Guinea einen neuen Tag begann. Retterin, Spenderin. Sie war keine Verschwenderin. Die Heringe in die schwarze Eisenpfanne schneidend, den fettriefenden Toast im Ofen röstend, summte sie fröhlich. Fett zischte und spritzte. Sonnenstrahlen spiegelten sich jungfräulich in den stahlgefaßten Brillengläsern, und aus ihrem Witwenbusen stieg klares Licht auf, das dem Tag seine Reinheit zurückgab.

Ihren Hyazinthen, die auf der Fensterbank in der raren, erdentrückten Scholle von Perlmuscheln knospten, versicherte Mrs. Guinea, würde ihnen immer versichern, daß es, abgesehen vom Winter, doch trotz allem ein netter, zauberhafter Tag sei.

Der neunundfünfzigste Bär

Sie hatten der Karte nach die große Rundfahrt absolviert, und als sie ankamen, verbarg dichter Dunst die Regenbogenteiche; Parkplatz und Stege waren leer. Außer der Sonne, die schon tief über den violetten Hügeln stand, und dem Spiegelbild der Sonne, das rot wie eine Zwergtomate in der kleinen sichtbaren Fläche Wasser lag, war nichts zu sehen. Dennoch überquerten sie, in ihrem immer wieder durchgespielten Ritual von Buße und Vergebung, die Brücke über dem siedenden Fluß. Auf beiden Seiten, vor und hinter ihnen, wurden dampfende Wassersäulen aufgeworfen. Schleier nach Schleier entfaltete sich über dem Steg und ließ immer wieder andere Teile des Himmels und der fernen Hügel verschwinden. Sie kamen langsam voran, umschlossen von einem Dunst, der zugleich anheimelnd und unerträglich war; warm und feucht legte sich die schweflige Luft auf ihre Gesichter, Hände und bloßen Arme.

Norton trödelte etwas und ließ seine Frau vorausgehen. Ihre schlanke, verletzliche Gestalt verlor sich, als die Dämpfe zwischen ihnen undurchdringlicher wurden. Sie wurde aufgenommen von einem Schneesturm, einem weißen Wasserfall; sie war nirgendwo. Was hatten sie nicht alles gesehen? Kinder, die an den farbigen, heißen Teichen hockten und ihre Frühstückseier in rostigen Sieben kochten; Kupferpennies, die aus überreichen Mengen saphirblauen Wassers leuchteten; donnernde Springquellen, die sich mal hier, mal da vor der kahlen ocker- und austernfarbenen Mondlandschaft aufplusterten. Sie hatte, nicht ohne den ihr angeborenen Takt, auf der riesigen senffarbenen Schlucht bestanden, wo, auf halbem Weg zum Fluß hinunter, Falken und die Schatten von Falken ihre Schleifen zogen und wie schwarze Perlen aus feinem Draht in der

Luft hingen. Sie hatte auf dem Dragon's Mouth bestanden, dieser heiser dröhnenden Flut schlammverklumpten Wassers, und auch auf dem Devil's Cauldron. Er hatte erwartet, daß ihr, wie üblich, übel werden würde, um sie dann von der schwarzen, breiigen Masse, die ein paar Yards unter ihrer Nase schäumend aufplatzte, wegzuziehen, aber sie lehnte sich, andächtig wie eine Priesterin, inmitten der abscheulichen Dämpfe über den Abgrund. Und es war schließlich Norton, der, barhäuptig in der vollen Mittagssonne gegen das grelle, salzweiße Licht anblinzelnd und die nach faulen Eiern riechenden Dämpfe einatmend, von Kopfschmerzen befallen, aufgab. Er empfand den Boden unter seinen Füßen als so zerbrechlich wie einen Vogelschädel, eine bloße Schale von Vernunft und Anstand zwischen ihm und den dunklen Innereien der Erde, wo der träge Schlamm und die brühend heißen Wasser ihren Ursprung hatten.

Und zu allem Übel hatte ihnen auch noch jemand den zurückgelassenen Wassersack gestohlen, hatte ihn einfach von der vorderen Stoßstange des Wagens weggeklaut, während sie, eingeklemmt in der mittäglichen Menschenmenge, über den Holzsteg gedrängt wurden. Jeder konnte es gewesen sein: der Mann mit der Kamera, das Kind, die Schwarze im rosa, mit einem Zweigmuster verzierten Kleid. Schuld verbreitete sich unter der Menge, wie ein zinnoberroter Farbtropfen in einem Krug mit klarem Wasser, und befleckte sie alle. Alle waren sie Diebe, ihre Gesichter waren leer, brutal oder verschlagen. Ekel gerann in Nortons Kehle. Als er endlich im Auto war, sank er in sich zusammen, schloß die Augen und ließ Sadie fahren. Kühlere Luft umfächelte seine Schläfen. Hände und Füße schienen sich zu heben, sich leicht und von traumartiger Hefe aufgetrieben auszudehnen. Wie ein riesiger, leuchtender Seestern trieb er, umspült von Schlaf, dahin, sein Bewußtsein war irgendwo dort geballt, dunkel und verschlossen wie eine Nuß.

»Sechsundfünfzig«, sagte Sadie.

Norton öffnete die Augen, sie brannten und tränten, als ob jemand sie während seines Schlafs mit Sand gescheuert hätte. Es war ein prächtiger Bär, mit schwarzem Fell und massig, der zielbewußt am Rand des Waldes entlanglief. Links und rechts reckten sich die hohen, fleckigen Pinienstämme in den Himmel und breiteten weit oben ihr dunkles Nadeldach aus. Obwohl die Sonne hoch stand, drangen nur wenige Lichtsplitter durch die kühle, blau-schwarze Masse der Bäume. Das Zählen der Bären hatte als Spiel an ihrem ersten Tag im Nationalpark begonnen und ging noch immer, fünf Tage später, weiter, lange nachdem sie aufgehört hatten, die Nummernschilder aus den verschiedenen Bundesstaaten und die Zahlen auf dem Kilometerzähler zu registrieren, wenn der Kilometerstand sich aus vier, fünf oder sechs gleichen Zahlen zusammensetzte. Vielleicht war es die Wette, weswegen sie weitermachten.

Sadie hatte zehn Dollar gewettet, daß sie bis zum Ende ihres Aufenthaltes neunundfünfzig Bären sehen würden. Norton hatte, ohne viel zu überlegen, mit einundsiebzig dagegen gehalten. Insgeheim hoffte er, Sadie würde gewinnen. Sie nahm Spiele ernst wie ein Kind. Es kränkte sie, wenn sie verlor, sie war derartig zuversichtlich, und vor allem, sie verließ sich auf ihr Glück. Neunundfünfzig war für Sadie der Inbegriff von Fülle. Für sie gab es nie ›Hunderte von Mücken‹ oder ›Millionen‹ oder ›sehr viele‹, sondern immer neunundfünfzig. Fröhlich hatte sie, ohne eine Sekunde nachzudenken, neunundfünfzig Bären vorausgesagt. Jetzt, wo sie der Zahl so nahe waren – sie hatten Großvater-Bären, Mutterbären und Bärenjunge, honigfarbene, schwarze, braune und zimtfarbene Bären gezählt, Bären, die zur Hälfte in Abfallkübeln steckten, Bären, die am Straßenrand bettelten, Bären, die im Fluß schwammen, Bären, die zur Abendessenszeit um Zelte und Wohnwagen herumschnüffelten –, konnten sie ruhig bei neunundfünfzig bleiben. Sie würden den Naturschutzpark am nächsten Tag verlassen.

Fern von den Holzstegen, dem Getue der Parkpolizei und

den vielfältigen Wunderdingen erholte sich Norton ein wenig. Sein Kopfschmerz hatte sich in die äußerste Ecke der Wahrnehmung zurückgezogen, kreiste und zögerte dort wie ein widerspenstiger Vogel. Als Junge hatte Norton ganz für sich eine Art intensiven Gebets entwickelt – nicht an eine Vorstellung von Gott gerichtet, sondern an das, was er sich gerne als den Genius eines Ortes vorstellte, den schützenden Geist eines Eschenhains oder eines Küstenstreifens. Wofür er betete, war in der einen oder anderen Form ein privates Wunder: Er stellte sich vor, besonderes Glück in Aussicht zu haben, wenn er beispielsweise ein Reh sah oder ein vom Wasser geschliffenes Stück Quarz fand. Ob sein Wille lediglich mit dem Zufall übereinstimmte oder tatsächlich etwas herbeizwang, dessen war er sich nicht sicher. Jedenfalls besaß er eine gewisse Macht. Eingelullt von dem gleichmäßigen Motorengeräusch, tat Norton nun so, als ob er schliefe, und begann, sich die Tiere des Waldes zu Willen zu machen – die nebelfarbene, feingezeichnete Antilope, die schwerfälligen, zerzausten Büffel, die roten Füchse, die Bären. Vor seinem inneren Auge sah er sie im tiefen Dickicht und den Mittagsverstecken innehalten, aufgeschreckt, wie durch die Gegenwart von etwas Fremdem. Er sah, wie sich eines nach dem anderen umdrehte und sich dem Platz näherte, wo er saß und heftig und unermüdlich die Bewegung jedes Hufs und jeder Tatze bestimmte.

»Elch!« rief Sadie, wie eine Stimme aus den Tiefen seines Kopfes. Das Auto schwenkte seitwärts und kam am Straßenrand zum Stehen. Norton schreckte hoch. Andere Wagen hielten neben und hinter ihnen. Obwohl Sadie sehr ängstlich war, fürchtete sie sich nicht vor Tieren. Sie konnte gut mit ihnen umgehen. Norton hatte sie einmal überrascht, als ein wilder Hirsch aus ihrer Hand Blaubeeren fraß, ein Hirsch, der sie mit einem Huftritt zu Boden schleudern konnte. Der Gedanke an Gefahr kam ihr einfach nie in den Sinn.

Jetzt lief sie hinter den Männern in Hemdsärmeln her, hinter den Frauen in bedruckten Baumwollkleidern, hinter Kindern jeden Alters, die sich am Rand der Straße zusammendrängten, wie am Schauplatz eines höchst erstaunlichen Unfalls. Die Straßenböschung fiel steil ab zu einer Lichtung inmitten dichtstehender Pinien. Alle hatten Photoapparate. Sie stellten die Blende ein, schwenkten Belichtungsmesser, riefen ihren Verwandten und Freunden am Straßenrand zu, sie bräuchten neue Filme, und fielen rutschend und strauchelnd in einer Lawine rostfarbener Piniennadeln und loser Erde den Abhang hinunter. Großäugig knieten die Elche auf dem feuchten grünen Grund des kleinen Tals, königlich unter der Last des sich spreizenden, dunkelschaligen Geweihs. Als die vollgepackten Menschen schreiend auf sie zukamen, erhoben sie sich in langsamem, schläfrigem Erstaunen und gingen gelassen und gleichgültig in den weglosen Wald hinter der Lichtung.

Norton stand in ruhiger, zurückgezogener Würde oben am Abhang. Er beachtete die Leute nicht, die jetzt unzufrieden und lärmend durch das Unterholz stolperten. Im Geiste entwarf er eine Entschuldigung an die Elche. Er hatte es gut gemeint.

»Ich hatte noch nicht mal Zeit für ein Photo«, sagte Sadie neben ihm. »Aber es war sowieso pechschwarz da unten.« Ihre Finger legten sich auf seinen nackten Oberarm, weich und fest wie eine Saugschnecke. »Komm, laß uns den Teich ansehen. Den, der alle fünfzehn Minuten zu kochen anfängt.«

»Geh du«, sagte Norton. »Ich habe Kopfschmerzen, fast einen Sonnenstich. Ich werde im Auto auf dich warten.«

Sadie sagte nichts, zeigte aber unverkennbar ihre Übellaunigkeit, und Norton merkte, daß er sie enttäuscht hatte.

Mit dem Gefühl eines nahenden Sturms sah Norton kurz darauf, wie Sadie unter ihrem spitzen Strohhut, das rote Band unter dem Kinn zu einer Schleife gebunden, die Unterlippe in gekränktem Schmollen verschob und vom Auto wegstolzierte. In der Gruppe anderer Touristen entschwand sie über dem blendend weißen Horizont.

In Tagträumen sah sich Norton oft in der Rolle des Witwers: eine hohlwangige, dunkel gekleidete, hamletähnliche Gestalt, dazu bestimmt, abgesondert und zerzaust von unverhofften Stürmen auf einsamen Vorsprüngen oder an der Reling von Schiffen zu stehen, während Sadies schlanker, eleganter, weißer Körper in einer Art Halbrelief im Zentrum seines Geistes in ihm fortlebte. Es kam Norton nie in den Sinn, daß seine Frau ihn überleben könne. Ihre Sinnlichkeit, ihre schlichten heidnischen Freudenausbrüche, ihre Unfähigkeit, anders als ihren momentanen Emotionen gemäß zu argumentieren – das war ein zu zarter, zu dünn gesponnener Stoff, um außerhalb seiner beschützenden Flügel überleben zu können. Wie er vermutet hatte, war Sadies selbständiger Ausflug alles andere als befriedigend verlaufen. Der Teich hatte zwar erwartungsgemäß in wunderschönen Blautönen zu kochen begonnen, aber ein plötzlich umschlagender Windstoß schlug ihr den heißen Dampf ins Gesicht und verbrühte sie fast tödlich. Und irgendein Kerl oder eine Gruppe von Jungen hatte sie auf dem Steg angesprochen und ihr alles verdorben. Eine Frau allein wurde nie in Ruhe gelassen; eine einzelne Frau war eine einherspazierende Aufforderung für alle möglichen Unverschämtheiten.

Norton wußte genau, daß Sadie damit um seine Begleitung bettelte. Aber seit dem Vorfall mit dem Wassersack gärte in ihm ein heftiger Ekel vor der Masse der Touristen. Bei dem Gedanken, sich wieder unter den Pöbel mischen zu müssen, zuckten seine Finger. Aus großer Entfernung, vom Olymp aus, sah er sich, wie er ein Kind in den dampfenden Teich schubste und einen fetten Mann in den Bauch boxte. Unverhofft stießen seine Kopfschmerzen wieder zu, wie der Schnabel eines Geiers.

»Warum heben wir uns den Rest nicht für morgen auf«, sagte er. »Dann bin ich sicher wieder soweit, mit dir mitzugehen.«

»Heute ist unser letzter *Tag*.«

Norton wußte nichts darauf zu sagen.

Erst als sie am siebenundfünfzigsten Bär vorbeikamen, wurde Norton klar, wie verärgert Sadie war. Der Bär lag ausgestreckt vor ihnen auf der Straße, eine massige braune Sphinx, die einen Sonnenstrahl besetzt hielt. Sadie konnte ihn nicht übersehen haben; sie mußte auf die linke Fahrbahn wechseln, um um ihn herumzukommen, aber sie preßte die Lippen zusammen und sagte nichts, sondern gab Gas und schoß durch die Kurve. Als sie zu der Kreuzung nahe der großen regenbogenfarbenen Teiche kamen, fuhr sie so schnell vorbei, daß eine Gruppe, die gerade die Straße überqueren wollte, zurücksprang und der Parkpolizist wütend hinter ihnen herschrie: »Hey, fahren Sie langsam!« Ein paar hundert Meter nach der Kreuzung begann Sadie zu weinen. Ihr Gesicht schwoll an, und ihre Nase rötete sich; Tränen liefen ihr über die Mundwinkel und übers Kinn.

»Bleib stehen«, befahl Norton schließlich, um die Sache in die Hand zu nehmen. Der Wagen holperte auf den unbefestigten Straßenrand, bockte ein- oder zweimal, dann war der Motor abgewürgt. Sadie fiel wie eine Stoffpuppe über dem Lenkrad zusammen.

»Ich wollte doch sonst gar nichts«, schluchzte sie undeutlich, »ich wollte doch nur die Teiche und die Quellen sehen.«

»Hör mal«, sagte Norton, »ich glaube, ich weiß, was mit uns los ist. Es ist fast zwei Uhr, und wir sind seit sechs Stunden ohne einen Happen unterwegs.«

Sadies Schluchzer wurde leiser. Sie ließ es sich gefallen, daß er den Strohhut losband und ihr das Haar streichelte. »Wir fahren jetzt zur Mammoth Junction«, fuhr Norton fort, als erzähle er eine beruhigende Gute-Nacht-Geschichte, »essen eine heiße Suppe und Sandwiches, fragen nach der Post, und auf dem Rückweg klettern wir zu allen heißen Quellen hoch und halten an jedem Teich. Was hältst du davon?«

Sadie nickte. Er spürte, daß sie einen Moment zögerte. Dann platzte sie heraus: »Hast du den *Bär* gesehen?«

»Natürlich habe ich den Bär gesehen«, sagte Norton und unterdrückte ein Lächeln. »Wie viele sind es jetzt?«

»Siebenundfünfzig.«

Mit der nachlassenden Intensität der Sonne und mit Sadies hübscher, biegsamer Taille in seinem Arm fühlte Norton ein neues Wohlwollen für die Menschheit in sich erblühen. Die irritierende Flamme im Innersten seines Schädels wurde kühler. Er startete den Wagen mit entschiedener, selbstgefälliger Überlegenheit.

Jetzt schlenderte Sadie gesättigt und zufrieden ein paar Meter vor ihm, unsichtbar, eingehüllt in Dunst, aber so sicher die Seine wie ein Lamm am Strick. Ihre Unschuld, ihre Wahrhaftigkeit verlieh ihm den Nimbus einer schützenden Gottheit. Er war in ihr, er umschloß sie. Er sah nicht, oder er wollte nicht sehen, wie ihre Ergebenheit ihn bewegte und anzog, auch jetzt nicht, wo sie ihn durch den dampfenden erstickenden Dunst führte und er ihr folgte, obwohl sich die Regenbogenfarben in der Tiefe des Wassers verloren hatten.

Als sie den Rundgang auf den Stegen beendet hatten, war die Sonne hinter die Hügel gesunken, und die großen Pinien bildeten eine Schattenwand entlang der verlassenen Straße. Norton fuhr weiter, ein Anflug von Unruhe ließ ihn auf die Benzinuhr sehen. Der weiße Zeiger stand auf ›Leer‹. Sadie mußte es auch gesehen haben, denn sie schaute in dem schwächer werdenden Licht zu ihm rüber.

»Meinst du, wir schaffen es?« fragte sie in merkwürdiger Erregung.

»Natürlich«, sagte Norton, obwohl es keineswegs sicher war. Bis zum See gab es keine Tankstelle, und die Fahrt dahin würde über eine Stunde dauern. Der Tank hatte natürlich eine Reserve, aber er hatte es nie ausprobiert, er ließ das Benzin nie unter »Viertel« absinken. Der Ärger mit Sadie mußte ihn von der Benzinuhr abgelenkt haben; sie hätten ohne weiteres an der Mammoth Junction tanken können. Er schaltete das Fernlicht an, aber selbst dadurch schien die kleine, sich von ihnen fortbewegende Lichthöhle nicht gegen die dunklen Bataillone der sie umgebenden Pinien anzukommen. Wie angenehm wäre es, dachte er, wenn zur Abwechslung die Lampen eines anderen Autos hinter ihnen im Rückspiegel zu sehen wären. Aber der Spiegel war voller Dunkelheit. In einem ängstlichen, irrationalen Augenblick spürte Norton das ganze Gewicht der Dunkelheit, sie lastete auf seinem Schädel, preßte sich von allen Seiten mit grausamer Stärke gegen ihn, als ob sie die zarte, knochenbewehrte Schale zerbrechen wollte, die ihn zu etwas Besonderem machte.

Er fuhr mit der Zunge über die trockenen Lippen und begann gegen die Dunkelheit anzusingen, was er seit seiner Kindheit nicht mehr getan hatte.

›You wanderin' boys of Liverpool
I'll have you to beware
When you go a-huntin'
With your dog, your gun, your snare . . .‹

Der klagende Rhythmus des Liedes vergrößerte die Einsamkeit der Nacht um sie.

›One night as I lay on my bunk
A dreamin' all alone . . .‹

Plötzlich flackerte Nortons Gedächtnis wie eine Kerze im Luftzug. Der Text des Liedes war ihm entfallen. Aber Sadie griff den Faden auf:

›I dreamt I was in Liverpool
Way back in Marylebone . . .‹

Und zusammen sangen sie das Lied zu Ende:

›With my true love beside me
And a jug of ale in hand
And I woke quite broken-hearted
Lying off Van Diemen's land.‹

Daß er den Text vergessen hatte, verstörte Norton. Er hatte ihn auswendig gewußt wie seinen Namen. Ihm war, als ob sein Gehirn aufweiche.

Während der nächsten halben Stunde kamen sie an keiner ihnen bekannten Stelle vorbei, und der Zeiger der Benzinuhr fiel weit über ›Leer‹ hinaus. Norton merkte, daß er dem dünnen Surren des Motors lauschte, wie dem Atem eines geliebten, sterbenden Verwandten, mit gespitzten Ohren lauerte er auf das Stocken, das Stottern, die Stille.

»Selbst, wenn wir es schaffen«, sagte Sadie mit einem angespannten, kleinen Lachen, »können wir noch zweimal Pech haben. Es könnte ein Wohnwagen auf unserem Parkplatz stehen und am Zelt ein Bär auf uns warten.«

Endlich tauchte der See langsam vor ihnen auf, eine strahlende, silberne Fläche hinter den dunklen Schattenkegeln der Pinien, die das Licht der Sterne und den rötlichen, wieder aufgegangenen Mond spiegelte. Etwas Weißes kreuzte leuchtend das Scheinwerferlicht, als ein Hirsch in die Büsche jagte. Der schwache, trockene Nachhall der Hirschhufe und der Anblick des Wassers trösteten sie. Auf der anderen Seite des Sees zeigte ein winziges Diadem von Lichtern die Läden des Camping-Zentrums an. Zwanzig Minuten später fuhren sie giggelnd wie Teenager in die beleuchtete Tankstelle ein. Der Motor erstarb fünf Yards vor der Tanksäule.

Norton hatte Sadie seit Beginn ihrer Reise nicht so fröhlich gesehen. Im Freien zu übernachten, selbst im Park zwischen anderen Zelten und Wohnwagen, entnervte sie. Eines Abends, als er kurz am Seeufer entlanggging, während sie zurückblieb und das Geschirr vom Abendessen abwusch, war sie hysterisch geworden – mit ihrem Küchenhandtuch winkend, war sie rufend zum See hinuntergestürzt, und bis er sie hörte und zurückkam, waren die blauen Schatten um sie dicht wie Wasser geworden. Aber jetzt hatten die überstandene Fahrt durch die angsterregende Dunkelheit, der leere Benzintank und die menschenleere Straße wie Brandy auf sie gewirkt. Ihr Übermut bestürzte ihn; er trug die Last ihrer ewigen Vorsicht, ihrer hasenhaften Ängste. Als sie auf den Campingplatz fuhren und zu ihrem Platz hinter der Biegung kamen, blieb Nortons Herz stehen. Ihr Zelt war weg. Aber dann sah er, schamrot über seine Dummheit, daß es nur von dem länglichen, ballonartigen Umriß eines fremden Wohnwagens aus Aluminium verdeckt worden war, der sich neben sie gestellt hatte.

Er lenkte das Auto auf den Parkplatz hinter den Wohnwagen. Im Licht der Scheinwerfer sahen sie einen dunklen, gewölbten Schatten, ein paar Yards von ihrem Zelt entfernt. Sadie lachte leise und frohlockend. »Achtundfünfzig!«

Durch das helle Licht oder das Motorengeräusch verwirrt, zog sich der Bär vom Abfalleimer zurück. In schwerfälligem Trott verschwand er in dem Labyrinth der dunklen Zelte und Wohnwagen.

Eigentlich kochte Sadie nach Einbruch der Dunkelheit ungern, da der Geruch des Essens die Tiere anlockte. Aber an diesem Abend holte sie aus dem Campingplatz-Eisschrank die rosafarbenen Seeforellen, die sie am Tag zuvor gefangen hatten. Sie briet sie zusammen mit ein paar Pellkartoffeln und kochte Mais dazu. Sie rührte sogar beim gelben Licht ihrer Taschenlampe die übliche Ovomaltine und machte gutgelaunt das Wasser für den Abwasch heiß.

Um den Verlust des Wassersacks und seine Unachtsamkeit beim Tanken wettzumachen, räumte Norton besonders gründlich auf. Er wickelte die Fischreste in Wachspapier ein und verstaute das Päckchen auf dem Rücksitz des Autos, zusammen mit einer Tüte Kekse, fig newtons, und dem Eisbehälter. Er überprüfte die Autofenster und verriegelte die Türen. Er vergewisserte sich, daß der Kofferraum abgeschlossen war, denn er war so vollgepackt mit Büchsen- und Trockennahrung, daß sie gut zwei Monate damit hätten auskommen können. Dann nahm er den Eimer mit dem seifigen Abwaschwasser und scheuerte den Holztisch und die beiden Bänke damit. Bären würden nur die schlampigen Camper belästigen, hatte die Parkpolizei gesagt, Leute, die Essensreste liegenließen oder Essensvorräte in ihren Zelten aufbewahrten. Jede Nacht zogen die Bären auf Futtersuche von Mülltonne zu Mülltonne über den Campingplatz. Dagegen konnte man nichts machen. Die Mülltonnen hatten metallene Deckel und waren in die Erde eingelassen, aber die Bären waren pfiffig genug, um die Deckel hochzuklappen und den Abfall herauszugraben. Sie wühlten sich durch Wachspapier und Pappkartons, auf der Suche nach Resten von altem Brot, Hamburgern und Hot dogs, nach unausgewaschenen Honig- und Marmeladengläsern, nach all den verschwenderischen Hinterlassenschaften von Campern ohne anständige Kühlboxen oder Vorratsbehälter. Obwohl es strikt verboten war, fütterten manche Leute die Bären auch noch – lockten sie mit Zucker und Gebäck vor ihre Kameras, schoben den Bären sogar ihre Kinder unter die Nase, nur um ein noch originelleres Photo zu schießen.

In dem pelzigen, blauen Mondlicht waren die Pinien voll drohender Schatten. Norton stellte sich die großen, ungeschlachten Gestalten der Bären vor, die tief in dieser Dunkelheit herumtrotteten und nach Nahrung schnüffelten. Wieder quälten ihn Kopfschmerzen. Und zusammen mit den Kopfschmerzen ging ihm noch etwas anderes im Kopf herum und quälte ihn wie die vergessenen Worte eines Liedes: Irgendein Sprichwort, eine langversunkene Erinnerung war es, wonach er suchte, aber nicht greifen konnte.

»Norton!« zischte Sadie aus dem Zelt.

Er ging zu ihr wie in Trance, mit den langsamen Bewegungen eines Schlafwandlers, und zog den Reißverschluß des Zelteingangs mit dem eingenähten Moskitonetz hinter sich zu. Der Schlafsack hatte die Wärme ihres Körpers aufgenommen, er kroch neben sie, wie in ein tiefes Nest.

Das Krachen weckte ihn. Erst träumte er den wahnsinnigen Schlag, das nachfolgende, klirrende Geräusch von splitterndem Glas, dann erwachte er, war auf der Stelle hellwach und hörte immer noch eine leiser werdende Kaskade von Glocken und Gongs.

Sadie lag angespannt neben ihm. Der Hauch ihrer Worte liebkoste sein Ohr. »Mein Bär«, sagte sie, als ob sie es gewesen war, die ihn aus der Dunkelheit gerufen hatte.

Nach dem Krachen war es einen Moment unnatürlich still. Dann hörte Norton ein schurrendes Geräusch in der Nähe des Autos. Gepolter und Scheppern folgte, als ob der Bär Blechdosen und Einmachgläser den Abhang hinunterrollte. Er hat den Kofferraum aufgekriegt, dachte Norton. Er wird all unsere Fleisch-, Suppen- und Obstdosen aufreißen und wird die ganze Nacht dableiben und alles verschlingen. Die Vorstellung, daß der Bär an ihren Vorräten war, machte ihn wütend. Irgendwie war der Bär an dem geklauten Wassersack schuld, an dem leeren Benzintank, und als ob das noch nicht genug wäre, machte er sich nun auch noch daran, ihre Vorräte für zwei Monate in einer einzigen Nacht aufzufressen.

»Tu was.« Sadie kuschelte sich in das Nest aus Decken. »Verscheuch ihn.« Ihre Stimme forderte ihn heraus, dennoch waren seine Glieder schwer.

Norton hörte, daß der Bär am Zelt entlangtrottete und schnüffelte. Die Zeltleinwand flappte wie ein Segel. Vorsichtig kletterte er aus dem Schlafsack, ungern verließ er die dunkle Moschuswärme. Er spähte durch das Netzfenster der Zelttür.

In der blauen Flut des Mondlichtes sah er den Bär, der sich durch ein Loch in das linke Rückfenster des Wagens schob, da, wo die Scheibe hätte sein sollen. Mit einem Knistern, als ob Papier zusammengeknüllt würde, holte der Bär ein kleines Bündel Stroh mit herabhängenden Bändern heraus.

Eine Woge von Wut durchlief Norton. Der verdammte Bär hatte kein Recht, den Hut seiner Frau derart zu zerfetzen. Der Hut gehörte zu Sadie so untrennbar wie ihr Körper, und dieser Bär zerstörte ihn, fetzte ihn auseinander, auf eine schrecklich neugierige Weise.

»Du bleibst hier«, sagte Norton. »Ich werde den Bär verjagen.«

»Nimm die Lampe. Die wird ihm angst machen.«

Norton tastete auf dem Zeltboden nach der kalten, zylindrischen Form der Taschenlampe, zog den Reißverschluß der Tür auf und stieg in den bleichen Schleier des Mondlichts hinaus. Der Bär hatte es inzwischen geschafft, sich den gebratenen Fisch vom Wagenboden zu angeln. Aufgerichtet fummelte er täppisch, aber ohne sich ablenken zu lassen, an der Wachspapierverpackung. Die Überreste von Sadies Hut, ein absurdes, lächerliches Strohknäuel, lagen zu seinen Füßen.

Norton richtete den Lichtstrahl der Taschenlampe direkt in die Augen des Bären. »Hau ab hier, du«, sagte er.

Der Bär rührte sich nicht.

Norton machte einen Schritt vorwärts. Der Bär stand wie ein Turm vor dem Auto. In dem grellen Licht sah Norton das gezackte Glas um das gähnende Loch des Autofensters. »Hau ab ...« Er hielt die Lampe ruhig, schritt vorwärts und setzte seine ganze Kraft darein, dem Bären seinen Willen aufzuzwingen. Jeden Moment mußte der Bär nachgeben und sich trollen. »Hau ab ...« Aber da war noch ein anderer Wille, und er war stärker als der seine.

Die Dunkelheit ballte sich zu einer Faust und schlug zu. Das Licht erlosch. Der Mond schob sich hinter eine Wolke. Heißer

Ekel schoß Norton durch Herz und Eingeweide. Er kämpfte dagegen an und schmeckte den dicken, süßen Honig, der seine Kehle füllte und ihm aus den Nasenlöchern quoll. Wie von einem weiten und sich rasend schnell entfernenden Planeten hörte er einen gellenden Schrei – des Schreckens oder Triumphs, er wußte es nicht.

Es war der letzte Bär, ihr Bär, der neunundfünfzigste.

Johnny Panic und die Bibel der Träume

Jeden Tag sitze ich von neun bis fünf an meinem Schreibtisch mit dem Gesicht zur Tür und schreibe die Träume anderer Leute auf. Aber nicht nur die Träume. Das würde meinen Chefs nicht ausreichen. Ich tippe auch die alltäglichen Klagen der Leute: Ärger mit der Mutter, Ärger mit dem Vater, Ärger mit der Flasche, dem Bett, den Kopfschmerzen, die den Kopf bersten lassen und die süße Welt auslöschen, ohne daß man weiß, warum. Niemand kommt in unsere Abteilung, ohne Probleme zu haben. Probleme, die man nicht nur mit Wassermann- und Wechsler-Bellvue-Tests festmachen kann.

Vielleicht fängt eine Maus schon recht früh an, darüber nachzudenken, wie sich wohl die ganze Welt auf diesen riesigen Füßen bewegt. Also ich, aus meiner Sicht, stelle mir vor, daß die Welt sich nur aus einem Grund dreht, einem einzigen: Panik. Panik vor der Hundeschnauze, der Teufelsfratze, dem Hexenmaul, der Hurenfresse, Panik in Großbuchstaben, ohne jedes Gesicht – wachend oder schlafend, es ist immer derselbe Johnny Panic.

Wenn ich gefragt werde, wo ich arbeite, sage ich, ich sei Assistentin der Sekretärin in einer der ambulanten Abteilungen des Städtischen Krankenhauses. Das klingt so erschöpfend, daß selten jemand Genaueres wissen will, aber tatsächlich mache ich nichts anderes, als Krankenberichte abzutippen. Auf eigene Faust aber und ganz insgeheim folge ich einer Berufung, bei der die Ärzte, wenn sie es wüßten, die Ohren anlegen würden. In der Abgeschiedenheit meines Einzimmerapartments bezeichne ich mich als Sekretärin von niemand anderem als von Johnny Panic höchstpersönlich.

Mit jedem Traum bilde ich mich weiter, um zu einer herausragenden Persönlichkeit zu werden, wirklich herausragender als alle Mitglieder des Psychoanalytischen Instituts zusammen, nämlich zu einem Traumkenner. Nicht zu einem Traumtöter, Traumdeuter, Traumausbeuter, mit dem grobpraktischen Ziel der Gesundheit und des Glücks, sondern zu einem uneigennützigen Traumsammler, um der Träume selbst willen. Ein Liebhaber der Träume, Johnny Panic zuliebe, dem Schöpfer aller Träume.

Es gibt keinen Traum, den ich für die Ablage der Krankengeschichten geschrieben habe und nicht auswendig kann. Es gibt keinen Traum, den ich nicht zu Hause in Johnny Panics Bibel der Träume übertragen habe.

Das ist meine wahre Berufung.

Nachts fahre ich manchmal mit dem Lift auf das Dach meines Appartementhauses. Manchmal um drei Uhr morgens. Über den Bäumen am hintersten Ende des Parks flammt die Leuchtreklame der United Fund auf, verlischt und flammt wieder auf, wie unter einem geheimnisvollen Zwang, und hier und dort sehe ich in den Backsteinklötzen ein Licht. Vor allem aber spüre ich, daß die Stadt schläft, schläft vom Fluß im Westen bis zum Meer im Osten, wie eine entwurzelte Insel, die sich im Nichts wiegt.

Ich kann so angespannt und nervös wie die E-Saite einer Geige sein, aber wenn der Himmel langsam blau wird, könnte ich einschlafen. Die Vorstellung von all den Träumenden und ihren Träumen ermattet mich derartig, daß ich in den Schlaf falle wie im Fieberrausch. Von Montag bis Freitag tue ich nichts anderes, als diese Träume abzutippen. Natürlich komme ich noch nicht mal auf einen Bruchteil der Träume, die in der Stadt geträumt werden, aber Seite für Seite, Traum für Traum werden die Sammelbände mit Krankengeschichten dicker und lasten schwerer auf den Regalbrettern des Aktenschrankes, der in dem schmalen, parallel zur Haupthalle verlaufenden Gang steht, von dem die Türen der kleinen Sprechzimmer abgehen.

Ich habe die komische Angewohnheit, alle Leute, die hereinkommen, durch ihre Träume zu identifizieren; sie prägen sich mir dadurch stärker als durch irgendwelche Vornamen ein. Dieser eine Kerl zum Beispiel, der in einer Kugellagerfabrik in der Stadt arbeitet, träumt jede Nacht, er läge auf dem Rücken und habe ein Sandkorn auf der Brust. Nach und nach wird es immer größer, bis es so groß wie ein mittleres Haus ist und er keine Luft mehr bekommt. Von einem anderen Mann weiß ich, daß er immer denselben Traum träumt, seit man ihm als Kind unter Äthernarkose die Mandeln und die Polypen herausgenommen hat. In diesem Traum klemmt er in den Walzen einer Baumwollspinnmaschine und muß um sein Leben kämpfen.

Oh nein, er ist nicht der einzige, obwohl er das glaubt. Viele Menschen träumen heutzutage, sie würden überfahren oder von Maschinen gefressen. Das sind die Übervorsichtigen, die weder die U-Bahn noch den Lift nehmen. Wenn ich von der Mittagspause aus unserer Krankenhaus-Cafeteria zurückkomme, begegne ich denen oft, wie sie die verdreckten Steinstufen zu unserem Büro im vierten Stock hinaufkeuchen. Manchmal frage ich mich, was die Leute wohl für Träume hatten, als Kugellagerfabriken und Baumwollspinnereien noch nicht erfunden waren.

Ich habe meinen eigenen Traum. Meinen einen Traum. Den Traum aller Träume.

In diesem Traum gibt es einen großen, halb durchsichtigen See, der sich weit überallhin ausdehnt, zu groß, um seine Ufer sehen zu können, falls es überhaupt Ufer gibt, und ich hänge darüber und sehe aus dem gläsernen Bauch einer Art Hubschrauber hinunter. Auf dem Grund des Sees – der so tief ist, daß ich sich bewegende und hebende schwarze Massen nur vermuten kann – sind die richtigen Drachen. Diejenigen, die es schon gab, bevor die Menschen begannen, in Höhlen zu leben und Fleisch über dem Feuer zu braten, und das Rad und das Alphabet erfanden. Riesig ist nicht das richtige Wort für sie;

sie haben mehr Falten als Johnny Panic selbst. Träumt man zu lange von ihnen und sieht zu genau hin, werden einem Füße und Hände welk. Die Sonne schrumpft auf die Größe einer Orange, nur frostiger, und man hat das Gefühl, seit der letzten Eiszeit in Roxbury zu leben. Kein Ort für dich, aber ein Raum, so weich gepolstert wie der erste Raum deiner Erinnerung, wo du träumen und schweben kannst, schweben und träumen, bis du schließlich wieder unter die großen Urwesen zurückgekehrt bist und das Träumen überflüssig ist.

In diesen See fließen nachts die Gedanken der Menschen, und Bäche und Abwässer, wie in ein uferloses, allgemeines Sammelbecken. Es hat keinerlei Ähnlichkeit mit diesen klaren glitzerndblauen Trinkwasserquellen, inmitten von Kiefernwäldern und Stacheldrahtzäunen, die von den Vororten eifersüchtiger gehütet werden als der Hope-Diamant.

Es sind die Rieselfelder aller Zeiten, wenn man von der Transparenz absieht.

Das Wasser in diesem See stinkt und dampft natürlich von all dem, was die Träume, die dort über die Jahrhunderte versumpft sind, hinterlassen haben. Wenn man sich überlegt, wieviel Platz schon für das Traumzeug einer Nacht von nur einem Menschen in einer Stadt nötig ist, und dabei ist diese Stadt nur ein Nadelstich auf der Weltkarte, und wenn man diesen Platz mit der Weltbevölkerung multipliziert, und das dann noch mit der Zahl der Nächte, die es gegeben hat, seit die Affen anfingen, Äxte aus Steinen zu hauen und ihre Haare zu verlieren, dann hat man ungefähr eine Vorstellung von dem, was ich meine. Ich hab's nicht mit der Mathematik: mir platzt schon der Schädel, wenn ich bis zu der Zahl der Träume komme, die in einer einzigen Nacht im Staat Massachusetts ablaufen.

Da sehe ich schon die Oberfläche des Sees von Schlangen wimmeln, Leichen, aufgebläht wie Kugelfische, menschliche Embryos, die in Laborflaschen auf- und abtanzen wie viele unfertige Botschaften des großen ICH BIN. Ich sehe den Inhalt von Eisenwarenlagern: Messer, Papierschneidemaschinen, Kolben und Zahnräder und Nußknacker; sehe glänzende Wagenfronten mit ihren lauernden Glasaugen und Reißzähnen. Da ist dann auch der Spinnenmann und der schwimmhäutige Marsmensch und der einfache, traurige Anblick eines menschlichen Gesichts, das sich trotz Anruf und Gelübde für immer abwendet und dem allerletzten Liebhaber zu.

Die häufigste Erscheinung in diesem toten Wasser ist etwas so alltägliches, daß es fast dumm erscheint, sie zu erwähnen. Es ist ein Staubkorn. Das Wasser ist voll von diesen Körnchen. Sie sickern durch alles hindurch und kreisen mit wunderbar eigener Kraft, undurchsichtig, allgegenwärtig. Nenn das Wasser, wie du willst, Alptraumsee, Sumpf des Wahnsinns – hier liegen die schlafenden Menschen, hin und her geschleudert zwischen all dem Zeug ihrer übelsten Träume, eine große Bruderschaft, auch wenn jeder von ihnen sich im Aufwachen für einzigartig hält, für höchst einmalig. Das ist mein Traum. Man wird ihn in keiner Krankengeschichte niedergelegt finden. Der Arbeitsablauf in unserem Büro ist völlig anders als zum Beispiel in der Hautklinik oder bei den Tumoren. Die anderen Kliniken sind sich sehr ähnlich; keine ist wie unsere. Bei uns wird keine Behandlung verschrieben. Unsere Behandlung ist unsichtbar. Sie findet in diesen kleinen Kabinen statt, jede mit Tisch, zwei Stühlen, Fenster und einer rechteckigen Milchglasscheibe in der Holztür. Diese ärztliche Behandlung hat eine bestimmte geistige Reinheit. Ich habe einfach das Gefühl, daß meine Stellung als Assistenzsekretärin in der Erwachsenenpsychiatrie ein besonderes Privileg darstellt. Mein Stolz wird bestätigt, wenn an bestimmten Wochentagen andere Abteilungen aus Platzmangel rüde in unsere kleinen Kabinen eindringen: Unser Gebäude ist sehr alt, und die Einrichtungen haben mit den zunehmenden Bedürfnissen der Zeit nicht Schritt gehalten. An solchen Tagen der Überschneidung ist der Gegensatz zwischen uns und den anderen Kliniken besonders gravierend.

Dienstags und donnerstags haben wir zum Beispiel morgens in einem unserer Behandlungszimmer Lumbalpunktionen. Wenn die assistierende Krankenschwester zufällig die Tür des Zimmers aufläßt, was sie gewöhnlich tut, kann ich das Ende der weißen Liege sehen und die unter dem Laken herausschauenden nackten Füße mit den schmutziggelben Fußsohlen der Patienten. Obwohl ich diesen Anblick ekelhaft finde, kann ich meine Augen nicht von den nackten Füßen abwenden, und ich ertappe mich dabei, daß ich alle paar Minuten von meiner Tipperei aufsehe, um nachzuschauen, ob sie noch da sind oder ihre Lage sich verändert hat. Man kann sich gut vorstellen, wie sehr mich das mitten in der Arbeit ablenkt. Oft muß ich mir das Geschriebene mehrmals durchlesen, um mir, unter dem Vorwand, sorgsam Korrektur zu lesen, die Träume einzuprägen, die ich nach dem Tonbanddiktat des Arztes abgetippt habe.

Morgens stört auch die Nervenklinik neben uns, die sich um die gröberen, phantasieloseren Seiten unseres Geschäfts kümmert. Wir benutzen ihre Räume nachmittags für die Therapie, da dort nur morgens gearbeitet wird, aber wenn man ihre Patienten weinen oder singen oder auf italienisch oder chinesisch schwätzen hört, wie sie das oft ohne Unterbrechung vier Stunden lang tun, lenkt das, um es milde auszudrücken, ganz schön ab.

Trotz dieser Unterbrechungen durch die anderen Kliniken komme ich mit meiner eigenen Arbeit sehr gut voran. Inzwischen bin ich schon weit darüber hinaus, nur das abzuschreiben, was kommt, nachdem der Patient gesagt hat: »Ich hatte diesen Traum, Herr Doktor.« Ich bin so weit, daß ich Träume neu erschaffe, die noch nicht einmal niedergeschrieben sind. Träume, die in verschwommenster Weise einen äußerst blassen Schatten werfen, selbst aber verborgen sind, wie eine Statue vor der großen Enthüllung unter rotem Samt.

Zur Erläuterung. Es kam diese Frau herein, deren Zunge stark angeschwollen war und weit hinaushing, so daß sie eine

Party, die sie für zwanzig Freunde ihrer franko-kanadischen Schwiegermutter gegeben hatte, verlassen mußte, um in unsere Notaufnahme zu rasen. Sie dachte zwar, daß sie ihre Zunge nicht herausstrecken wollte, und es war ihr wirklich außerordentlich peinlich, aber sie haßte diese franko-kanadische Schwiegermutter wie die Pest, und ihre Zunge stand treu zu ihrem Gefühl, selbst wenn es der Rest nicht tat. Sie erhob überhaupt keinen Anspruch auf irgendwelche Träume. Ich kenne also nur die nackten, oben erwähnten Tatsachen, um zu beginnen, aber hinter ihnen entdecke ich die vielversprechende Ausbeulung eines Traums.

Also mach ich mich daran, diesen Traum aus seiner bequemen Position unter der Zunge herauszureißen.

Welchen Traum auch immer ich durch Arbeit, durch anstrengende Arbeit und sogar durch eine Art von Gebet zum Vorschein bringe – ich bin sicher, in einer Ecke den Fingerabdruck, ein tückisches Detail ganz in der Mitte, und irgendwo das körperlose, in der Luft schwebende Grinsen zu finden, was beweist, daß alles dem genialen Wirken von Johnny Panic zu verdanken ist, ihm allein. Er ist schlau, er ist gerissen, er kommt so plötzlich wie der Donner, aber nur allzuoft verrät er sich. Er kann einfach dem Melodram nicht widerstehen. Dem Melodram der ältesten, billigsten Art. Ich erinnere mich an einen untersetzten Kerl in nietenbesetzter schwarzer Lederjacke, der geradewegs aus einem Boxkampf in der Mechanics Hall zu uns gerannt kam, und Johnny Panic war ihm hart auf den Fersen. Dieser Kerl, obwohl er streng katholisch war, jung und aufrecht und so, hatte eine furchtbare Angst vor dem Tod. Er war geradezu besinnungslos vor Angst, in die Hölle zu kommen. Er arbeitete als Akkordarbeiter in einer Neonröhrenfabrik. Ich erinnere mich an diese Einzelheit, weil ich es komisch fand, daß er dort arbeitete und trotzdem, wie sich herausstellte, solche Furcht vor der Dunkelheit hatte. Johnny Panic verleiht den Dingen in dieser Hinsicht eine poetische Note, wie man sie selten anderswo findet. Und dafür bin ich ihm ewig dankbar. Ich erinnere mich auch ziemlich genau an das Szenario des Traums, das ich für diesen Kerl ausgearbeitet hatte: Der gotische Keller eines Klosters, der sich ausdehnte, soweit das Auge reichte, eine dieser endlosen Perspektiven zwischen zwei Spiegeln, und die Säulen und Wände bestanden aus nichts anderem als aus menschlichen Schädeln und Knochen, und in jeder Nische war ein Toter aufgebahrt. Es war der Saal der Zeit mit den noch warmen Körpern im Vordergrund, mit verfärbten und halb verwesten in der Mitte, und in der Ferne leuchteten die Knochen, rein wie Gold, in einer Art weißem, phantastischem Glühen. Ich weiß noch, daß ich die ganze Szene ausleuchtete, aber der Genauigkeit halber nicht mit Kerzen, sondern mit dem eisigen, fluoreszierenden Licht, das die Haut grün erscheinen läßt und alle rosa und roten Flecken mit einem tiefschwarzvioletten Licht überzieht.

Man könnte fragen, woher ich weiß, daß dies der Traum des Kerls in der schwarzen Lederjacke war. Ich weiß es nicht. Ich glaube einfach, daß es sein Traum war, und ich arbeite an diesem Glauben mit mehr Kraft und Tränen und Flehen als an der Erschaffung des eigentlichen Traums.

Mein Büro hat natürlich seine Grenzen. Die Dame mit der raushängenden Zunge, der Kerl aus der Mechanics Hall – das sind schon unsere verrücktesten Fälle. Die Leute, die wirklich bis auf den Grund des sumpfigen Sees gesunken sind, kommen nur einmal zu uns, um dann an einen Ort überwiesen zu werden, der permanent besetzt ist, anders als unser Büro, das der Öffentlichkeit nur fünf Tage in der Woche von neun bis fünf offensteht. Sogar Leute, die kaum noch in der Lage sind, auszugehen und zu arbeiten, die noch nicht einmal halbtief im See treiben, werden in die Ambulanz eines anderen Krankenhauses geschickt, wo man auf schwerere Fälle spezialisiert ist. Oder sie bleiben etwa einen Monat lang in der Beobachtungsstation unseres Krankenhauses, die ich nie gesehen habe.

Allerdings habe ich die Sekretärin dieser Station gesehen. Irgend etwas an der Art, wie sie in der 10-Uhr-Pause in der Cafeteria sitzt, raucht und ihren Kaffee trinkt, hat mich abgestoßen, so daß ich mich kein zweites Mal neben sie gesetzt habe. Sie hat einen komischen Namen, den ich mir nicht genau merken kann, etwas wirklich Verrücktes, so wie Miss Milleravage. Einer dieser Namen, der mehr wie ein Wortspiel aus Milltown und Ravage klingt als nach irgend etwas aus dem städtischen Telefonbuch. Aber so merkwürdig dann auch wieder nicht, wenn man sich mal durch das Telefonbuch, mit all den Hyman Diddlebockers und Sasparilla Greenleafs liest. Ich habe einmal das ganze Telefonbuch durchgelesen, keine Ahnung, wann das war, und es befriedigte ein tiefes Bedürfnis in mir, als mir klar wurde, wie viele Menschen nicht Smith heißen.

Diese Miss Milleravage ist jedenfalls eine stämmige Frau, nicht fett, sondern ein Muskelpaket und dazu noch groß. Ihre kräftige Gestalt steckt in einem grauen Kostüm, das mich schwach an eine Art Uniform erinnert, ohne daß einzelnes am Schnitt etwas besonders Militärisches hätte. Ihr Gesicht, stattlich wie das eines Ochsen, ist voll von einer bemerkenswerten Anzahl winziger Flecken, als ob sie einige Zeit unter Wasser gelegen wäre und kleine Algen sich als braune und grüne Sprenkel an ihrer Haut festgesetzt hätten. Diese Leberflecken fallen besonders ins Auge, weil die Haut drumherum so bleich ist. Ich frage mich manchmal, ob Miss Milleravage jemals das gesunde Tageslicht gesehen hat. Und ich wäre kein bißchen überrascht, wenn sie von der Wiege an ausschließlich im Genuß von künstlichem Licht großgeworden wäre.

Byrna, die Sekretärin der Alkoholikerabteilung, uns direkt gegenüber, stellte mich Miss Milleravage mit der Eröffnung vor, ich sei »auch in England gewesen«.

Wie sich herausstellte, hatte Miss Milleravage die besten Jahre ihres Lebens in Londoner Krankenhäusern verbracht.

»Hatte da eine Freundin«, dröhnte sie mit ihrem merkwürdigen Hundebaß, ohne mich eines direkten Blickes zu würdigen, »eine Krankenschwester im Barts-Hospital. Habe nach dem Krieg versucht, mit ihr Verbindung aufzunehmen, aber die Oberschwester war neu, alle waren neu, niemand hatte von ihr gehört. Sie wird wohl zusammen mit der alten Oberschwester, den Trümmern und allem in den Bombenangriffen umgekommen sein.« Diesem Satz folgte ein breites Grinsen. Ich hab mal Medizinstudenten beim Leichensezieren beobachtet, vier Leichen pro Klasse, die mit Menschen etwa soviel gemein hatten wie Moby Dick, und die Studenten spielten mit den Lebern der toten Männer Fangen, und ich hörte, wie sich die Kerle darüber lustig machten, daß sie auf der Armenstation eine Frau nach der Entbindung falsch zugenäht hatten. Aber ich möchte wirklich nicht wissen, was Miss Milleravage als den größten Witz des Jahrhunderts bezeichnen würde. Nein, danke, darauf kann ich gut verzichten. Wenn man ihr die Augen mit einer Nadel auskratzen würde, ich schwöre, man würde auf soliden Quarz stoßen.

Meine Chefin hat auch Sinn für Humor, aber ihrer ist gütig. Großherzig wie der Weihnachtsmann am Heiligen Abend. Ich arbeite für Miss Taylor, eine Dame mittleren Alters, die Chefsekretärin der Abteilung ist, und dies, seit die Abteilung vor dreiunddreißig Jahren eröffnet wurde – verrückterweise in meinem Geburtsjahr.

Miss Taylor kennt alle Ärzte, alle Patienten, alle längst überholten Terminzettel, Aktennotizen und Rechnungsverfahren, die das Krankenhaus jemals verwendet hat oder verwenden wollte. Sie will im Krankenhaus bleiben, bis sie ihr Gnadenbrot auf den grünen Weiden der Altersversicherung fressen kann. Ich habe noch nie jemand gesehen, der sich seiner Arbeit derart verschrieben hat wie sie. Was mir die Träume sind, ist für sie die Statistik: Wenn das Gebäude in Flammen stünde, würde sie den Feuerwehrleuten auch noch den letzten Ordner mit Statistiken hinunterwerfen, selbst wenn sie dabei ihre Haut riskierte.

Miss Taylor und ich kommen blendend miteinander aus. Das einzige, wobei ich mich nie erwischen lasse, ist das Lesen der alten Krankengeschichten. Ich habe auch wirklich wenig Zeit dazu. In unserem Büro geht es schlimmer zu als auf der Börse, mit den fünfundzwanzig angestellten Ärzten im Innen- und Außendienst, den Medizinstudenten im klinischen Jahr, den Patienten, den Verwandten der Patienten und den offiziellen Besuchern der anderen Abteilungen, die uns Patienten überweisen, daß ich sogar, wenn ich während Miss Taylors Kaffee- und Mittagspause allein im Büro bin, selten mehr schaffe als ein oder zwei hastige Notizen.

Diese Art Catch-as-catch-can ist, gelinde gesagt, nervenaufreibend. Eine Menge der besten Träumer kommen in alten Krankengeschichten vor, Träumer, die nur ein- oder zweimal zur Beobachtung zu uns kommen, bevor man sie woandershin überweist. Um mir diese Träume herauszuschreiben brauche ich Zeit, eine Menge Zeit. Und die Verhältnisse sind keineswegs ideal zur geruhsamen Ausübung meiner Kunst. Gewiß gehört auch Wagemut dazu, unter solchen gefährlichen Umständen zu arbeiten, deshalb sehne ich mich nach der kostbaren Muße des wirklichen Kenners, der eine Stunde lang mit der Nase über dem Cognac-Schwenker schwelgt, bevor er seine Zunge die erste Probe nehmen läßt.

Seit einiger Zeit stelle ich mir immer häufiger vor, welche Erleichterung es wäre, wenn ich eine Aktentasche mit zur Arbeit brächte, groß genug, um eines dieser dicken, blauen, in Leinen gebundenen Bücher voller Träume aufzunehmen. In Miss Taylors Mittagszeit, in der Ruhepause, bevor die Ärzte und Studenten hereinströmen, um sich ihrer Nachmittagspatienten anzunehmen, könnte ich einfach eines der zehn oder fünfzehn Jahre alten Bücher in die Aktentasche stecken und sie unter meinen Tisch stellen, bis es fünf Uhr schlägt. Verdächtige Pakete werden natürlich vom Pförtner der Kliniken inspiziert, und das Krankenhaus hat eine eigene Polizei, um all die verschiedenen Diebstähle, die hier so vorkommen, unter Kontrolle zu bekommen, aber, mein Gott, schließlich habe ich ja nicht vor, mich mit Schreibmaschinen oder Heroin davonzumachen. Ich würde mir das Buch nur über Nacht ausleihen und es am nächsten Morgen als erstes wieder ins Fach stellen, bevor jemand kommt. Dennoch, wenn man mich dabei erwischte, daß ich ein Buch aus dem Krankenhaus hinausschmuggle, würde ich wahrscheinlich meine Stelle verlieren und damit auch das ganze Quellenmaterial.

Diese Vorstellung, ungestört und sorglos über einem der Bücher mit Krankengeschichten in meiner eigenen Wohnung zu brüten, selbst wenn ich dazu nächtelang aufbleiben müßte, fasziniert mich derart, daß mich meine übliche Methode, während Miss Taylors halbstündiger Abwesenheit die paar Minuten abzuzwacken, um Träume nachzuschauen, immer ungeduldiger werden läßt.

Das Problem besteht auch darin, daß ich nie genau weiß, wann Miss Taylor ins Büro zurückkommt. Sie ist so besessen von ihrer Arbeit, daß sie am liebsten ihre halbe Stunde Mittagspause und die zwanzig Minuten Kaffeepause abkürzen würde, wenn sie nicht durch ihr gelähmtes linkes Bein gehandicapt wäre. Wenn ich das typische Geräusch eines nachgezogenen lahmen Beins im Flur höre, bin ich zwar rechtzeitig vor ihrem Kommen gewarnt, um das Buch mit den Traumaufzeichnungen in die Schublade außer Sichtweite zu werfen und so zu tun, als schriebe ich gerade die letzten Floskeln einer telefonischen Nachricht auf oder sonst irgendwas, aber durch die Tatsache, daß die Abteilung für Amputationen von uns aus nur um die Ecke liegt, gegenüber der Nervenklinik, werde ich oft von falschem Alarm aufgeschreckt, weil ich das Humpeln irgendeines Holzbeins mit den Schritten von Miss Taylor verwechsle.

An den schwärzesten Tagen, wenn ich kaum Zeit finde, auch

nur einen Traum aus den alten Büchern herauszuquetschen, und meine Abschreiberei nichts anderes gebracht hat als weinerliches Gejammer von College-Studentinnen, die keine Hauptrolle in »Camino Real« bekommen haben – dann spüre ich, wie Johnny Panic sich mir entzieht, starr wie der Everest, ferner als der Orion, und das Motto der großen Bibel der Träume: »Vollkommene Angst treibt alles andere aus«, ist nichts als Asche und Zitronenwasser auf meinen Lippen. Ich bin ein kriecherischer Einsiedler in einem Land prämierter Schweine, die so verfressen sind, daß sie den Schlachthof am Ende des Weges nicht sehen. Ich bin Jeremias, zerfressen von Visionen im Schlaraffenland.

Noch schlimmer ist: tagein, tagaus diese Psychoärzte zu sehen, die mit allen Mitteln Johnny Panics Jünger bekehren wollen durch Reden, Reden und noch mal Reden. Diese Traumsammler mit ihren tiefliegenden Augen und den buschigen Bärten, die vor mir da waren, und ihre jetzigen Erben mit den weißen Kitteln und holzgetäfelten Sprechzimmern samt Ledercouch betrieben und betreiben immer noch das Träumesammeln zu einem weltlichen Zweck: Geld und Gesundheit, Gesundheit und Geld. Um ein wahres Mitglied in Johnny Panics Gemeinde zu sein, muß man den Träumenden vergessen und den Traum behalten. Der Träumende ist nur ein schwaches Werkzeug in der Hand des großen Traumschöpfers. Aber das wollen sie nicht. Johnny Panic ist Gold in den Eingeweiden, und sie versuchen, ihn durch geistiges Magenauspumpen auszumerzen.

Nehmen wir zum Beispiel Harry Bilbo. Mr. Bilbo kam in unser Büro, und die Hand von Johnny Panic lastete schwer wie ein Bleisarg auf seiner Schulter. Er hatte eine interessante Ansicht über den Schmutz in der Welt. Ich reservierte ihm eine tragende Rolle in Johnny Panics Bibel der Träume, und zwar im Dritten Buch der Furcht, Kapitel Neun über Schmutz, Krankheit und Allgemeinen Zerfall. Harrys Freund spielte, als sie klein waren, in der Pfadfinder-Kapelle Trompete, und auch Harry setzte sie manchmal an die Lippen. Jahre später bekam der Freund Krebs und starb. Eines Tages, vor noch gar nicht so langer Zeit, kam ein Krebsarzt in Harrys Haus, setzte sich auf einen Stuhl, verbrachte den Großteil des Vormittags mit Harrys Mutter, und als er ging, schüttelte er ihr die Hand und öffnete selbst die Tür. Plötzlich wollte Harry nicht mehr Trompete blasen, setzte sich nicht mehr auf Stühle und gab niemandem mehr die Hand, auch wenn sämtliche römischen Kardinäle ihn rund um die Uhr gesegnet hätten, aus lauter Angst, Krebs zu bekommen. Seine Mutter mußte ihm den Fernseher an- und ausschalten, die Wasserhähne auf- und zudrehen und ihm die Türen öffnen. Wenig später ging Harry, wegen der Spucke und der Hundescheiße auf der Straße, nicht mehr arbeiten. Erst hat man das Zeug an den Schuhen, und wenn man sie auszieht, an den Händen, und beim Essen ist es gleich im Mund, und keine hundert Ave-Marias können einen vor der Kettenreaktion bewahren.

Schließlich hörte Harry auch mit dem Gewichtheben in der öffentlichen Turnhalle auf, als er so einen Krüppel sah, der mit Hanteln trainierte. Man weiß ja nie, was für Bakterien diese Krüppel hinter den Ohren und unter den Fingernägeln haben. Tag und Nacht lebte Harry Bilbo in heiliger Anbetung von Johnny Panic, so inbrünstig wie nur ein Priester mit Weihrauchgefäßen und Sakramenten. Er hatte eine ganz eigene Schönheit.

Nun ja, und dann schaffte es ein ganzer Haufen dieser weißbemäntelten Kurpfuscher, Harry zu überreden, den Fernseher selbst auszuschalten, die Wasserhähne aufzudrehen und Klotüren, Haustüren und Kneipentüren zu öffnen. Noch bevor sie ganz mit ihm fertig waren, saß er in Kinosesseln und auf Bänken öffentlicher Parks, und jeden Tag trainierte er in der Turnhalle Gewichtheben, trotz der Tatsache, daß wieder ein Krüppel an der Rudermaschine übte. Als die Behandlung zu Ende war, kam er hierher, um dem Chefarzt die Hand zu schütteln. Nach Harry Bilbos eigenen Worten war er »ein anderer Mensch« geworden. Das reine Panic-Licht war von seinem Gesicht verschwunden. Er verließ die Station, verdammt zu dem grausigen Los, das die Ärzte Gesundheit und Glück nennen.

Ungefähr seit der Heilung von Harry Bilbo drängt tief aus meinem Inneren eine neue Idee ans Licht. Ich kann sie so wenig ignorieren wie die nackten, aus dem Lumbalpunktionsraum herausragenden Füße. Wenn ich schon nicht riskieren will, eines der Bücher mit den Krankengeschichten aus dem Krankenhaus herauszuschaffen, weil es entdeckt und ich entlassen werden könnte und ich damit meine Forschung ein für allemal einstellen müßte, könnte ich die Arbeit wirklich sehr beschleunigen, wenn ich über Nacht im Krankenhaus bliebe. Ich habe auch noch nicht annähernd den Bestand der Abteilung gesichtet, und die lumpige Anzahl von Fällen, die ich tagsüber während der kurzen Abwesenheit Miss Taylors lesen kann, sind nichts im Vergleich mit dem, was ich in ein paar Nächten ausdauernden Abschreibens schaffen könnte. Ich muß meine Arbeit vorantreiben, und sei es nur, um den Ärzten Widerstand zu leisten.

Ohne mir dessen richtig bewußt zu sein, zog ich mir um fünf Uhr den Mantel an, verabschiedete mich von Miss Taylor, die immer ein paar Minuten länger bleibt, um die Tagesstatistik durchzusehen, und schlich um die Ecke auf die Damentoilette. Sie ist leer. Ich schlüpfe ins Patientenklo, schließe die Tür von innen ab und warte. Jetzt könnte höchstens noch eine der Putzfrauen versuchen, die Tür aufzubrechen, weil sie meint, irgendein Patient sei auf dem Klo ohnmächtig geworden. Ich halte mir die Daumen. Etwa zwanzig Minuten später wird die Tür zu den Toiletten geöffnet, und jemand kommt hereingehüpft wie ein Huhn, das sein kaputtes Bein schont. Es ist Miss Taylor, wie ich an dem resignierten Seufzer erkenne, den sie vor dem gelbsüchtigen Auge des Spiegels ausstößt. Ich höre das

Geklapper verschiedener Verschönerungs-Utensilien auf dem Waschbecken, Wasserrauschen, den schrillen Ton, als sie den Kamm durch die gekrausten Haare zieht, und dann geht die Tür schwerfällig keuchend hinter ihr zu.

Ich bin glücklich. Als ich um sechs Uhr aus der Damentoilette komme, sind die Lichter im Gang erloschen, und der Flur im vierten Stock ist leer wie eine Kirche am Montag. Ich habe einen eigenen Schlüssel zu unserem Büro, weil ich morgens die erste bin, also kein Problem. Die Schreibmaschinen sind in die Tische versenkt, die Schlösser stecken an den Telefonen, die Welt ist in Ordnung.

Vor dem Fenster vergeht das letzte Winterlicht. Trotzdem hüte ich mich davor, etwa das Deckenlicht einzuschalten. Ich will schließlich nicht von irgendeinem scharfsichtigen Arzt oder Hausmeister aus den Krankenhausgebäuden gegenüber entdeckt werden. Der Schrank mit den Krankengeschichten steht in dem fensterlosen Flur, von dem die kleinen Ordinationszimmer der Ärzte mit Oberlichtern zum Hof abgehen. Ich vergewissere mich, daß die Türen dieser Räume geschlossen sind. Dann knipse ich das Flurlicht an, eine bläßliche 20-Watt-Angelegenheit, die oben schon schwarz geworden ist. Egal, in diesem Augenblick ist sie mir mehr wert als ein ganzer Altar voller Kerzen.

Ich hatte vergessen, ein Sandwich mitzunehmen. Aber in meiner Schublade liegt noch ein Apfel vom Mittagessen, den werde ich aufheben, um gegen alles mögliche gewappnet zu sein, was mich vielleicht um ein Uhr früh überfallen wird. Ich nehme mein Notizbuch heraus. Zu Hause reiße ich abends immer die Seiten raus, die ich tagsüber im Büro beschrieben habe, und lege sie auf einen Haufen, bis sie in mein Manuskript übertragen werden. So verwische ich meine Spuren, damit niemand, dem zufällig im Büro mein Notizbuch in die Hände fällt, die Art oder das Ausmaß meiner Arbeit erraten kann.

Systematisch öffne ich als erstes das älteste Buch ganz unten im Regal. Der einstmals blaue Einband ist jetzt verblichen, und die abgegriffenen Durchschläge sind kaum noch leserlich, aber in mir summt es von Kopf bis Fuß: Dieses Traumbuch war am Tag meiner Geburt begonnen worden. Wenn ich erst mal richtig organisiert bin, werde ich mir für die tiefen Winternächte heiße Suppe in der Thermosflasche und Truthahnpastete und Schokoladenéclairs mitbringen. Dann werde ich mir auch in meiner größten Handtasche Lockenwickler und vier verschiedene Blusen mit zur Arbeit nehmen, und zwar montags früh, damit niemand auf die Idee kommt, daß es mit mir äußerlich bergab geht, und mir vielleicht eine unglückliche Liebesaffäre andichtet oder linke Freunde oder gar vermutet, ich würde im Krankenhaus an vier Nächten pro Woche arbeiten.

Elf Stunden später. Vom Apfel sind nur noch die Kerne übrig, und ich bin im Monat Mai des Jahres 1931 angelangt, wo eine Privatschwester gerade einen Wäschebeutel im Schrank ihres Patienten geöffnet hat und darin fünf abgetrennte Köpfe erblickte, darunter den ihrer Mutter.

Ein kühler Luftzug streift meinen Nacken. Von meinem Platz vor dem Schrank, wo ich mit übereinandergeschlagenen Beinen auf dem Boden sitze, mit dem schweren Buch auf dem Schoß, bemerke ich aus dem Augenwinkel, daß die Tür ins Sprechzimmer neben mir einen Spalt blauen Lichtes durchläßt, nicht nur auf dem Boden, sondern auch seitlich der Tür. Das ist sonderbar, denn ich hatte mich als erstes vergewissert, daß alle Türen fest geschlossen waren. Der Spalt blauen Lichts wird breiter, und meine Augen bleiben an zwei regungslosen Schuhen in der Tür hängen, deren Spitzen auf mich gerichtet sind.

Es sind braune Lederschuhe ausländischer Machart mit dikken Kreppsohlen. Darüber sind schwarze Seidensocken zu sehen, die blasses Fleisch durchscheinen lassen. Ich komme bis zu den graugestreiften Hosenaufschlägen.

»Nanana«, schilt eine unendlich milde Stimme aus den wolkigen Regionen hoch über meinem Kopf. »Was für eine unbequeme Stellung! Ihre Beine sind bestimmt längst eingeschlafen. Lassen Sie mich Ihnen beim Aufstehen helfen. Die Sonne wird bald aufgehen.« Zwei Hände greifen mir von hinten unter die Arme, und ich werde auf die gefühllosen Füße gestellt, wacklig wie ein weicher Pudding spüre ich sie nicht mehr, denn meine Beine sind tatsächlich eingeschlafen. Das Buch mit den Krankengeschichten rutscht aufgeschlagen zu Boden.

»Bleiben Sie einen Augenblick ruhig stehen.« Die Stimme des Chefarztes fächelt mein rechtes Ohrläppchen. »Dann kommt die Blutzirkulation wieder in Gang.«

Das Blut in meinen nicht vorhandenen Beinen fängt an zu stechen wie eine Million Nähmaschinennadeln, und der Anblick des Chefarztes ätzt sich mir mit Säure ins Gehirn. Ich brauche mich nicht einmal umzusehen: Ein fetter Spitzbauch, eingeknöpft in die nadelgestreifte graue Weste, vorstehende gelbe Nagezähne und Augen von unbestimmbarer Farbe hinter dicken Brillengläsern, lebendig wie Aale.

Ich umklammere mein Notizbuch. Das letzte Stück Treibholz von der *Titanic.*

Was weiß er? Was weiß er?

Alles.

»Ich weiß, wo es eine schöne heiße Hühnerbrühe gibt.«

Seine Stimme knistert, Staub unterm Bett, Mäuse im Stroh. Seine Hand umspannt in väterlicher Liebe meinen linken Oberarm. Die polierte Schuhspitze stupst den Sammelband mit all den Träumen, die sich in meiner Geburtsstadt ereigneten, als ich den ersten Schrei meines Lebens tat, unter den Schrank.

Niemand begegnet uns in dem dämmrigen Flur. Niemand auf den frostigen Steinstufen, die zu den Kellergängen führen und auf denen Billy, der Aktenbote, sich den Schädel einschlug, als er mit einer eiligen Sache nachts mehrere Stufen auf einmal nahm.

Ich fing an, doppelt schnell zu gehen, damit er nicht denkt, er könne mich vor sich hertreiben. »Sie können mich nicht feuern«, sage ich ruhig, »ich kündige.«

Das Lachen des Chefarztes zischt aus den Ziehharmonikafalten seiner tiefsten Eingeweide hervor. »So schnell wollen wir Sie nicht verlieren.« Sein Flüstern schlängelt sich an den weißgetünchten Kellergängen entlang, windet sich als Echo um die Ecken der Rohre, um Rollstühle und Krankenbahren, die über Nacht an den schwitzfleckigen Wänden abgestellt sind. »Wir brauchen Sie mehr, als Sie ahnen.« Wir gehen um Ecken, schlagen Haken, und meine Beine gehen im Gleichschritt mit seinen, bis wir irgendwo in diesen öden Rattengängen zu einem Aufzug kommen, der die ganze Nacht von einem einarmigen Schwarzen bedient wird. Wir gehen hinein, die Tür fällt knirschend ins Schloß wie bei einem Viehwaggon, und wir fahren höher und höher. Es ist ein einfacher, klappriger, wackliger Lastenaufzug, meilenweit entfernt von den feudalen Personenaufzügen, die ich aus unserem Stationsgebäude gewohnt bin.

Wir steigen auf einer unbestimmbaren Etage aus. Der Chefarzt führt mich einen nackten Korridor entlang, der in regelmäßigen Abständen durch Glühbirnen beleuchtet ist, die in kleinen Drahtkäfigen an der Decke befestigt sind. An beiden Seiten des Gangs reihen sich geschlossene Türen mit vergitterten Fenstern. Ich nehme mir vor, am nächsten roten EXIT-Schild auf die Begleitung des Chefarztes zu verzichten, aber auf unserer Reise gibt es keins. Ich bin in einem fremden Land, mein Mantel hängt auf dem Bügel im Büro, Handtasche und Geld liegen in der obersten Schreibtischschublade, das einzige, was mir geblieben ist, ist das Notizbuch in meiner Hand, und nur Johnny Panic hält warm gegen die Eiszeit da draußen.

Vor uns wird es hell und heller. Der Chefarzt schnauft etwas nach dem raschen und langen Fußmarsch, den er offensichtlich nicht gewohnt ist, und schiebt mich um eine Ecke in einen viereckigen, strahlend hell erleuchteten Raum.

»Da ist sie.«

»Die kleine Hexe!«

Miss Milleravage stemmt ihre Massen hinter dem stählernen Tisch gegenüber der Tür hoch.

Wände und Decken des Raums bestehen aus vernieteten Panzerplatten eines Schlachtschiffs. Fenster gibt es keine.

In kleinen Gitterzellen an den Seiten und der Rückwand des Raums erkenne ich in den weißen Nachthemden der Station Johnny Panics Hohe Priester, mit auf dem Rücken zusammengebundenen Armen und Augen, rotglühender als Kohlen, ihre stechenden gierigen Blicke auf mich gerichtet.

Sie begrüßen mich mit einem eigenartigen Quaken und Grunzen, als ob ihre Zungen zwischen den Kiefern eingeklemmt wären. Sie haben zweifellos durch Johnny Panics Andeutungen von meiner Arbeit gehört und möchten wissen, wie sich seine Apostel in der Welt machen.

Ich hebe die Arme, um sie zu beruhigen, halte mein Notizbuch hoch, und meine Stimme ist so laut wie Johnny Panics Orgel mit gezogenem Register. »Friede! Ich bringe euch ...«

Das Buch.

»Aber nicht doch dieses abgedroschene Zeugs, Herzchen.« Miss Milleravage tanzt wie ein Spielzeugelefant hinter ihrem Schreibtisch hervor auf mich zu.

Der Chefarzt schließt die Tür.

In dem Moment, als Miss Milleravage sich in Bewegung setzt, sehe ich, was ihre Massen hinter dem Tisch verdeckt hatten – eine weiße, hüfthohe Krankenliege, nur mit einem Laken über der Matratze, fleckenlos und stramm wie ein Trommelfell. Am Kopfende der Liege steht ein Tisch mit einem Metallkasten, der mit Skalen und Meßgeräten übersät ist.

Der Metallkasten, häßlich wie eine Mokassinschlange, scheint mich durch das Wirrwarr seiner elektrischen Drähte zu fixieren – das neueste Modell unter den Johnny-Panic-Mördern.

Ich schaffe es, zur Seite auszuweichen. Als Miss Milleravage zupacken will, bleibt ihre fette, geballte Hand leer. Sie versucht es wieder, und ihr Lächeln ist so erdrückend wie Hundstage im August.

»Laß das. Laß das, ich will nur das kleine schwarze Buch.« Wie schnell auch immer ich um die hohe weiße Liege herumrenne, Miss Milleravage ist mir auf den Fersen, als ob sie Rollschuhe anhätte. Sie greift zu und hat mich. Ich trommle mit den Fäusten auf ihren massigen Körper ein, traktiere ihre kolossalen milchlosen Brüste, bis ihre Hände um meine Handgelenke zu eisernen Ringen werden und ihr Atem mich mit einem Liebesdunst einlullt, fauliger stinkend als der Keller eines Bestattungsinstituts.

»Mein Kindchen, mein kleines Baby, komm zu mir zurück...«

»Sie hat sich schon wieder mit Johnny Panic verabredet«, sagt der Chefarzt traurig und streng. »Schlimm, schlimm.«

Die weiße Liege steht bereit. Mit schrecklicher Liebenswürdigkeit löst Miss Milleravage mir die Armbanduhr vom Gelenk, zieht mir die Ringe von den Fingern und die Haarspangen aus dem Haar. Sie beginnt mich auszuziehen. Als ich nackt bin, werden mir die Schläfen gesalbt und mein Körper in Laken gehüllt, rein wie der erste Schnee.

Aus den vier Ecken des Raums und aus der Tür hinter mir treten fünf falsche Priester in weißen Operationskitteln und Gesichtsmasken, deren einzige Lebensaufgabe es ist, Johnny Panic von seinem Thron zu stürzen. Sie legen mich ausgestreckt auf die Liege. Die Drahtkrone wird mir auf den Kopf gesetzt und die Hostie des Vergessens auf die Zunge gelegt. Die vermummten Priester gehen auf ihre Plätze und halten mich fest: einer mein linkes Bein, einer mein rechtes, einer meinen rechten Arm, einer meinen linken, und einer zu meinem Haupt an dem Metallkasten, wohin ich nicht sehen kann.

Aus den engen Nischen entlang der Wand erheben die Jünger protestierend ihre Stimmen. Sie intonieren ihr Lied der Andacht:

Das einzige, was es zu lieben gilt, ist die Angst.
Die Liebe zur Angst ist der Anfang der Weisheit.
Das einzige, was es zu lieben gilt, ist die Angst.
Möge Angst und Angst und Angst überall sein.

Miss Milleravage oder der Chefarzt oder die Priester haben keine Zeit, sie mundtot zu machen.

Das Zeichen ist gegeben.

Die Maschine betrügt sie.

In dem Augenblick, als ich glaube, völlig verloren zu sein, erscheint Johnny Panics Gesicht in einem Heiligenschein strahlenden Lichts über mir. Ich zittere wie ein Blatt in den Zähnen der Herrlichkeit. Sein Bart ist der Blitz. Der Blitz ist in seinem Auge. Sein Wort lädt das Universum auf und füllt es mit Licht.

Die Luft knistert von seinen blauzüngigen, blitzgekrönten Engeln.

Seine Liebe ist der Sprung aus dem zwanzigsten Stock, ist der Strick um den Hals, ist das Messer auf dem Weg zum Herzen.

Er vergißt die Seinen nicht.

Tag des Erfolgs

Ellen war mit dem Stapel sauber gefalteter Windeln auf dem Weg ins Schlafzimmer, als das Telefon klingelte und die Ruhe des frischen Herbstmorgens störte. Wie erstarrt blieb sie einen Moment lang auf der Schwelle stehen und nahm das friedliche Bild in sich auf, als ob sie es nie wieder sehen sollte – die zarte, rosengemusterte Tapete, die waldgrünen Cordvorhänge, die sie mit der Hand gesäumt hatte, als sie auf die Ankunft des Babys gewartet hatte, das altmodische Bett mit den vier Pfosten, das ein Erbstück von einer liebenden, aber geldlosen Tante war, und in der Ecke die blaßrosa Wiege, in der die fest schlafende, sechs Monate alte Jill lag, der Mittelpunkt des Ganzen.

Mach bitte, daß sich nichts ändert, beschwor sie die Schicksalsgötter, ganz gleich, welcher ihr gerade zuhörte. *Laß uns drei für immer so glücklich bleiben wie jetzt.*

Die schrille, fordernde Klingel schreckte sie auf. Sie lud den Stapel Windeln auf dem großen Bett ab, ging zum Telefon und nahm widerwillig den Hörer, als wäre er ein kleines, schwarzes Instrument der Verdammnis.

»Ist Jacob Ross da?« erkundigte sich eine kühle, klare, weibliche Stimme. »Hier spricht Denise Kay.« Ellens Hoffnungen schwanden, als sie sich die elegant-gepflegte rothaarige Frau am anderen Ende der Leitung vorstellte. Erst vor einem Monat waren Jacob und sie mit der brillanten jungen Fernsehregisseurin beim Lunch gewesen, um den Fortgang von Jacobs Stück zu diskutieren – seinem ersten. Schon bei diesem Treffen hatte Ellen insgeheim gehofft, daß Denise vom Blitz getroffen oder nach Australien gehext würde, um nicht zu erleben, wie sie mit Jacob die arbeitsreichen, intimen Proben teilte, Autor und Regisseur in Zusammenarbeit an der Geburt von etwas Wundervollem, das ausschließlich ihnen gehörte.

»Nein, Jacob ist im Moment nicht zu Hause.« Ein wenig schuldbewußt kam sich Ellen schon vor, denn es wäre ein leichtes gewesen, Jacob für eine so offensichtlich wichtige Nachricht aus Mrs. Frankforts Wohnung herunterzurufen. Sein fertiges Manuskript lag jetzt seit fast zwei Jahren in Denise Kays Büro, und sie wußte, wie begierig er war, das Urteil zu erfahren; wenn sie nur daran dachte, wie er jeden Morgen die drei Treppen hinunterrannte, wenn die Post kam. Dennoch, hatte sie nicht versprochen, sich wie eine mustergültige Sekretärin zu verhalten, damit seine Schreibstunden nicht unterbrochen würden? »Hier spricht seine Frau, Miss Kay«, fügte sie mit möglicherweise unnötiger Emphase hinzu. »Kann ich etwas ausrichten oder Jacob sagen, er soll Sie später anrufen?«

»Gute Nachrichten«, sagte Denise munter. »Mein Chef ist begeistert von dem Stück. Ein bißchen merkwürdig findet er es, aber wunderbar urwüchsig. Wir kaufen es also. Ich finde es geradezu hinreißend, daß ich die Regie übernehme.«

Das ist es also, dachte Ellen elend, unfähig, etwas anderes zu sehen als Denises glattschimmernden Kupferkopf, der sich zusammen mit Jacobs dunklem über ein dickes, vervielfältigtes Manuskript beugt. *Der Anfang vom Ende.*

»Das ist wunderbar, Miss Kay. Ich . . . ich bin sicher, Jacob wird begeistert sein.«

»Gut. Ich würde mich gern mit ihm zum Lunch treffen, wenn das geht, um über die Besetzung zu sprechen. Wir werden ein paar namhafte Schauspieler brauchen, denke ich. Wäre es Ihnen möglich, ihn zu bitten, daß er mich gegen zwölf in meinem Büro abholt?«

»Selbstverständlich . . .«

»In Ordnung. Also, dann, auf Wiederhören!« Und mit einem geschäftsmäßigen Klick wurde aufgelegt.

Verwirrt von einem fremden, mächtigen Gefühl stand Ellen

am Fenster; die selbstsichere, musikalische Stimme, die Erfolg so lässig anbot, als handelte es sich um Treibhaustrauben, hallte in ihren Ohren. Als ihr Blick unschlüssig auf dem grünen Platz verweilte, auf den Platanen mit fleckiger Rinde, die dem strahlendblauen Himmel über den schäbigen Hauswänden entgegenstrebten, löste sich ein Blatt, stumpf-golden wie ein Dreipennystück, und tanzte langsam auf das Pflaster. Später am Tag würde der Platz von Motorenlärm und Kinderrufen erfüllt sein. An einem Sommernachmittag hatte Ellen von ihrer Bank unter den Platanen fünfundzwanzig Jugendliche gezählt: unordentlich, wild, lachend – eine Miniaturausgabe der Vereinten Nationen, die über die geranienbepflanzte Rasenfläche und die engen, von Katzen bevölkerten Gassen tobte.

Wie oft hatten sie und Jacob sich das legendäre Häuschen am Meer versprochen, fern vom Benzingeruch der Stadt und den verrauchten Rangierbahnhöfen – einen Garten, einen Hügel, eine Höhle, die Jill erforschen konnte, ein gemächlicher, tief empfundener Friede!

»Nur ein verkauftes Stück, Liebling«, hatte Jacob ernsthaft gesagt. »Dann weiß ich, daß ich es kann, und wir werden das Risiko eingehen.« Das Risiko war natürlich, aus diesem geschäftigen Zentrum von Jobs wegzuziehen – Gelegenheitsjobs, Teilzeitjobs, Jobs, die Jacob mühelos nebenher bewältigen konnte, während er jede freie Minute zum Schreiben nutzte – und allein auf die unsicheren Einkünfte aus Geschichten, Stükken und Gedichten angewiesen zu sein. Gedichte! Ellen lächelte unwillkürlich. Sie dachte an den von verheerenden Schulden umdüsterten Tag vor Jills Geburt, kurz nach dem Umzug in die neue Wohnung.

Sie hatte auf den Knien gelegen und mühsam hellgraue Farbe auf dem deprimierend abgewetzten, hundert Jahre alten Holzboden verteilt, als der Postbote klingelte. »Ich gehe schon.« Jacob legte die Säge aus der Hand, mit der er Regalbretter zuschnitt. »Spar dir die Treppen, Liebes.« Seit Jacob angefangen hatte, Manuskripte an Zeitschriften zu schicken, war der Postbote in seiner blauen Uniform zu so etwas wie ein eventuell zaubernder Patenonkel geworden. Anstelle der entmutigend fetten Packpapierumschläge und der unpersönlich abgefaßten Absagezettel konnte jeden Tag ein vielversprechender Brief eines Verlegers dabei sein oder sogar ...

»Ellen! Ellen!« Jacob nahm zwei Stufen auf einmal und schwenkte einen geöffneten Luftpostbrief. »Ich hab's geschafft! Ist das nicht wunderbar?« Er ließ den gelbgeränderten Scheck mit der erstaunlichen Dollarsumme in Schwarz und den Cents in Rot in ihren Schoß fallen. Die amerikanische Hochglanz-Wochenzeitschrift, der sie vor einem Monat einen Umschlag geschickt hatte, war von Jacobs Beitrag entzückt. Sie zahlten ein Pfund pro Zeile, und Jacobs Gedicht war lang genug – um was zu kaufen? Nachdem sie kichernd die Möglichkeiten von Theaterkarten, Essen in Soho und Champagner rosé durchgespielt hatten, begann die Wolke der Vernunft aufzuziehen.

»Du entscheidest.« Jacob verneigte sich und überreichte ihr den Scheck, der vergänglich und bunt wie ein seltener Schmetterling war. »Was begehrt dein Herz?«

Ellen mußte nicht lange nachdenken. »Ein Kinderwagen«, sagte sie sanft. »Einen großen, schönen Kinderwagen, in dem Platz genug für Zwillinge ist!«

Ellen spielte mit dem Gedanken, Denises Nachricht für sich zu behalten, bis Jacob zum Mittagessen heruntergelaufen kam – zu spät, um die attraktive Regisseurin im Büro anzutreffen –, schämte sich aber sofort zutiefst über sich selbst. Jede andere Ehefrau hätte aufgeregt ihren Mann ans Telefon gerufen, alle Regeln über Schreibstunden für diese außerordentlichen Nachrichten gebrochen oder wäre zumindest sofort nach Auflegen des Hörers zu ihm geeilt, voller Stolz, Überbringerin solch guter Botschaften zu sein. *Ich bin eifersüchtig,* sagte sich Ellen matt. *Ich bin das exakte Abbild einer rasend eifersüchti-*

gen Ehefrau des zwanzigsten Jahrhunderts, kleingeistig und boshaft. Wie Nancy Regan. Bei diesem Gedanken rief sie sich zur Ordnung und ging entschlossen in die Küche, um sich eine Tasse Kaffee aufzubrühen.

Ich zögere es nur hinaus, sagte sie sich bitter, als sie den Kessel auf den Herd stellte. Egal, solange Jacob nichts von Denise Kays Neuigkeiten wußte, hatte sie, halb abergläubisch, das Gefühl, sicher zu sein – sicher vor Nancy Regans Schicksal.

Jacob und Keith Regan waren zusammen zur Schule gegangen, hatten im Krieg zusammen in Afrika gedient, und als sie in das Nachkriegs-London zurückkamen, waren sie entschlossen, die tückischen Fallgruben der Ganztags-mit-Bowler-Jobs zu meiden, die sie von der einzig wichtigen Sache der Welt abhalten würde: dem Schreiben. Während Ellen darauf wartete, daß das Wasser kochte, waren ihre Gedanken bei diesen kargen, aber herausfordernden Monaten, in denen sie und Nancy Regan Sparrezepte getauscht und die geheimen Sorgen und Nöte all der Frauen geteilt hatten, deren Männer unbezahlte Idealisten sind, die mit Nachtwachen, Gartenarbeit und jedem Gelegenheitsjob, der sich auftat, Leib und Seele zusammenhielten.

Keith schaffte es als erster. Ein Stück, das in einem abgelegenen Theater aufgeführt wurde, war durch die Schleuder der Das-müssen-Sie gesehen-haben-Kritiken ins West End katapultiert worden, von dort flog es wie eine prächtige, unter einem Glücksstern stehende Rakete weiter, um mitten auf dem Broadway zu landen. Mehr war nicht nötig. Wie von Zauberhand wurden die strahlenden Regans von einer Wohnung ohne Heizung und Warmwasser und einer Kost aus Spaghetti und Kartoffelsuppe auf die üppigen grünen Weiden von Kensington versetzt, vor eine Kulisse mit Prädikatsweinen, Sportwagen, eleganten Pelzen und, letztendlich, dem etwas trüberen Dekor der Scheidungsgerichte. Nancy konnte einfach nicht mithalten – in Aussehen, Geld, Talent, oh, einfach allem, was zählte – mit der charmanten blonden Hauptdarstellerin, die

Keith' Stück bei seinem Debüt im West End so viel Glanz verliehen hatte. Keith' Ehefrau, die ihn in seinen mageren Jahren mit großen Augen angehimmelt hatte, war allmählich herabgesunken und zu einer ruhelosen, scharfzüngigen Lebedame geworden, die so hohe Unterhaltszahlungen haben konnte, wie sie wollte, aber wenig mehr. Keith hatte sich natürlich über ihre Kreise erhoben. Ob aus Mitleid oder so etwas wie einer wettererprobten Zuneigung, Ellen blieb mit Nancy in Kontakt, der ihre Treffen eine gewisse Freude zu bereiten schienen, als könnte sie durch die glückliche, kindgesegnete Ehe der Ross' auf irgendeine Weise die besten Tage ihrer eigenen Vergangenheit wieder einfangen.

Ellen stellte eine Tasse und Untertasse auf die Arbeitsplatte und wollte sich gerade eine große Portion brühheißen Kaffee eingießen, als sie reumütig lachend nach einer zweiten Tasse griff. *Noch bin ich keine verlassene Ehefrau!* Sorgsam arrangierte sie auf dem billigen Blechtablett eine Stoffserviette, Zukkerdose, Sahnekännchen und einen Zweig vergoldeter Herbstblätter neben den dampfenden Tassen und stieg die steile Treppe zu Mrs. Frankforts Dachwohnung hinauf.

Gerührt über Jacobs Umsicht, mit der er ihre Kohleneimer geschleppt, ihre Mülleimer geleert und ihre Pflanzen gegossen hatte, wenn sie ihre Schwester besuchte, hatte die Witwe im mittleren Alter ihm angeboten, ihre Wohnung tagsüber zu benutzen, während sie arbeiten ging. »Ein Schriftsteller, seine Frau und ein strammes Baby können mit zwei Zimmern nicht auskommen! Lassen Sie mich mein Scherflein zur Zukunft der Weltliteratur beitragen.« So konnte Ellen Jill unten krabbeln und so laut krählen lassen, wie sie wollte, ohne fürchten zu müssen, daß Jacob gestört wurde.

Mrs. Frankforts Tür sprang auf, als Ellen sie nur mit den Fingerspitzen berührte, und gab den Blick frei auf Jacobs Rükken, seinen dunklen Kopf und die breiten Schultern in dem abgetragenen Seemannspullover, dessen Ellbogen sie öfter gestopft hatte, als sie sich erinnern wollte. Er beugte sich über einen Tisch mit dürren Beinen, der mit bekritzeltem Papier übersät war. Ellen blieb ohne zu atmen abwartend stehen, als Jacob sich geistesabwesend durchs Haar fuhr und sich auf seinem knarrenden Stuhl herumdrehte. Seine Miene hellte sich auf, als er sie sah; und sie ging lächelnd auf ihn zu, um die guten Nachrichten weiterzugeben.

Nachdem sie Jacob frisch rasiert, gekämmt und stattlich in seinem gründlich gebürsteten Anzug – seinem einzigen – verabschiedet hatte, fühlte Ellen sich eigenartig im Stich gelassen. Jill erwachte mit glänzenden Augen aus ihrem Vormittagsschlaf und gurrte. »Dadada«, plapperte sie, während Ellen, in Gedanken weit entfernt, geschickt die feuchte Windel wechselte. Sie überging das übliche Guck-Guck-Spiel und setzte das Kind zum Spielen in den Laufstall.

Es wird nicht sofort passieren, überlegte sie, während sie gekochte Karotten für Jills Mittagessen zerdrückte. *Das ist bei Trennungen selten. Es wird sich langsam entfalten, ein kleines, verräterisches Symptom nach dem anderen, wie eine häßliche, teuflische Blüte.*

Als sie Jill für ihre Mittagsmahlzeit auf dem großen Bett mit Kissen stützte, fiel Ellens Blick auf das winzige Kristallfläschchen mit französischem Parfum, das sich in der Wildnis von Babypuderdosen, Lebertranflaschen und Gläsern mit Wattebäuschen auf der Kommode beinahe verlor. Die wenigen restlichen Tropfen der teuren Amberflüssigkeit schienen ihr höhnisch zuzuzwinkern – Jacobs einzige Extravaganz aus dem Gedichtgeld, das nach dem Kinderwagen übriggeblieben war. Warum hatte sie sich nie großzügig mit dem Parfum verwöhnt, anstatt es vorsichtig zu rationieren, Tröpfchen für Tröpfchen, wie ein leicht vergängliches Lebenselixier? Eine Frau wie Denise Kay hatte sicher einen beträchtlichen Teil ihres Einkommens dafür vorgesehen: köstliche Düfte.

Ellen löffelte gedankenversunken Karottenbrei in Jills Mund, als es an der Tür klingelte. *Verflucht*! Sie ließ Jill unsanft ins Kinderbett fallen und stürzte zur Treppe. *Es hört nicht auf*.

Auf der Schwelle stand ein tadellos angezogener, unbekannter Mann neben der Batterie beschlagener Milchflaschen, die nicht abgeholt worden waren. »Ist Jacob Ross da? Mein Name ist Karl Goodman, Redakteur vom *Impact*.«

Ellen erinnerte sich ehrfurchtsvoll an den Namen der vornehmen Monatszeitschrift, die vor ein paar Tagen drei von Jacobs Gedichten angenommen hatte. Im Wissen um ihre karottenbespritzte Bluse und die verdreckte Schürze murmelte Ellen verlegen, daß Jack nicht zu Hause sei. »Sie haben ein paar von seinen Gedichten genommen«, sagte sie dann schüchtern. »Wir haben uns sehr gefreut.«

Karl Goodman lächelte. »Vielleicht sollte ich Ihnen sagen, weshalb ich hier bin. Ich wohne in der Nähe und war zufällig zum Lunch zu Hause, deshalb dachte ich, ich komme selbst vorbei ...«

Denise Kay hatte am Morgen beim *Impact* angerufen, um nachzufragen, ob es möglich sei, daß sie Jacobs Stück oder Teile daraus abdruckten, wenn die Sendung herauskommt. »Ich wollte nur erst sichergehen, daß Ihr Mann keiner anderen Zeitschrift verpflichtet ist«, schloß Karl Goodman.

»Nein, ich glaube nicht.« Ellen versuchte, gelassen zu klingen. »Das heißt, ich weiß, daß er es nicht ist. Ich bin sicher, er würde sich freuen, wenn Sie das Stück in Betracht ziehen. Oben liegt eine Kopie. Soll ich sie für Sie holen ...?«

»Das wäre sehr nett.« Als Ellen in die Wohnung eilte, traf sie auf Jills aufgebrachte Klagen. *Nur noch eine Minute, Liebes*, versprach sie. Sie griff nach dem beeindruckend dicken Manuskript, das sie hoffnungsvoll während so vieler Teestunden nach Jacobs Diktat getippt hatte, und eilte wieder nach unten.

»Vielen Dank, Mrs. Ross.« Beschämt spürte Ellen Goodmans scharfen, abschätzenden Blick, vom geflochtenen Haarkranz bis zu den, trotz Schuhcreme, abgestoßenen Spitzen ihrer flachen Laufschuhe.

»Wenn wir es nehmen, und dessen bin ich mir fast sicher, lasse ich Ihnen den Scheck im voraus zuschicken.«

Ellen wurde rot, während sie dachte: *So verzweifelt sind wir nicht. Nicht ganz.* »Das wäre schön«, sagte sie.

Begleitet von Jills schrillen Schreien schleppte sie sich langsam die Treppe hoch. *Ich passe schon jetzt nicht mehr. Ich bin hausbacken, unmodern wie die Rocklänge vom letzten Jahr. Wenn ich Nancy wäre, würde ich den Scheck in der Sekunde, wo er durch den Briefschlitz fällt, an mich reißen, wäre auf dem Weg zu einem Modefriseur und würde zum krönenden Abschluß der Schönheitskur in einem Taxi beutebeladen über die Regent Street kreuzen. Aber ich bin nicht Nancy,* ermahnte sie sich entschlossen, brachte ein mütterliches Lächeln zustande und ging in die Wohnung, um Jill weiterzufüttern.

Während Ellen am Nachmittag im Wartezimmer des Arztes auf Jills regelmäßige Untersuchung wartete, blätterte sie die eleganten Modemagazine durch und sann dumpf über den Abgrund nach, der sie von den selbstsicheren pelz-, feder- und juwelengeschmückten Fotomodellen trennte, die sie mit erstaunlich großen, klaren Augen anstarrten.

Stehen die jemals mit dem falschen Fuß auf? fragte sie sich. *Mit Kopfweh ... oder Herzweh?* Und sie versuchte sich die Märchenwelt vorzustellen, in der diese Frauen mit taufrischen Augen und rosigen Wangen aufwachten, zierlich gähnend wie Katzen, und deren Haare selbst bei Tagesanbruch ein wunderbarerweise intakter Turm in Gold, Rostbraun, Blauschwarz oder vielleicht lavendelgetöntem Silber waren. Sie würden sich erheben, geschmeidig wie Ballerinen, um dem Mann ihres Herzens ein exotisches Frühstück zu bereiten – Champignons und sahniges Rührei oder Krabbentoast –, und in einem duftigen Negligé mit Satinbändern, die wie Siegesbanner hinter ihnen herwehten, durch eine blitzende amerikanische Küche schweben ...

Nein, Ellen korrigierte ihr Bild. Sie bekämen ihr Frühstück natürlich ans Bett gebracht, wie ordentliche Prinzessinnen, auf einem kostbaren Tablett: knuspriger Toast, der milchige Schimmer von zartem Porzellan, das Wasser für den Orange Flower Tee frisch aufgebrüht ... Und mitten in diese fabelhafte Pappmachéwelt schlich sich das beunruhigende Bild von Denise Kay ein. Wirklich, sie schien hier vollkommen zu Hause zu sein mit ihren dunkelbraunen, beinahe schwarzen Augen unter den hinreißenden Kaskaden von kupferfarbenem Haar.

Wenn sie wenigstens oberflächlich wäre, geistlos. Für einen Moment wurde Ellen von Spekulationen überwältigt, die einer findigen Ehefrau nicht würdig waren. *Wenn wenigstens ...*

»Mrs. Ross?« Die Arzthelferin berührte ihre Schulter, und sie riß sich aus ihren Tagträumen. *Wenn wenigstens Jacob zu Hause ist, wenn ich wiederkomme* – hoffnungsvoll änderte sie ihren Kurs – *seine Füße auf dem Sofa und auf den Tee wartend, wie immer ...* Und mit Jill auf dem Arm folgte sie der tüchtigen, weißuniformierten Frau ins Sprechzimmer des Arztes.

Mit entschlossener Heiterkeit öffnete Ellen die Tür. Doch schon, als sie mit der schläfrigen Jill auf dem Arm über die Schwelle trat, fühlte sie eine Welle der Enttäuschung. *Er ist nicht da ...*

Mechanisch brachte sie Jill für ihren Nachmittagsschlaf ins Bett und begann mutlos ein Babynachthemd zuzuschneiden, das sie abends auf der handbetriebenen Nähmaschine der Nachbarin zusammennähen wollte. Der klare blaue Morgen hat sein Versprechen gebrochen, stellte sie fest. Bedrohliche Wolken senkten ihre schmutzigen Fallschirmseiden tief über den Platz, und die Häuser und karg beblätterten Bäume wirkten eintöniger denn je.

Ich bin hier sehr gern. Ellen attackierte den warmen, roten

Flanell mit trotzigen Schnitten. *Weg mit Mayfair, weg mit Knightsbridge, weg mit Hampstead*... machte sie die Hoffnung auf silberhelle Luxusorte zunichte, wie die Federn vieler blasser Pusteblumen, als das Telefon klingelte.

Roter Stoff, Stecknadeln, Schnittmusterteile und Schere flogen über- und untereinander auf den Teppich, als sie aufsprang. Jacob rief sie immer an, wenn er irgendwo aufgehalten wurde, damit sie sich keine Sorgen machte. Und in diesem speziellen Moment wäre ein Zeichen seiner Aufmerksamkeit, und sei es noch so klein, willkommener als kühles Wasser dem Irrenden in der Wüste.

»Hallo, Liebes!« Nancy Regans überhebliche, theatralische Stimme vibrierte durch die Leitung. »Wie geht's denn so?«

»Gut«, log Ellen. »Wirklich gut.« Sie setzte sich auf die Kante der chintzbezogenen Truhe, die Schrank und Telefontisch zugleich war, um Halt zu gewinnen. Es gab keinen Grund, die Neuigkeiten zurückzuhalten. »Jacobs erstes Stück ist gerade angenommen worden.«

»Ich weiß, ich weiß.«

»Aber woher ...?« *Wie bringt sie es nur fertig, den letzten Funken Tratsch aufzuschnappen? Wie eine professionelle Elster, ein Vogel des Unglücks ...*

»Das war leicht, Darling. Ich bin im Rainbow Room über Jacob beim Tête-à-tête mit Denise Kay gestolpert. Du kennst mich. Ich mußte wissen, was gefeiert wurde. Liebes, ich wußte ja gar nicht, daß Jacob für Martinis schwärmt. Von Rothaarigen ganz zu schweigen ...«

Kribbelnd beschlich sie der Kummer wie eine Gänsehaut, und Ellen wurde es abwechselnd heiß und kalt. Angesichts von Nancys vielsagendem Tonfall schienen selbst ihre schlimmsten Befürchtungen noch naiv zu sein. »Oh, Jacob braucht ein bißchen Abwechslung nach der vielen Arbeit.« Sie versuchte, gleichgültig zu klingen. »Die meisten Männer nehmen sich wenigstens am Wochenende frei, aber Jacob ...«

Nancy lachte schrill auf. »Erzähl mir nichts. Ich bin der Experte unter den Experten, wenn es um neu entdeckte Stückeschreiber geht. Werdet ihr eine Party geben?«

»Party?« Ellen erinnerte sich an das sensationelle Mastkalb, das die Regans aufgetischt hatten, um ihrem ersten großen Scheck ein Denkmal zu setzen – die engen, verräucherten Räume waren zum Bersten voll gewesen mit Freunden, Nachbarn und Fremden, die sangen, tranken und tanzten, bis die Nacht heller wurde und das Morgengrauen blaß wie nasse Seide über den schiefen Schornsteinen sichtbar wurde. Wenn man Erfolg an ehrfurchtgebietenden Flaschenetiketten und Dutzenden von Hühnerpasteten von Fortnum and Mason und importiertem Käse und einer Suppenschüssel voll Kaviar messen konnte, dann hatten die Regans einen Löwenanteil auf die Seite gebracht. »Nein, keine Party, Nancy. Wir werden schon glücklich sein, wenn wir die Strom- und Gasrechnung für eine Weile im voraus bezahlt haben, und das Baby wächst so schnell aus seinen Sachen heraus ...«

»Ellen!« Nancy stöhnte. »Wo bleibt deine Phantasie?«

»Ich schätze«, gab Ellen zu, »ich habe einfach keine.«

»Vergib einer alten Nervensäge, aber du klingst ziemlich deprimiert, Ellen! Warum fragst du mich nicht, ob ich zum Tee komme? Dann halten wir ein Schwätzchen, und im Nu bist du wieder munter.«

Ellen lächelte schwach. Nancy war nicht kleinzukriegen, das mußte man ihr lassen. Niemand konnte *ihr* vorwerfen, sie würde Trübsal blasen und sich in Selbstmitleid verzehren.

»Betrachte dich als eingeladen.«

»Gib mir zwanzig Minuten, Darling.«

»Also, was du wirklich tun solltest, Ellen ...« Schick, wenn auch ein wenig mollig in dem eleganten Kostüm und Pelzkäppchen senkte Nancy ihre Stimme zu einem verschwörerischen Flüstern und langte nach dem dritten Teekuchen. »Mmm«, murmelte sie, »besser als die von Lyons. Was du wirklich tun solltest«, wiederholte sie, »nimm mir nicht übel, daß ich so offen bin, ist, dich durchzusetzen.« Und sie lehnte sich mit triumphierender Miene zurück.

»Ich verstehe nicht ganz, was du meinst.« Ellen beugte sich über Jill und bewunderte die klaren Augen des Babys, das seinen Orangensaft trank. Es war beinahe fünf, und noch immer kein Wort von Jacob. »Was muß ich durchsetzen?«

»Die Frau in dir natürlich!« rief Nancy ungeduldig aus. »Betrachte dich einmal lange und gründlich im Spiegel. So, wie ich das hätte tun sollen, bevor es zu spät war«, fügte sie bitter hinzu. »Männer wollen, daß eine Frau *perfekt* aussieht, besser noch *verführerisch*, auch wenn sie es nicht zugeben. Der richtige Hut, die richtige Haarfarbe ... Das ist deine Chance, Ellen, verpaß sie nicht!«

»Ich habe mir nie einen Friseur leisten können«, sagte Ellen lahm. *Jacob mag meine langen Haare*, protestierte eine dünne verborgene Stimme, *hat er gesagt, wann war das noch? Letzte Woche, letzten Monat ...?*

»Natürlich nicht«, flötete Nancy. »Du hast all die teuren kleinen weiblichen Tricks für Jacobs Karriere geopfert. Aber jetzt ist er am Ziel. Du kannst dir alles erlauben, Darling, einfach alles.« Kurzfristig ergötzte sich Ellen an der phantastischen Vorstellung, daß sie sich verführerisch aus dem Fenster eines Silver Wraith beugte, in Pelze gehüllt und mit unbezahlbaren, riesigen Juwelen übersät, den grünen Lidschatten dick genug, um Kleopatra in Erstaunen zu versetzen, einen der neuen blassen Lippenstifte, einen koketten Fransenschnitt komplett mit Herrenwinkern ... Aber sie ließ sich nicht irreführen – jedenfalls nicht länger als ein paar Sekunden. »Ich bin nicht der Typ dafür.«

»So ein Unsinn!« Nancy wehrte mit einer Bewegung ihrer von Ringen blitzenden Hand ab, deren zinnoberrote Nägel Ellen an eine prächtige räuberische Klaue erinnerten. »Das ist dein Problem, Ellen. Du hast kein Selbstvertrauen.«

»Hier irrst du dich, Nancy«, erwiderte Ellen etwas lebhafter. »Ungefähr für zwei Schilling.«

Heftig schaufelte Nancy einen gehäuften Löffel Zucker in ihre nächste Tasse. »Sollte ich besser lassen«, tadelte sie sich und redete weiter, ohne Ellen zu beachten, »es wundert mich nicht, daß du wegen Denise ein klein wenig besorgt bist. Sie ist eine Legende, eine von diesen professionellen Herzensbrecherinnen. Spezialisiert auf Familienväter.«

Ellen fühlte, wie sich ihr Magen verkrampfte, als wäre sie in einem Sturm auf See. »Ist sie verheiratet?« hörte sie sich sagen. Sie wollte es nicht wissen. Sie wollte nichts weiter, als sich die Ohren zuhalten und in das tröstliche, rosengemusterte Schlafzimmer entfliehen, um den Tränen freien Lauf zu lassen, die sich in ihrer Kehle zu einem harten Kloß sammelten.

»Verheiratet?« Nancy lachte kurz und trocken auf. »Sie trägt einen Ring, und damit ist das meiste auch schon gesagt. Ihr Jetziger – ich glaube, ihr dritter – hat eine Frau und drei Kinder. Die Frau will von Scheidung nichts wissen. Oh, Denise ist ein richtiges Karrieremädchen – sie schafft es immer, die Komplikationen dem Mann zu überlassen, weshalb sie nie beim Geschirrspülen und Babynasenputzen endet...« Nancys munteres Geplapper wurde langsamer und versiegte schließlich, wie eine Schallplatte, in einem Abgrund der Stille. »Schätzchen!« rief sie, als ihr Blick auf Ellens Gesicht fiel. »Du bist ja weiß wie Papier! Ich wollte dich nicht aufregen – wirklich, Ellen. Ich dachte nur, du solltest wissen, woran du bist. Ich meine, ich war die letzte, die über Keith Bescheid wußte. Damals.« Nancys verzerrtes Lächeln konnte das Zittern in ihrer Stimme nicht ganz verbergen. »Ich dachte, jedermann hätte ein Herz aus Gold, alles sei offen und ehrlich.«

»Oh, Nan!« Ellen legte impulsiv die Hand auf den Arm ihrer Freundin. »Wir hatten doch auch gute Zeiten, denk daran!« Aber in ihrem Inneren erklang wieder und wieder ein neuer Refrain: *Jacob ist nicht Keith, Jacob ist nicht Keith ...*

»›Die guten alten Zeiten ...‹ Haha.« Mit einem leisen Seufzer verabschiedete sich Nancy von der Vergangenheit und begann, ihre bewunderungswürdigen, erstklassigen mauvefarbenen Handschuhe anzuziehen.

Mit dem Moment, als sich die Tür hinter Nancy geschlossen hatte, verfiel Ellen in ein sonderbares und für sie absolut untypisches Benehmen. Anstatt ihre Schürze umzubinden und geschäftig in der Küche hin und her zu eilen, um das Abendessen vorzubereiten, setzte sie Jill mit einem Zwieback und ihrem Lieblingsspielzeug im Kinderställchen ab und verschwand im Schlafzimmer, wo sie die Schubladen der Kommode durchwühlte und von Zeit zu Zeit vor sich hin murmelte, beinahe wie ein weiblicher Sherlock Holmes, der eine entscheidende Spur verfolgt.

Warum tue ich das nicht jeden Abend? fragte sie sich eine halbe Stunde später, als sie erregt und frisch gebadet in eine königsblaue Seidenjacke schlüpfte, die ihr mehrere Weihnachten zuvor von einer rastlosen, mittels einer dicken Erbschaft rund um den Erdball reisenden Schulfreundin geschickt worden war und die sie noch nie getragen hatte – ein erlesenes, knisterndes, saphirglänzendes Stück Eleganz, für das es in ihrer vernunftbeherrschten Welt scheinbar keine Verwendung gab. Dann löste sie ihren Zopfkranz und schlang ihre Haare zu einem sehr flotten improvisierten Knoten, den sie mit ein paar Haarnadeln gewagt befestigte. Mit ein paar zaghaften Walzerschritten gewöhnte sie sich an ihre Feiertagsschuhe mit den hohen, schwarzen Absätzen und betupfte sich zum Abschluß ausgiebig mit den letzten Tropfen des französischen Parfums. Während dieser Zeremonie hielt sie entschlossen ihre Augen von dem runden Mondgesicht der Uhr fern, die ihren kurzen schwarzen Zeiger schon hinter die sechs bewegt hatte. *Jetzt kann ich nur noch warten ...*

Als sie ins Wohnzimmer tänzelte, fühlte sie plötzlich einen

Stich. *Ich habe Jill vergessen!* Das Baby lag ausgestreckt und tief schlafend in einer Ecke des Ställchens, den Daumen im Mund. Vorsichtig hob sie den kleinen, warmen Körper auf und trug ihn ins Schlafzimmer.

Die Zeit im Bad war wunderbar. Jill lachte und strampelte, bis alles unter Wasser stand, was Ellen gar nicht merkte, weil sie nur daran dachte, wie sehr Jill mit ihren dunklen Haaren und den klaren grauen Augen Jacob ähnelte. Selbst als das Baby ihr die Schale mit Haferbrei aus der Hand schlug und über ihren besten schwarzen Rock kippte, konnte sie nicht wirklich böse werden. Sie fütterte Jill mit Pflaumenkompott, als sie das Geräusch eines Schlüssels in der Wohnungstür hörte und erstarrte. Die Ängste und Enttäuschungen des Tages, die für einen Moment beiseite geschoben waren, stürmten wieder auf sie ein.

»Genau das ist es, was ich erwarte, wenn ich nach einem harten Tag nach Hause komme!« Jacob lehnte am Türrahmen, mit einem strahlenden, geheimnisvollen Gesichtsausdruck, der irgendwie nicht von Martinis oder Rotköpfen herzurühren schien. »Frau und Tochter warten am Feuer, um den Hausherrn zu begrüßen ...« Tatsächlich schenkte Jill ihrem Vater ein sensationell breites Lächeln, das größtenteils aus Pflaumenkompott bestand. Ellen kicherte, und ihr verzweifeltes Stoßgebet vom Morgen schien seiner Erfüllung nahe zu sein, als Jacob mit zwei Schritten das Zimmer durchquerte und sie umschlang, klebriges Pflaumenkompott und alles übrige in einer herzhaften Umarmung.

»Mmm, Liebling, du riechst gut!« Ellen wartete sittsam auf eine Bemerkung über das französische Parfum. »Eine wunderbare Hausmischung aus Farex und Lebertran. Und ein neues Bettjäckchen dazu!« Er hielt sie zärtlich auf Armlänge von sich. »Du siehst aus wie frisch aus der Wanne, wenn du dein Haar so hochsteckst.«

»Ach!« Ellen befreite sich. »Männer!« Doch ihr Ton verriet

sie – offensichtlich sah Jacob in ihr die typische Ehefrau und Mutter, und nichts war ihr lieber.

»Ernsthaft, Liebes, ich habe eine Überraschung.«

»Ist das Stück nicht genug für einen Tag?« fragte Ellen verträumt und lehnte ihren Kopf an Jacobs Schulter, wobei sie sich wunderte, warum sie nicht die geringste Lust verspürte, wegen des Lunchs mit Denise und der unerklärten Abwesenheit über den ganzen öden, sorgenvollen Nachmittag hinweg eine Szene zu machen.

»Ich habe mit dem Makler telefoniert.«

»Makler?«

»Erinnerst du dich an das komische, kleine, abgelegene Büro, wo wir aus Jux während der Ferien in Cornwall angehalten haben, kurz bevor Jill ankam ...?«

»Ja-a.« Ellen wagte es nicht, voreilige Schlüsse zu ziehen.

»Also, es steht immer noch zum Verkauf ... das Häuschen mit Blick auf die Bucht, das wir gemietet hatten. Willst du's?«

»*Wollen*!« Ellen schrie fast.

»Ich habe es irgendwie gehofft, nachdem du im letzten Frühjahr so davon geschwärmt hast«, sagte Jacob bescheiden. »Deshalb habe ich ausgemacht, die Anzahlung mit dem Scheck zu machen, den mir Denise beim Lunch gegeben hat ...«

Für eine Sekunde fühlte Ellen einen Stich in ihrem Herzen von dem einzigen Haken, den das Ganze haben konnte. »Wirst du nicht wegen deines Stücks in London bleiben müssen ...?«

Jacob lachte. »Auf keinen Fall! Diese Denise Kay ist eine Karrierefrau, die weiß, was sie will – ein richtiger Dieselmotor. Ich werde mich hüten, ihr in die Quere zu kommen! Die ist so dynamisch, daß sie mit dem Martini, den sie für mich bestellt hatte, nachgetankt hat, als ich ihr sagte, daß ich das Zeug an Werktagen nicht anrühre.« Das Telefon, seltsam gedämpft, beinahe musikalisch, unterbrach ihn. Sie packte Jill für ihr Gutenachtlied und Insbettbringen in Jacobs Arm und schwebte ins Wohnzimmer zum Telefon.

»Ellen, Darling.« Nancy Regans Stimme klang benommen und dünn wie Flitter vor einem rauhen Hintergrund voller Jazz und Gelächter. »Ich habe mir das Gehirn zermartert, was ich tun könnte, um dich aufzumöbeln, und habe für dich einen Termin bei Roderigo für Samstag um elf ausgemacht. Es ist erstaunlich, wie eine neue Frisur die Stimmung total heben kann ...«

»Tut mir leid, Nan«, sagte Ellen sanft, »aber ich glaube, du sagst meinen Termin besser wieder ab. Ich habe Neuigkeiten für dich.«

»Neuigkeiten?«

»Flechten kommen diese Saison wieder groß raus, Liebes – der letzte Schrei für die Frau vom Land!«

Mütter

Esther war noch oben, als Rose an der Hintertür »Huhu, Esther, sind Sie fertig?« rief. Rose wohnte mit ihrem pensionierten Ehemann Cecil in dem oberen der kleinen Landhäuser, am Ende der Auffahrt, die zu Esthers Haus führte – ein großes, strohgedecktes Gutshaus mit einem gepflasterten Hof. Es waren nicht die üblichen Pflastersteine, sondern unbehauene Steine, deren schmale, längliche Seiten ein Mosaik bildeten, und die Stiefel und Hufe, die im Laufe der Jahrhunderte darüber gegangen waren, hatten sie zu einer fast glatten Fläche zusammenwachsen lassen. Vom Hof aus führte das Steinmosaik unter der stabilen, eisenbeschlagenen Eichentür in die dunkle Diele zwischen Küche und Spülküche, und zu Zeiten der alten Lady Bromehead hatte es auch den Boden beider Räume gebildet. Aber nachdem sich Lady Bromehead im Alter von neunzig Jahren bei einem Sturz die Hüfte gebrochen hatte und in ein Heim gebracht worden war, hatte eine Reihe dienstbotenloser Mieter ihren Sohn überredet, die Räume mit Linoleum auszulegen.

Die Eichentür war die Hintertür; jeder, außer den seltenen, fremden Besuchern, benutzte sie. Von der gelbgestrichenen Vordertür aus guckt man zwischen zwei stachligen Buchsbäumen auf ein Brennesselfeld, das bis an die Kirche reicht, die, umgeben von Grabsteinen, in den grauen Himmel weist. Das vordere Tor liegt direkt an der Ecke des Friedhofs.

Esther zog sich ihren roten Turban über die Ohren und ordnete die Falten ihres Kaschmirmantels so, daß sie lose an ihr herabfielen. Der flüchtige Betrachter würde sie schlicht für eine große, stattliche, beleibte Person halten und nicht sehen, daß sie im achten Monat schwanger war. Rose hatte, bevor sie nach Esther rief, nicht geklingelt. Esther stellte sich vor, wie die neugierige Rose sich in der nackten Diele begierig umsah, in der unordentlich bis hin zur Küche das Kinderspielzeug verstreut war. Esther hatte sich immer noch nicht daran gewöhnt, daß die Leute einfach ins Haus hineinplatzten, ohne vorher zu klingeln. Der Briefträger machte das, und der Bäcker und der Junge aus dem Lebensmittelgeschäft, und nun auch noch Rose, die aus London war und es eigentlich besser wissen sollte.

Einmal hatte Esther beim Frühstück laut und deutlich mit Tom gestritten, als die Hintertür aufgerissen wurde und klatschend eine Handvoll Briefe und Zeitungen auf das Dielenpflaster flogen. Das »Morgen« des Briefträgers war gerade noch zu hören. Esther fühlte sich bespitzelt. Eine Zeitlang hatte sie danach die Hintertür von innen verriegelt, aber die Unmutsäußerungen der Handwerker, die hereinzukommen versuchten und die Tür am hellichten Tag verschlossen fanden, dann klingelten und warteten, bis sie kam, um die Tür geräuschvoll zu entriegeln, waren ihr dann noch peinlicher als vorher das selbstverständliche Hereinkommen. Deshalb ließ sie es, wie es war, und vermied, sich zu streiten, und wenn, dann weniger lautstark.

Als Esther runterkam, wartete Rose draußen vor der geöffneten Tür, feingemacht mit einem lavendelfarbenen Satinhut und einem karierten Tweedmantel. Neben ihr stand eine blonde Frau mit ausgemergeltem Gesicht, bläulichen Augenlidern und ohne Augenbrauen. Das war Mrs. Nolan, die Frau des Pub-Inhabers vom »White Hart«. Rose hatte erzählt, daß Mrs. Nolan bisher nicht an den Treffen der Mothers' Union teilgenommen hatte, weil sie niemanden hatte, der mit ihr ging. Deshalb nahm Rose sie nun, zusammen mit Esther, zum monatlichen Treffen der Union mit.

»Könnten Sie bitte noch einen Moment warten, Rose, ich will Tom nur schnell sagen, daß ich gehe.« Als Esther auf dem Kopfsteinpflasterweg vorsichtig in den hinteren Teil des Gartens ging, spürte sie förmlich, wie Roses scharfe Augen ihren

Hut, ihre Handschuhe und die Absätze ihrer Lackschuhe musterten. Hinter den leeren Ställen pflanzte Tom Roller Beeren in das frisch umgegrabene Beet. Die Kleine saß auf einem Hügel roter Erde auf dem Weg und schaufelte sich mit einem verbeulten Löffel Dreck in den Schoß.

Esthers kurzer Anflug von Unmut über Toms unrasiertes Gesicht und darüber, daß er die Kleine einfach im Dreck spielen ließ, verflog, als sie sah, wie sehr die beiden mit sich zufrieden waren und völlig übereinstimmten. »Tom!« Ohne darüber nachzudenken, stützte sie ihre weißbehandschuhte Hand auf das erdverkrustete Holzgatter, »ich gehe jetzt, kannst du dem Baby ein Ei kochen, falls es spät wird?«

Tom richtete sich auf und rief ihr irgendwas Ermunterndes zu, das aber in der dicken Novemberluft zwischen ihnen unterging, und das Baby drehte sich in die Richtung von Esthers Stimme, das Mündchen schwarz, als ob es Dreck gegessen hätte. Aber bevor die Kleine sich hochstemmen und hinter ihr herwackeln konnte, ging Esther schnell in den Hof zurück, wo Rose und Mrs. Nolan warteten. Esther ließ die beiden durch das zwei Meter hohe grobe Holztor vorgehen und zog es hinter sich ins Schloß. Rose winkelte beide Arme an, und Mrs. Nolan ergriff den einen und Rose den anderen, und die drei stöckelten in ihren besten Schuhen die steinige Einfahrt hinunter, vorbei an Roses Landhaus, vorbei an dem Haus des blinden Mannes und seiner unverheirateten Schwester, bis sie in die Dorfstraße einbogen.

»Wir treffen uns heute in der Kirche.« Rose schob mit der Zunge einen Pfefferminzbonbon in die Backe und bot den beiden auch einen aus der mit Silberpapier umwickelten Rolle an. »Wir treffen uns nicht immer in der Kirche. Nur wenn neue Mitglieder dazukommen.«

Mrs. Nolan verdrehte ihre hellen Augen gen Himmel, Esther konnte nicht ausmachen, ob aus allgemeiner Bestürzung oder wegen des bevorstehenden Kirchenbesuchs. Sie lehnte sich ein bißchen vor und fragte über Rose hinweg: »Sind Sie auch neu hier?«

Mrs. Nolan stieß ein freudloses Lachen aus. »Ich bin seit *sechs Jahren* hier.«

»Aber dann müssen Sie doch jeden kennen.«

»Kaum eine *Seele*«, sagte Mrs. Nolan in einem Ton, der Esther nichts Gutes verhieß und in ihr eine Vorahnung aufsteigen ließ, wie ein Vogelschwarm, der mit frostigen Krallen auf ihr Herz drückte. Wenn Mrs. Nolan, nach Aussehen und Akzent ganz offensichtlich eine Engländerin, und dazu die Frau des Dorfwirtes, sich nach sechs Jahren in Devon noch als Fremde fühlte, wie konnte dann Esther, als Amerikanerin, jemals darauf hoffen, in dieser verwurzelten Gemeinschaft Fuß zu fassen?

Arm in Arm gingen die drei Frauen die Straße hinunter, unter der hohen Stechpalmenhecke von Esthers Grundstück entlang, vorbei an ihrem Vordertor und der roten grobkörnigen Kirchhofsmauer. Stumpfe, mit Flechten überzogene Grabsteine neigten sich ihnen in gleicher Höhe entgegen. Lange bevor man an Straßenpflaster dachte, war der Weg allmählich so festgetreten worden, daß er sich wie ein uraltes Flußbett zwischen den abschüssigen Böschungen wand. Sie gingen am Fenster des Metzgers vorbei, der seine Auslage, wie immer in der Wochenmitte, mit Schweinshachsen und Schmalztöpfen dekoriert hatte, und weiter die Straße hoch, an der Polizeiwache und der öffentlichen Bedürfnisanstalt vorbei. Von allen Seiten sah Esther Frauen, einzeln oder in Gruppen, auf das Friedhofstor zustreben. Unter der Last von schweren Wollsachen und düsteren Hüten schienen sie ausnahmslos griesgrämig und alt zu sein.

Als Esther und Mrs. Nolan etwas zögernd am Tor stehenblieben und Rose anstupsten vorzugehen, erkannte Esther in der ungewöhnlich häßlichen Person, die lächelnd und nickend hinter ihr stand, die Frau, die ihr auf dem Harvest Festival eine riesige Steckrübe für eineinhalb Shilling verkauft hatte. Die Steckrübe hatte Esthers Einkaufskorb total ausgefüllt und quoll über den Rand, wie ein übernatürliches Gemüse aus dem Märchenbuch; aber als sie versuchte, sie in Scheiben zu schneiden, stellte sich heraus, daß sie schwammig und zäh wie ein Korken war. Nach zwei Minuten war sie im Dampfkochtopf zu einem blaß-orangenen Matsch geschrumpft, der Boden und Seiten des Topfes mit einer schleimigen, übelriechenden Flüssigkeit schwarz färbte. Vielleicht hätte ich sie einfach gleich kochen sollen, dachte Esther jetzt, als sie Rose und Mrs. Nolan unter den stumpf gekappten Linden zur Kirchentür folgte.

Die Kirche erschien ihr merkwürdig hell, bis ihr einfiel, daß sie sie niemals tagsüber betreten hatte, sondern immer nur im Dunkeln zur Abendandacht. Die hinteren Bankreihen waren bereits von raschelnden, nickenden, knienden, wohlwollend in alle Richtungen lächelnden Frauen besetzt. Rose führte Esther und Mrs. Nolan zu einer leeren Bank in der Mitte der Kirche. Erst schob sie Mrs. Nolan, dann sich selbst hinein und zog Esther hinter sich her. Rose kniete als einzige der drei nieder. Esther senkte den Kopf und schloß die Augen, aber ihr Kopf blieb leer, sie kam sich nur scheinheilig vor. Deshalb öffnete sie die Augen und blickte um sich. Mrs. Nolan war die einzige in der Versammlung, die keinen Hut trug. Sie fing Esthers Blick auf, zog die Augenbrauen hoch, oder vielmehr das, was einmal ihre Augenbrauen waren. Dann lehnte sie sich vor. »Ich bin bisher selten hier gewesen«, vertraute sie Esther an.

Esther schüttelte den Kopf und formte die Lippen zu einem »Ich auch.« Das entsprach nicht ganz der Wahrheit. Einen Monat nachdem sie in die Stadt gezogen war, hatte Esther begonnen, die Abendandachten zu besuchen, ohne eine einzige auszulassen. Die Leere des ersten Monats hatte sie beunruhigt. Sonntags schickten die städtischen Glöckner morgens und abends ihr Glockenspiel dröhnend in die Umgebung. Ihren eindringlichen Klängen konnte man sich nicht entziehen. Sie krallten sich in die Luft und schüttelten sie mit hündischer Hingabe. Die Glocken vermittelten Esther das Gefühl, aus einem schönen örtlichen Feiertag ausgeschlossen zu sein.

Ein paar Tage nach ihrem Einzug hatte Tom sie wegen eines Besuchers nach unten gerufen. Zwischen unausgepackten Bücherkisten saß im vorderen Wohnzimmer der Pfarrer. Er war ein kleiner, grauhaariger Mann mit abstehenden Ohren, einem irischen Akzent und einem berufsbedingten, gütigen, alles verstehenden Lächeln. Er sprach über die Jahre, die er in Kenia verbracht hatte, wo er mit Jomo Kenyatta befreundet war, über seine Kinder in Australien und über seine englische Frau.

Esther erwartete ständig die Frage, ob sie Kirchgänger seien, aber über die Kirche sprach er überhaupt nicht. Er schaukelte das Baby auf den Knien, und schon nach kurzer Zeit ging er, und seine massige schwarze Gestalt verlor sich auf dem Wege zum Vordertor.

Einen Monat später, nach dauernder Beunruhigung durch die evangelischen Glocken, schrieb Esther, fast gegen ihren Willen, ein paar hastige Zeilen an den Pfarrer, in denen sie ihm mitteilte, daß sie gerne an der Abendandacht teilnehmen würde, und ihn bat, ihr das Zeremoniell zu erklären.

Nervös wartete sie einen ganzen Tag und dann noch einen, bereitete nachmittags Kuchen und Tee zu, den sie und Tom schließlich allein aßen, wenn sie sicher waren, daß die Teezeit auch bestimmt vorbei war. Am dritten Tag, als sie gerade ein gelbes Flanellnachthemd für das Baby zusammenheftete, sah sie zufällig aus dem Fenster auf das Vordertor, durch das eine untersetzte, schwarze Gestalt trat und langsam durch die Brennesseln auf das Haus zuschritt.

Esther begrüßte den Pfarrer voller Bedenken. Sie sagte ihm sofort, daß sie Unitarierin sei. Aber der Pfarrer lächelte erwidernd, daß sie als Christin, gleich welcher Richtung, in seiner Kirche willkommen sei. Das plötzliche Bedürfnis, dem Ganzen ein Ende zu bereiten und ihm geradeheraus zu sagen, daß sie

Atheistin sei, schluckte Esther hinunter. Als sie das Gebetbuch der anglikanischen Kirche, das der Pfarrer ihr mitgebracht hatte, aufschlug, hatte sie das Gefühl, er könne den Anschein von Hinterhältigkeit in ihren Zügen bemerken; dennoch folgte sie seinen Erklärungen über die Gottesdienstordnung. Die Erscheinung des Heiligen Geistes und die Worte »Auferstehung des Fleisches« gaben ihr das irritierende Gefühl, zweimal vorhanden zu sein. Aber selbst als sie gestand, daß sie nicht an die Auferstehung des Fleisches glauben könne (sie wagte nicht, auch noch hinzuzufügen, ›und auch nicht des Geistes‹), schien der Pfarrer nicht beunruhigt. Er wollte nur wissen, ob sie an die Wirksamkeit von Gebeten glaube.

»Oh ja, ja, daran glaube ich!« hörte Esther sich ausrufen, und sie wunderte sich über die Tränen, die ihr im richtigen Moment in die Augen stiegen und nichts anderes bedeuteten als: Wie schön wäre es, daran glauben zu können. Später fragte sie sich, ob die Ursache ihrer Tränen die Vorstellung des unermeßlichen, unabänderlichen Abgrunds zwischen ihrer Ungläubigkeit und der Glückseligkeit des Glaubens waren. Sie brachte es nicht übers Herz, dem Pfarrer zu sagen, daß sie bereits einmal vor zehn Jahren all diese frommen Versuche unternommen hatte, und zwar im College, im Seminar »Vergleichende Religionswissenschaft«, und das einzige, was dabei herausgekommen war, war ihr Bedauern, keine Jüdin zu sein.

Der Pfarrer schlug vor, sie solle sich bei der nächsten Abendandacht mit seiner Frau treffen und sich neben sie setzen, damit sie sich nicht so fremd fühle. Dann fiel ihm noch etwas Besseres ein, sie würde vielleicht lieber mit Rose und Cecil, ihren Nachbarn, kommen. Sie seien regelmäßige »Kirchgänger«. Erst als der Pfarrer seine Gebetbücher und den schwarzen Hut nahm, fiel Esther der Zuckerkuchen und das in der Küche vorbereitete Teetablett ein. Aber jetzt war es zu spät. Esther beobachtete, wie der Pfarrer gemessenen Schrittes seinen Rückzug durch die grünen Brennesseln antrat, und dachte, es muß noch etwas anderes als Vergeßlichkeit gewesen sein, daß der Kuchen auf seinem Platz belassen wurde.

Die Kirche füllte sich jetzt rasch. Die Pfarrersfrau mit ihrem länglich-spitzen, freundlichen Gesicht erhob sich von ihrer vordersten Bank, und kam auf Zehenspitzen nach hinten, um das Andachtsbuch der Müttervereinigung auszuteilen. Esther spürte das Baby strampeln und pochen, und gelassen sagte sie sich: Ich bin eine Mutter. Ich gehöre hierher. Gerade, als die urzeitliche Kälte des Kirchenbodens auf ihre Fußsohlen überging, standen alle Frauen raschelnd und ›Ruhe‹ zischend auf einmal auf, und der Pfarrer kam mit bedächtigem, gottgefälligem Schritt aus dem Seitenschiff.

Die Orgel holte Luft und stimmte den Eröffnungschoral an. Der Organist schien Anfänger zu sein. Alle paar Takte gelang ihm ein ausgedehnter Mißton, und die Stimmen der Frauen rutschten mit irre schleichender Verzweiflung hinter der ausweichenden Melodie her. Dann wurde gekniet, respondiert und weitere Choräle gesungen.

Der Pfarrer trat vor und wiederholte in voller Länge eine Geschichte, deren Thema schon Bestandteil der letzten Abendandacht gewesen war, und sie gipfelte in der ungeschickten, geradezu peinlichen Metapher über körperliche und seelische Abtreibungen, die Esther ihn schon eine Woche vorher bei einer Taufzeremonie hatte ausbringen hören. Bestimmt war es sein Lieblingsthema. Rose schob sich noch ein Pfefferminzbonbon zwischen die Lippen, und Mrs. Nolans Augen hatten den glasigen, entrückten Blick einer unglücklichen Seherin.

Zum Schluß traten drei Frauen vor, zwei von ihnen recht jung und anziehend, die letzte sehr alt, und knieten vor dem Altar nieder, um in die Müttervereinigung aufgenommen zu werden. Der Pfarrer hatte den Namen der älteren vergessen (Esther spürte direkt, wie er danach suchte), und mußte warten, bis seine Frau die Geistesgegenwart hatte, nach vorne zu gleiten und ihm den Namen ins Ohr zu flüstern. Die Zeremonie konnte weitergehen.

Es war vier Uhr vorbei, als der Pfarrer die Frauen entließ. Esther verließ die Kirche zusammen mit Mrs. Nolan, da Rose von zwei anderen Frauen, von Brenda, der Frau des Gemüsehändlers, und der flotten Mrs. Hotchkiss, die auf Widdop Hall lebte und Schäferhunde züchtete, aufgehalten wurde.

»Bleiben Sie zum Tee?« fragte Mrs. Nolan, als sie inmitten der Frauen über die Straße geschoben wurden, die Allee entlang und auf die Polizeiwache in dem gelben Backsteinhaus zu.

»Deshalb bin ich ja gekommen«, sagte Esther. »Ich glaube, den Tee haben wir uns verdient.«

»Wann kommt Ihr Baby?« Esther lachte. »Jeden Moment.«

Die Frauen bogen von der Allee links in einen Hof ein. Esther und Mrs. Nolan folgten ihnen in einen dunklen, scheunenartigen Raum, der Esther auf bedrückende Weise an Kirchenausflüge und Gruppensingen erinnerte. Ihre Augen versuchten in der Dunkelheit eine Teemaschine oder andere Anzeichen von Geselligkeit auszumachen, blieben aber nur an einem Pianino hängen. Die anderen Frauen drängten weiter, eine schlechtbeleuchtete Treppe hinauf. Zwei Schwingtüren öffneten sich zu einem hell erleuchteten Raum, mit zwei parallel stehenden Tischen, auf denen weiße Leinendecken lagen. In der Mitte der Tische wechselten Kuchen- und Gebäckplatten mit Schalen messingfarbener Chrysanthemen ab. Es war eine erstaunliche Anzahl sorgfältig verzierter Kuchen, einige mit Kirschen und Nüssen, andere mit Zuckerguß. Der Pfarrer hatte bereits am Kopfende des Tisches Stellung bezogen, und seine Frau an dem anderen, die Frauen drängten sich hinter die dichtgestellten Stühle zu beiden Seiten. Die Frauen aus Roses Gruppe nahmen am entgegengesetzten Ende des Pfarrertisches Platz. Gegen ihren Willen kam Mrs. Nolan genau gegenüber vom Pfarrer zu sitzen, Esther saß rechts von ihr, und der Stuhl links neben ihr war versehentlich leer geblieben.

Die Frauen saßen endlich und machten es sich bequem.

Mrs. Nolan wandte sich an Esther. »Und was machen Sie . . . ?«

Es war die Frage einer verzweifelten Frau.

»Oh, ich habe ein Baby.« Esther schämte sich wegen ihrer ausweichenden Antwort und setzte hinzu: »Ich tippe die Arbeiten meines Mannes ab.«

Rose beugte sich zu ihnen. »Ihr Mann schreibt für den *Rund*funk.«

»Ich male«, sagte Mrs. Nolan.

»Welche Technik?« Esther war ziemlich überrascht.

»Hauptsächlich Öl. Aber ich bin nicht sehr gut.«

»Haben Sie es schon mal mit einem Aquarell versucht?«

»Oh ja, aber da muß man wirklich gut sein. Das muß von Anfang an richtig sein.«

»Und was malen Sie? Porträts?«

Mrs. Nolan krauste ihre Nase und zog ein Zigarettenpäckchen hervor.

»Meinen Sie, man könnte hier rauchen? Nein, porträtieren liegt mir nicht. Aber manchmal male ich Ricky.«

Die kleine, verbraucht aussehende Frau, die mit dem Tee die Runde machte, war inzwischen bei Rose angelangt.

»Wir dürfen doch rauchen, nicht?« fragte Mrs. Nolan Rose. »Oh, ich glaube nicht. Ich wollte beim ersten Mal auch unbedingt rauchen, aber niemand hat es getan.«

Mrs. Nolan blickte die Teefrau an. »Darf man rauchen?«

»Oh, nein, das nun wirklich nicht. Nicht in den Räumen der Kirche.«

»Wegen der Feuervorschriften?« wollte Esther wissen. »Oder ist es etwas Religiöses?« Aber keiner konnte ihr die Frage beantworten. Mrs. Nolan begann, Esther von ihrem siebenjährigen Sohn Benedict zu erzählen. Ricky war, wie sich herausstellte, ein Hamster.

Plötzlich flogen die Schwingtüren auf und ließen eine hochrote Frau mit einem dampfenden Tablett hinein: »Die Würste, die Würste!« kreischten von allen Seiten hocherfreute Stimmen. Esther war schon ganz schwach vor Hunger. Nicht einmal das klare, heiße Fett, das durch die Teigumhüllung sikkerte, konnte sie zurückhalten – sie nahm einen großen Bissen, und Mrs. Nolan biß ebenfalls herzhaft zu. In diesem Moment senkten alle ihre Köpfe. Der Pfarrer sprach das Tischgebet.

Esther und Mrs. Nolan sahen sich an, beide mit vollen Bakken, zwinkerten sich zu und versuchten ihr Kichern zu unterdrücken, wie zwei Schulmädchen, die ein Geheimnis haben. Sowie das Gebet zu Ende war, wurden die Platten herumgereicht, und jedermann langte herzhaft zu. Mrs. Nolan erzählte Esther vom großen Benedict, dem Vater des kleinen Benedict, der Gummipflanzer in Malaya gewesen war, bis er das Pech hatte, krank zu werden, und nach Hause geschickt wurde.

»Wollen Sie noch etwas Kuchen?« Rose reichte eine Platte mit feuchten fruchtgefüllten Kuchenstücken, und Mrs. Hotchkiss schob eine dreischichtige Schokoladentorte hinterher.

Esther nahm von jedem ein Stück. »Wer hat den ganzen Kuchen gebacken?«

»Die Frau des Pfarrers«, sagte Rose. »Sie backt sehr viel.«

»Und der Pfarrer«, Mrs. Hotchkiss rückte ihren Rebhuhnflügel-Hut zurecht, »der Pfarrer hilft beim Rühren.«

Mrs. Nolan, ihrer Zigaretten entzogen, trommelte mit nervösen Fingern auf die Tischplatte. »Ich denke, ich sollte allmählich gehen.«

»Ich komme mit«, sagte Esther Kuchen kauend. »Ich muß zurück wegen der Kleinen.«

Aber die Frau mit dem Tee schenkte noch einmal nach, und die ganze Gesellschaft ähnelte mehr und mehr einem großen Familientreffen, von dem man sich nicht einfach entfernen kann, ohne sich zu bedanken oder wenigstens die Erlaubnis zum Gehen eingeholt zu haben.

Irgendwie hatte sich die Pfarrersfrau von ihrem Platz losgemacht und beugte sich plötzlich mütterlich über sie, eine Hand auf Mrs. Nolans Schulter, eine auf Esthers. »Dieser Hefekuchen ist köstlich«, sagte Esther, um ihr ein Kompliment zu machen. »Haben Sie ihn gebacken?«

»Oh, nein, er ist von Mr. Ockenden.« Mr. Ockenden war der örtliche Bäcker. »Es ist einer übrig. Wenn Sie wollen, können Sie ihn nachher kaufen.«

Esther war von diesem finanziellen Anschlag unangenehm berührt, aber dann fiel ihr sofort wieder ein, daß Kirchenleute aller Konfessionen ständig hinter irgendwelchen Pfennigen, Kollekten und Schenkungen her waren. Kürzlich hatte sie sich nach der Abendandacht im Besitz einer Sammelbüchse wiedergefunden – eines schmucklosen Holzkastens mit einem Schlitz, der offensichtlich darauf abzielte, daß man bis zum nächstjährigen Harvest Festival Geld reinstecken sollte. Während des Festivals wurden die Büchsen geleert und erneut in Umlauf gebracht.

»Ich hätte liebend gerne so einen Kuchen«, sagte Esther, eine Spur zu fröhlich.

Als die Pfarrersfrau ihren Platz wieder eingenommen hatte, hob unter den nicht mehr ganz jungen Frauen in ihren besten Blusen, Strickjacken und runden Filzhüten am Tischende ein Gemurmel und Gemache an. Schließlich erhob sich unter heftigem Geklatsche ihrer Nachbarinnen eine Frau, um im Namen aller der Frau Pfarrer für die reizende Teeinladung zu danken. Mit einer launigen Anmerkung wurde auch dem Pfarrer für seine Hilfe gedankt – offenbar war es ein offenes Geheimnis, daß er für das Kneten des Kuchenteigs zuständig war. Erneuter Applaus und viel Gelächter. Danach erhob sich die Pfarrersfrau, um ihrerseits insbesondere Esther und Mrs. Nolan namentlich zu begrüßen. Außer sich vor Entzücken, gab sie der Hoffnung Ausdruck, sie würden der Mothers' Union beitreten. Man klatschte und lächelte und warf neugierige Blicke auf die genannten Frauen, aber dann wurden wieder die Platten herumgereicht. In dem ganzen Durcheinander verließ der Pfarrer seinen Platz und setzte sich auf den leeren Stuhl neben Mrs. Nolan. Er nickte Esther zu, als wollte er sagen, sie hätte ihre Gespräche ja bereits gehabt, und wandte sich mit leiser Stimme an Mrs. Nolan. Esther hörte schamlos zu, während sie sich durch ihren gebutterten Hefekuchen und diverse Kuchen aß. Der Pfarrer gab Mrs. Nolan einen merkwürdig scherzhaften Verweis, weil er sie nie zu Hause angetroffen hätte, wobei ihre zarte, helle Haut sich leuchtend rot färbte, und er fuhr fort: »Es tut mir leid, aber der Grund, warum ich nicht nach Ihnen rufen ließ, ist, weil ich dachte, Sie seien geschieden, und da möchte ich mich grundsätzlich nicht aufdrängen.«

»Oh, das macht nichts, das macht nun wirklich nichts mehr«, murmelte Mrs. Nolan, noch immer mit flammenden Wangen, und zupfte heftig am Kragen ihrer offenen Jacke. Der Pfarrer schloß seine Rede mit einer kleinen, freundlichen Moralpredigt, deren Inhalt an Esther vorbeiging, weil Mrs. Nolans gräßliche Situation sie derart verwirrte und außer sich brachte.

»Ich hätte nicht kommen sollen«, wisperte sie Esther zu. »Geschiedene Frauen sind hier nicht erwünscht.«

»Das ist ja lächerlich«, sagte Esther. »Ich gehe. Kommen Sie, wir gehen.«

Rose blickte auf, als sie sah, daß ihre beiden Schützlinge die Mäntel zuknöpften. »Ich komme mit. Cecil wird schon auf seinen Tee warten.«

Esther schaute zur Pfarrersfrau hinüber, die am anderen Ende des Raums von einer Traube schwatzender Frauen umgeben war. Der überzählige Kuchen war nicht auszumachen, und sie hatte auch keine Lust, die Sache weiter zu verfolgen. Sie konnte ja Mr. Ockenden auf seiner Samstagsrunde danach fragen. Und die Pfarrersfrau hätte wahrscheinlich auch noch einiges auf den Preis draufgeschlagen – zum Nutzen der Kirche, versteht sich, wie beim Wohltätigkeitsbasar.

Am Rathaus verabschiedete sich Mrs. Nolan bei Esther und Rose und ging den Berg zum Wirtshaus hinunter. In der ersten Senke löste sich die Straße am Fluß in einer feuchten blauen Nebelwand auf; schon nach kurzer Zeit war Mrs. Nolan nicht mehr zu sehen.

Rose und Esther gingen zusammen weiter.

»Ich habe nicht gewußt, daß Geschiedene nicht dabeisein dürfen«, sagte Esther.

»Oh, nein, die sind nicht gern gesehen.« Rose fummelte in ihrer Tasche herum und zog ein Päckchen Malzbonbons heraus. »Mögen Sie einen? Mrs. Hotchkiss hat gesagt, daß Mrs. Nolan, selbst wenn sie wollte, nicht Mitglied der Mothers' Union werden könne. Möchten Sie einen Hund?«

»Einen was?«

»Einen Hund. Mrs. Hotchkiss hat vom letzten Wurf einen Schäferhund übrig. Die schwarzen hat sie alle verkauft, die will jeder, und nun ist nur noch ein grauer da.«

»Tom *haßt* Hunde«, Esther war von ihrer Heftigkeit selbst überrascht. »Besonders deutsche Schäferhunde.«

Rose schien zufrieden. »Ich hab ihr schon gesagt, daß ich mir nicht vorstellen könne, daß Sie einen wollen. Gräßlich, diese Hunde.«

Aus dem dichten Dunst erhoben sich die grünlich schimmernden Grabsteine, als ob die alten Flechten eine magische Leuchtkraft besäßen. Die beiden Frauen ließen den Friedhof mit seiner niedrigen, schwarzen Eibe hinter sich, und als die Abendkühle durch ihre Mäntel drang und die Wärme des Tees vertrieb, winkelte Rose ihren Arm an, und ohne zu zögern, hängte sich Esther ein.

Schneeangriff

Am zweiten Weihnachtsfeiertag begann es in London zu schneien: Mein erster Schnee in England. Fünf Jahre lang hatte ich mich taktvoll erkundigt: »Gibt es überhaupt jemals Schnee bei Ihnen?«, wenn ich mich für die sechs Monate lauer, grauer Feuchtigkeit wappnete. »Aber ja, ich kann mich an Schnee erinnern«, war die übliche Antwort, »als ich ein junger Kerl war, da hat es geschneit.« Worauf mir die gewaltigen Mengen von frischem und wunderschönem weißen Schnee einfielen, mit dem wir Schneeballschlachten veranstaltet, Tunnel gegraben hatten und auf dem wir Schlitten fahren konnten – in Amerika, als *ich* jung war. Und nun empfand ich an meinem Londoner Fenster denselben süßen Schauer von Vorfreude, als Teile der Dunkelheit aufleuchteten, wenn der Schnee durch den Lichtschein der Straßenlaterne trieb. Da meine Wohnung (die früher der Wohnsitz von W. B. Yeats war, wie eine runde, blaue Tafel am Haus belegt) keine Zentralheizung hat, war mein Schauer nicht nur bildlich, sondern sehr real.

Am nächsten Tag lag überall Schnee – weiß, malerisch, unberührt, und es schneite weiter. Auch am Tag darauf lag der Schnee noch immer unberührt da. Er schien sogar noch mehr geworden zu sein. Als ich die ungeräumte Straße überquerte, rutschte er mir oben in die Stiefel. Auch die Hauptstraße war nicht geräumt worden. Im Schneckentempo arbeiteten sich einige Busse und Taxen durch tiefe weiße Fahrrinnen. Hier und da sah man Männer, die mit Hilfe von Zeitungen, Besen und Lappen versuchten, ihre Autos freizulegen.

Die meisten Geschäfte in der Nachbarschaft waren noch immer in einem halben Meter weißer Flocken versunken. Die Fußabdrücke der Kunden führten in Bögen, wie Vogelspuren, von Tür zu Tür. Vor der Tür des Apothekers war ein kleines Stück freigeräumt. Dankbar trat ich hinein.

»Na«, scherzte ich, »Ihr *habt* wohl gar keine Schneepflüge hier in England, was?« während ich mich mit Papierwindeln, schwarzem Johannisbeersaft, Hagebuttensirup, Nasentropfen und Hustensaft (auf dem Etikett stand in Groteskschrift »The Linctus«) belud, eben mit allen Vorbeugemitteln und Hilfen, die Babys bei Wintererkältungen brauchen.

»Nein«, strahlte mich der Apotheker an, »nein, ich fürchte, wir haben keine Schneepflüge. Auf Schnee sind wir hier einfach nicht vorbereitet. Er kommt schließlich so selten.«

Das schien mir eine begründete, aber auch bedenkliche Antwort. Wenn England nun für eine neue Eiszeit ausersehen war, was dann?

»Soll ich Ihnen«, der Apotheker lehnte sich mit verschwörerischem Lächeln über die Theke, »mal zeigen, was ich hilfreich finde?«

»Ja, bitte, zeigen Sie es mir«, sagte ich verzweifelt und dachte, er käme mit Beruhigungsmitteln.

Verlegen und gleichzeitig stolz stemmte der Apotheker ein zwei Meter langes ungehobeltes Brett hinter dem Trufood- und Hustenbonbon-Tresen hoch. »Ein Brett!«

»Ein Brett?«

Der Apotheker schloß die Augen und umfaßte selig, wie eine Hausfrau die Nudelrolle, sein Brett.

»Mit diesem Brett *schiebe* ich den Schnee einfach zur Seite.«

Ich stolperte mit meinen Päckchen hinaus. Ich lächelte. Jeder lächelte. Der Schnee war nichts als ein riesiger Spaß, und unsere Lage war etwa so gefährlich wie die von verirrten Alpinisten in einer Witzzeichnung.

Der Schnee wurde hart und gefror. Bürgersteige und Straßen verwandelten sich in eine holprige Eisbahn, über deren tückische Furchen alte Leute stolperten, die sich an Hundeleinen festhielten oder sich von Fremden helfen ließen.

Eines Morgens klingelte es bei mir.

»Soll ich Ihnen die Treppe frei schaufeln, gnä' Frau?« fragte ein waschechter kleiner Londoner Junge, der einen gewaltigen Segeltuchkarren bei sich hatte.

»Und was soll das kosten?« fragte ich herausfordernd, da ich nicht wußte, was man üblicherweise dafür zahlte, und erwartete, daß er mich ausnehmen wolle.

»Ach, eh, drei Pence.«

Mein Mißtrauen schmolz dahin, und ich stimmte zu.

Dann, Nachlässigkeit ahnend, sagte ich: »Das Eis muß aber auch weggehackt werden!«

Zwei Stunden später arbeitete der Junge immer noch. Nach vier Stunden klingelte er und bat um einen Besen. Ich guckte aus dem Fenster und sah, daß der Karren voller kleiner Eisberge war. Schließlich war er fertig. Ich inspizierte seine Arbeit. Offenbar hatte er die Zwischenräume des Geländers mit einem Meißel gereinigt. »Sieht nach noch mehr Schnee aus.« Hoffnungsvoll prüfte er den niedrighängenden grauen Himmel. Ich gab ihm sechs Pence, und er entschwand in einer Flut von Dankesbezeugungen mit seinem schneebeladenen Karren.

Es schneite noch mehr. Und dann kam die Kälte.

Am Morgen des großen Frostes entdeckte ich, daß die Badewanne halb voll mit schmutzigem Wasser war. Das war mir unbegreiflich. Von Installationsarbeiten hatte ich keine Ahnung. Ich wartete einen Tag; vielleicht würde es ja abfließen. Aber es floß nicht ab, im Gegenteil, es nahm zu, an Menge und Schmutz. Als ich am nächsten Morgen erwachte, fiel mein Blick auf einen Fleck an meiner schönen, frischgeweißten Zimmerdecke. Vor meinen Augen tropfte von verschiedenen Stellen meiner Zimmerdecke eine klebrige Flüssigkeit auf den Teppich. An den Nahtstellen löste sich die Tapete.

»Helfen Sie mir«, flehte ich den Hausverwalter von der Telefonzelle aus an, mit den Füßen in einer schwarzen Wasserlache stehend. Ich hatte selbst noch kein Telefon, weil der Anschluß mindestens drei Monate dauerte. »Es tropft von meiner Zimmerdecke, und die Badewanne ist voll mit dreckigem Wasser.«

Stille.

»Nicht *mein* schmutziges Wasser«, beeilte ich mich hinzuzufügen. »Das ist von allein in der Wanne hochgestiegen. Ich glaube, da ist Schnee drin. Vielleicht kommt es vom Dach.«

Die letzte Aussage war ein wenig apokalyptisch. *Hatte* ich wirklich Schnee in der Wanne gesehen? Auf jeden Fall klang es gefährlicher.

»Es könnte durchaus vom Dach kommen«, sagte der Hausverwalter mit matter Stimme und fügte entschieden strenger hinzu: »Es ist Ihnen doch klar, daß in ganz London kein Installateur aufzutreiben ist. Jeder hat diese Probleme. Ich habe selbst drei Rohrbrüche in meiner Wohnung gehabt.«

»Ja, aber Sie wissen, wie man das reparieren kann«, gurrte ich standhaft. »Aus den Kaltwasserhähnen kommt auch kein kaltes Wasser. Was bedeutet *das*?«

»Das werden wir bald sehen«, murmelte er.

Eine Stunde später erschienen gestiefelt und schnaufend ein Angestellter der Baufirma und der Assistent des Hausverwalters, lange, schwarze Schmutzspuren hinter sich herziehend. Mit Pickel und Schaufeln bewaffnet, krochen sie durch die Falltür auf den Dachboden, und kurz darauf donnerten größere Schneemassen vom Dach in den Hof.

»Warum ist das Dach undicht?« fragte ich den Assistenten.

»Alle alten Dächer sind undicht. Das macht nichts, wenn es regnet, aber bei Schnee staut sich alles in der Dachrinne. Das geht auch noch, solange es kalt ist.« Er lächelte. »Aber wenn es taut!«

»Aber da, wo ich herkomme, schneit es jeden Winter, und die Dächer sind *nie* undicht.«

Der Assistent wurde rot. »Na ja, direkt über ihrem Bett *ist* die Dachrinne auch noch kaputt.«

»Über meinem Bett! Sollten Sie sie dann nicht besser reparieren? Wenn es noch mehr schneit und taut, werde ich eines Tages unter einer Schicht von nassem Putz aufwachen. Oder vielleicht gar nicht mehr aufwachen.«

Der Mann machte nicht den Eindruck, als ob er jemals ernstlich vorgehabt hätte, die Dachrinne zu reparieren. Ich konnte ihm deutlich ansehen, daß er darauf hoffte, es würde keinen Schnee mehr geben.

»Besser Sie reparieren es. Ich möchte Sie schließlich nicht *noch einmal* belästigen müssen.«

Die Männer kletterten hinunter und begannen, die verfärbte und still vor sich hintropfende Decke zu reinigen, wobei sie so taten, als ob sie die Angelegenheit vollkommen im Griff hätten. Ich stürzte ins Kinderzimmer, weil ich es krachen und brüllen hörte. In einem Anfall von Kraft hatte mein Sohn gerade mit heftigem Rütteln sein Kinderbett kaputtgemacht und sämtliche Schrauben rausgebrochen. Nachdem ich sein Schluchzen beruhigt hatte, kam ich gerade wieder zurück, als die Männer »Hoppla« sagten. In offensichtlicher Verlegenheit hielten sie einen gelben Plastikeimer unter einen Sturzbach, der sich aus der Decke ergoß, als ob sie etwas Obszönes verbergen wollten.

»Wie lange wird diese Tropferei noch weitergehen?« erkundigte ich mich. »Das ist ja wie bei der chinesischen Wasserfolter, tropf, tropf, tropf, die ganze Nacht. Können Sie denn nicht einen Eimer auf den Dachboden stellen?«

»Nee, gnä' Frau, da oben ist nicht mal Platz für eine Kerze. Die Dachrinne liegt direkt über Ihrer Decke.«

Sie ließen den Eimer auf dem Boden stehen – für alle Fälle –, und mit dem Versprechen, die Dachrinne noch vor dem Wochenende reaprieren zu wollen, stampften sie davon.

Seither habe ich sie nicht mehr gesehen.

Dann erschien der Hausverwalter höchstpersönlich, mit Melone und Feuchtigkeits-Detektor, um sich meiner tropfenden Zimmerdecke, des nicht fließenden kalten Wassers und der Badewanne voll alpiner Flüssigkeit anzunehmen. Mit dem Feuchtigkeits-Detektor stach er in die Decke und versicherte mir, sie würde in absehbarer Zeit nicht herunterkommen. »Aber es ist Ihnen doch klar, daß die Gefahr besteht, daß Sie kein Trinkwasser haben werden?«

Ich sagte, nein, das sei mir nicht klar, warum auch?

»Das Bauunternehmen hat die Leitungen zum Haus nicht ordnungsgemäß verlegt, deshalb sind sie eingefroren. Stellen Sie besser Ihren Warmwasserboiler ab, damit die Heizschlangen nicht den leeren Tank ausbrennen. Wenn der Wasserspeicher im ersten Stock leer ist, ist es vorbei.«

Ich versuchte, mir ein paar Dinge, außer Gesichtwaschen und Teekochen, in Erinnerung zu rufen, die ohne Wasser nicht zu machen sind. Es waren viele.

»Ich will versuchen, die Leitungen bis heute abend in Ordnung bringen zu lassen«, versprach der Verwalter. »Die Trinkwasserversorgung ist wichtiger als Ihre Badewanne.«

Er trat auf den verschneiten Balkon hinaus, um den Wirrwarr uralter Rohre an der Außenwand zu besichtigen, dann ging er wieder in die Küche und fummelte an den Wasserhähnen rum. »Aha,«, sagte er schließlich. »Ich hab erst gedacht, der Installateur hätte ein Rohr falsch angeschlossen, so daß das Wasser in der Wanne tatsächlich vom Dach gekommen wäre. Aber sehen Sie!« Ich mußte neben der Badewanne stehenbleiben und die Brühe beobachten, während er in die Küche ging und den Heißwasserhahn aufdrehte.

Blasen und Ringe stiegen gluckernd aus dem offenen Abfluß auf.

»Sehen Sie«, sagte der Verwalter anklagend, *»es ist Ihr eigenes Wasser*, das in der Wanne steht. Ihr Abflußrohr ist eingeforen, deshalb kann es nicht abfließen.«

Dann bat er mich auf den Balkon hinaus.

Mit verblüffender Schnelligkeit ratterte er Ursprung und Funktion der verschlungenen Rohre herunter. »Das ist Ihr

Abwasserrohr, das da Ihr Badewannenrohr, und die da oben sind Belüftungsrohre.« Voller Verzweiflung guckte ich mir die Rohre an. Allein das Badewannenabflußrohr lief mehr als sechs Meter an der Wand und dem Balkon entlang, bevor es nach einem Knick unten seine Ladung in eine offene Abflußrinne entließ.

»Irgendwo ist das Abflußrohr vom Bad eingefroren.«

»Was passiert, wenn man heißes Wasser in die Wanne laufen läßt?« fragte ich.

»Dann taut es das Eis oben auf, um anschließend wieder zu gefrieren.«

»Aber was kann ich dann tun?«

»Sie können Kerzen an die Rohre halten. Oder heißes Wasser draufschütten. Ich *könnte* natürlich das Baugeschäft beauftragen, das Rohr mit einer Lötlampe zu enteisen, wenn Sie das wollen, aber das geht auf Ihre Kosten.«

»Aber *Sie* sind für Außenreparaturen zuständig, und die Rohre liegen außen.«

»Ganz richtig«, strahlte mich der Verwalter teuflisch an, »aber das *Bad* liegt innen. Haben Sie denn jeden Abend die Abflüsse zugestöpselt, um zu verhindern, daß Wasser abfließt und einfriert?«

»Nnnein, das hat mir keiner gesagt. Aber ich drehe immer die Hähne ganz fest zu.«

Ich fühlte mich in die Enge getrieben. »Zugegeben«, sagte der Verwalter hochmütig, »das Wasserwerk hätte Zettel verteilen sollen, um darüber zu informieren, was in solchen Notfällen zu tun ist.«

»Und was machen Sie in *Ihrer* Wohnung?«

»Oh, ich schütte mehrmals am Tage große Mengen kochendes Wasser durch alle Abflüsse und nachts verstopfe ich sie. Ist natürlich 'ne schreckliche Stromverschwendung, aber es scheint zu funktionieren.«

Nachdem der Verwalter, eingepackt in Schal, Handschuhe und Melone, sich mit seinem Feuchtigkeits-Detektor davongemacht hatte, dachte ich über seinen Rat nach. Große Mengen kochendes Wasser konnten nichts ausrichten, solange die Rohre nicht frei waren, und ich hatte einen begrenzten wenn nicht bereits schon erschöpften Wasservorrat. Die Kerzenmethode schien aus armseliger Dickens-Zeit zu stammen. Um wenigstens irgend etwas zu tun, füllte ich einen Eimer mit heißem Wasser und ging frierend auf den Balkon. Wahllos schüttete ich das inzwischen lauwarme Wasser auf irgendeine Stelle des schwarzen, aufsässigen Rohres. Auf ein Wunder hoffend, ging ich hinein und sah in die Badewanne. Das Wunder war ausgeblieben.

Das dreckige Zeug rührte sich nicht.

Das einzige, was sich rührte, war der Mieter von unten. »Haben Sie gerade Wasser auf Ihren Balkon geschüttet?« »Der Verwalter hat gesagt, ich sollte das tun«, gestand ich. »Der Verwalter ist ein Idiot. Das Wasser ist durchgelaufen, und jetzt habe ich eine Pfütze in der Küche. Und die vorderen Wände sind tropfnaß. *Da* können Sie natürlich nichts für. Aber wie soll ich Teppiche über solche Mengen von Wasser legen?«

Ich sagte, das wisse ich auch nicht.

Abends kam ich auf der Straße an großen gefrorenen Wasserlachen vorbei. Geplatzte Rohre, vermutete ich. An einem Wasserhahn, der neuerdings an der Ecke aus dem Gehsteig ragte, stand ein Rentner und füllte einen großen blumengemusterten Porzellankrug mit Wasser voll.

»Ist das *Trink*wasser?« brüllte ich, um den häßlichen Ostwind zu übertönen.

»Ich nehme an«, krächzte er, »daß man ihn deshalb hier installiert hat.«

»Gräßlich«, schrien wir beide im selben Moment und entfernten uns wie traurige Schiffe in der Dunkelheit.

Am späten Abend hörte ich ein Geräusch von der Lautstärke des Niagarafalls, Schritte stampften die Treppe zu mir hoch, und ein heftiges Klopfen folgte. Aus den Wasserhähnen war gurgelndes Würgen zu hören. Ich riß die Tür auf, und ein rotgesichtiger junger Installateur stürmte herein. »Läuft das Wasser?«

Ich hielt mir die Augen zu und zeigte nach oben, von wo noch immer donnernder Lärm drang. »Sehen Sie nach. Ich kann nicht. Wird jetzt alles überschwemmt?«

»Ach wo, da wird nur der Wassertank aufgefüllt. Es ist alles in Ordnung.«

Und so war es. Wir hatten Trinkwasser, wir waren glücklich. Wegen der Wanne beschloß ich, auf das Tauwetter zu warten – auf jenen mystischen, unvorhersagbaren Zeitpunkt, an dem alles besser werden würde. Jeden Tag leerte ich den schmutzigen Inhalt der Wanne mit einem Eimer in die Toilette und spülte ihn hinunter. Merkwürdigerweise beschwerte sich niemand.

Ich fragte einen Mann, der von außen eine kleine blaue Gasflamme gegen eine Rohrverdickung hielt, ob das helfen würde. »Bisher noch nicht«, antwortete er fröhlich.

Die Fröhlichkeit schien überall verbreitet. Wie bei den Bombenangriffen packten wir alle mit an. Ein indisches Mädchen erzählte mir in der U-Bahn, daß sie in ihrem Haus drei Wochen lang kein Wasser gehabt hätten, dann platzten die Rohre, und alles stand unter Wasser. Sie mußten auswärts essengehen, und die Hauswirtin teilte täglich eine bestimmte Menge von Eimern mit Wasser aus.

»Tut mir leid, Sie aus dem Warmen geholt zu haben«, entschuldigte sich der Milchmann, als er die wöchentliche Rechnung kassierte. »Dieses Jahr haben wir neun Monate Winter und drei Monate schlechtes Wetter.«

Dann kamen die Stromausfälle.

An einem rußfarbenen, frostigen Morgen knipste ich die beiden Schalter der elektrischen Heizung an, die die Baufirma in die Mitte meiner sonst sehr schönen georgianischen Wand gedübelt hatte, was ungefähr so aussah wie ein Marsmensch mit Operationsmaske. Zwei Stangen leuchteten rot und tröstlich auf. Dann nichts mehr. Ich drückte auf den Lichtschalter. Nichts. Ob durch das ganze zusätzliche Geheize eine Sicherung durchgebrannt war – ich schleifte ständig den kleinen pilzförmigen kindersicheren elektrischen Heizlüfter von Raum zu Raum (davon gab es nie genug). Einer nach dem anderen waren sie in den letzten Tagen erloschen und hatten nur noch eiskalte Luft von sich gegeben. Ich blickte auf die graue Straße hinunter. Nirgendwo sah ich ein Licht. Mein persönliches Problem mußte ein universelles sein. Dennoch war ich niedergeschlagen. Was war passiert? Wie lange würde es dauern?

Ich klopfte bei der Wohnung unter mir. Ein warmer stechender Ölgeruch kam mir im Flur entgegen, das mußte einer dieser Paraffin-Öfen sein, die ich nie kaufen würde, aus lauter Angst vor Feuer.

»Ach, wußten Sie nicht, daß der Strom abgeschaltet wurde?« sagte der Mieter Zeitung lesend.

»Warum?«

»Streik. Ein Baby ist deshalb im Krankenhaus gestorben.«

»Und was ist mit *meinen* Babys? Sie sind erkältet. Das können sie doch nicht mit uns machen, das geht doch nicht!« Mit einem resignierten, hilflosen Lächeln hob der Mieter die Schultern. Dann lieh er mir eine grüne Gummiwärmflasche. Ich wickelte meine Tochter mit der Wärmflasche in eine Decke und setzte sie mit einem Becher warmer Milch vor ihr Lieblingspuzzle. Dem Baby zog ich einen Schneeanzug an. Glücklicherweise hatte ich das Gas zum Kochen. Stunden später krähte meine kleine Tochter »Feuer ist an«. Und da war es – schwach, rot und häßlich, aber ausgesprochen wundervoll.

Das nächste Mal wurde der Strom ein paar Tage später ohne Vorwarnung zur Teezeit ausgeschaltet. Inzwischen hatte ich auch eine Erkältung, die britische Version mit Fieber und Schüttelfrost, gegen die mein Hausarzt weder Trost noch Heilmittel anzubieten hatte. Entweder man stirbt daran oder nicht.

Eine Nachbarin kam mit einem erstklassigen Fang vorbei. Nachtlichter. Damit konnte man wenigstens was sehen. In den Geschäften waren Wachsstöcke, Kerzen und ähnliches total ausverkauft. Für diese hatte sie anstehen müssen. Alten Leuten half man draußen mit Kerzenlicht die gefährlichen Stufen zu ihren Kellerwohnungen hinunter. In allen Fenstern verbreiteten Kerzen ihr sanftes gelbes Licht, die Stadt flackerte.

Sogar noch nach den Stromabschaltungen hielt sich der Trieb zu horten. Ein Haushaltswarengeschäft hatte nur »Kerzen« ans Fenster geschrieben, und im Nu waren die roten und weißen Schachteln, die aus dunkler Quelle stammen mußten, verkauft, alle anderen Geschäfte hatten keinen Nachschub bekommen. Ich kaufte ein Pfund Minikerzen und stopfte sie mir in die Taschen.

Ein Elektriker erzählte mir, daß die Generatoren für die Unmenge neuer elektrischer Haushaltsgeräte nicht genügend ausgerüstet seien. Man sei dabei, neue Generatoren zu bauen, aber das ginge nicht schnell genug. Einen derartigen Bedarf hätten die Statistiker nicht vorausgesehen.

Einen Monat nach dem ersten Schneefall wurde das Wetter milder. Von den Dachtraufen begann es zu tropfen. Mit einem ordinären Gurgeln leerte sich meine Badewanne von selbst. Auf den Straßen sah ich offiziell aussehende Männer, die Pulver auf das halbgetaute Eis schaufelten.

»Was ist das?« erkundigte ich mich.

»Salz und Sägemehl, damit es taut.«

Und dann sah ich meinen ersten Londoner Schneepflug – klein, tüchtig und mit einer Gruppe von Männern, die die Arbeit des Schneepflugs dadurch unterstützten, indem sie die aufsässigen Überreste loshackten und abschlugen und sie dann in einen offenen Lastwagen schaufelten. »Wo waren Sie den ganzen Monat?« fragte ich einen.

»Oh, wir waren auf dem Weg.«

»Wie viele Schneepflüge haben Sie denn?«

»Fünf.«

Ich fragte nicht nach, ob die fünf für unseren Stadtteil reserviert waren oder für die ganze Stadt herhalten mußten. Das spielte nun wirklich keine Rolle.

»Was machen Sie mit dem Schnee?«

»Wir schütten ihn in den Abwasserkanal. Dann wird er weggeschwemmt.«

»Und was machen Sie, wenn das jedes Jahr passiert?« fragte ich meinen Hausverwalter.

Er wurde bleich. »Oh, es ist seit 1947 nicht so schlimm gewesen.«

Ich bin sicher, er wollte nicht darüber nachdenken – über die Möglichkeit eines jährlichen Schneeangriffs. Warm anziehen, jede Menge Tee und tapfer sein. Das schien die Antwort. Und außerdem, was, außer Krieg und schlechtem Wetter, kann in einer großen kalten Stadt eine solche Kameradschaft hervorrufen? Unterdessen bleiben die Rohre draußen im Freien. Wo auch sonst?

Und was, wenn es *noch* einen Scheeangriff gibt?

Und noch einen?

Meine Kinder werden zu beherzten, unabhängigen und zähen Menschen heranwachsen, und in meinem von Schüttelfrösten begleiteten Alter werden sie sich durch die Schlangen kämpfen, um Kerzen herbeizuschaffen, während ich einen wasserlosen Tee braue – *das* wenigstens sollte die Zukunft bringen – auf einem einflammigen Gaskocher in der Ecke. Falls das Gas nicht auch wegbleibt.

Eva Demski
Sylvia Plath. Ein Essay

Nur dort, ganz oben, immer kurz vor dem Überkippen, hat sie es letztendlich ausgehalten. Alles, alles war nur dazu gut, sie auf den Kamm eben dieser Welle, die sie in einem Brief zu sich hinbeschwört, zu halten. Als Sylvia Plath sich 1963 im Alter von dreißig Jahren gewaltsam zur Ruhe bringt, hat sie das Dasein auf den Wellenkämmen des Schreibens, die dennoch die Schwierigkeiten und Traurigkeiten des Alltags nie hatten unsichtbar werden lassen, tausendmal ausgekostet. Ihr Werk ist, gemessen an ihrer Jugend, umfangreich. Die Kühle, mit der sie in Briefen und Aufzeichnungen die Qualitäten und Chancen ihrer Arbeiten erörtert, täuscht, scheint mir, etwas vor. Sie war schon als junges Mädchen, als Collegegirl, ehrgeizige Schülerin und schwierige Freundin ihrer Altersgenossen anders als diese in die Professionalität verliebt gewesen. Rettungslos verliebt – bis hin zur Situation des Daranzerbrechens, das sich nicht nur in Kenntnis ihres Selbstmords diagnostizieren läßt. Man wußte um ihr Gefährdetsein, ihre Mutter war nicht ahnungslos und auch nicht ihr geduldiger Ehemann Ted Hughes. In ihren Erzählungen ist die Gefahr spürbar – wie in ihren Gedichten –, aber immer ist gleichzeitig auch der Bann sichtbar, den die Kunst gegen die Unerträglichkeit von Existenz zu schleudern vermag. Es ist zur Zeit Mode, das gelebte Leben vom Geschriebenen abtrennen zu wollen, wahrscheinlich eine bewußtlose Gegenbewegung zum autobiographistischen Zwang der siebziger Jahre, in denen Autoren zwischen sich und ihrem Werk kein Zentimeter Platz mehr gelassen worden war. Bei Sylvia Plath wird eindrucksvoll sichtbar, wie falsch diese beiden Sehweisen sind. Sie betrachtet sich als Material – Betrachten hier im ganz wörtlichen Sinn von Anschauen.

Sie weiß: Das Erfinden ist nicht ihre Sache, sie braucht es auch gar nicht. Ihr Ansatz, ihre Obsession ist, sich selber und die Welt, in der sie lebt, nicht eine Sekunde aus den Augen zu lassen – deshalb erfüllen ihre Erzählungen die Aufgabe einer lakonischen, rätselhaften, aber letztendlich zu entschlüsselnden Autobiographie. Alles ist so geschehen, wie sie es beschreibt, das Meer und die Kleider, die Auseinandersetzungen und die Streitereien, Kindheiten und Krankheiten – alles Wahrheit. Natürlich ist es angesichts ihrer Prosa, jener klaren, unverschnörkelten und wuchtigen Geschichten, nicht wirklich wichtig, daß sich die Dinge so ereignet haben, daß nur das sich Ereignende für sie beschreibbar gewesen ist. Bei ihren Gedichten läßt sich gelegentlich das Dunkel nur durch Kenntnisse ihrer Biographie lichten – bei ihren Erzählungen ist das nicht notwendig. Je mehr man aber von ihnen kennt, auch von ihren Briefen, desto bedrückender wird die Ahnung von der Art und Weise, mit der diese Frau mit sich umgegangen ist.

Zunächst erkennen wir noch Teile des alltäglichen Wahnsinns der fünfziger Jahre – der Konkurrenzkampf, die Duldungsstarre der Teenager auf ihren verzweifelt zukunftssüchtigen Partys, der klägliche College-Geltungsdrang, die Armut in der Familie, die nie eingestanden wird, die Beschwörungsformel, »etwas Besseres« zu sein – alles ganz normal in der damaligen Zeit und erstaunlich weit in die nächsten Jahrzehnte hinüberreichend. Bei Sylvia Plath aber ist das alles deutlicher, kruder zu sehen. Sie nimmt mehr auf sich als andere. Sie entläßt sich selber keine Minute aus der Aufmerksamkeit und überprüft sich und ihr Leben laufend auf seine Verwertbarkeit. Was hätte ihr das heutig-europäische Gerede von der reinen Dichtung gebracht, mit dem versucht wird, ihre Schreib- und Lebensverklebung wegzuinterpretieren? Nichts. Sie hätte das vermutlich nicht einmal verstanden.

In ihrer kleinen Schreibfabrik sieht sie eine Überlebenschance, zunächst. Sie bedient Frauenzeitschriften und erkun-

digt sich nach dem gewünschten Stil. Unermüdlich stellt sie immer neue Konvolute ihrer Arbeiten zusammen und versendet sie bündelweise an alle möglichen Verlage. Das behält sie auch bei, als sie schon mit Ted Hughes verheiratet ist, und übernimmt die gleiche Angebots-Arbeit auch für ihn. Vorher jagt sie nach Stipendien, ist immer informiert, welche es gibt und zu welchen Zeiten man sie beantragen muß. Der Erfolg ist meßbar, man kann ihn in Zahlen ausdrücken. Spät in ihrem Leben, am 12. Dezember 1959, schon in ihr Psychodrama eingetreten, notiert sie in ihrem Tagebuch: »Warum lasse ich vor Angst meinen Kopf und mein Schreiben erstarren: sage, paß auf: kein Kopf, was kann man von einer Frau ohne Kopf erwarten? Warum schreibe ich keinen Roman? Vorstellungen der Gesellschaft: Der Schriftsteller und Dichter ist nur dann entschuldbar, wenn er Erfolg hat. Geld verdient.«

Schuld, Schuld, Schuld: die Entbehrungen ihrer Mutter – und der Haß auf sie, die Deutschstämmigkeit, also die mittelbare Zugehörigkeit zum schuldigsten aller Völker, Schuld, nicht alles vollkommen perfekt durchs Leben steuern zu können: Ehe, Arbeit, Tochterschaft und Mutterschaft gleichermaßen – es muß sie schon früh förmlich zerrissen haben. Dem allem steht ihre aufmerksame und mitleidlose Prosa entgegen, die vor Wahrhaftigkeit geradezu funkelt und der immer wieder gelingt, was das Wesen der Kunst ist: den einzig wahren Ausdruck (und wahr heißt in diesem Zusammenhang natürlich immer auch schön!) für eine Sache zu finden, Wörter, die vorher noch nie jemand so geschrieben hat. Aber: »Ich werde untergehen, wenn ich nur über mich schreiben kann.« (Tagebücher, 4. November 1959) Wie aber nicht über sich schreiben, wenn das die einzige Heimat ist und die einzige Vergewisserung seiner selbst? Immer wieder scheint Sylvia Plath sich und ihren Ansprüchen zu entgleiten, und sie sieht sich dabei zu, entsetzt und hilflos und nur durch die Wörter im Leben festgebunden.

Sie will immer zu viel und weiß es. Amerika ist verlassen, England aber nicht erobert, und sie traut den Engländern offenbar auch gar keine Kultur und Lebensart zu. Sie geht in die Wildnis, aber das Verharren zu Hause würde sie erwürgen. Kein Ort für sie außer der Literatur. Die Erinnerungen an die Heimat sind die Erinnerungen an das Meer. Ihre Sehnsucht danach ist aber in England nicht zu stillen – da ist nur die Nordsee, das ist nicht ihr Meer. Aus Amerika bringt sie ein Fahrrad mit, offenbar in der Überzeugung, daß es in England keine gäbe.

Wie haben wir sie uns vorzustellen, die Autorin von »Johnny Panic« und den vielen schmerzhaften Gedichten, von »Glasglocke« und »Zungen aus Stein?« (Was für verräterische Titel!) Groß war sie, eine College-Schönheit in braven Kleidern mit Innenrolle und einem etwas chaotischen Liebesleben. Als es dann Ted Hughes in ihrem Leben gibt, den sie für den besseren Dichter von ihnen beiden hält – was sie gar nicht störte, denn das hatte in ihren Augen so zu sein – wird sie eine treue, wahnsinnig eifersüchtige Ehefrau mit ausgeprägtem Nestbautrieb und Anfällen von Menschenhaß. Sie ist egozentrisch und großzügig, baut Fassaden und reißt sie wieder ein. Sie fühlt ihre vielfältigen Abhängigkeiten. Sie gleicht, schreibt ihre Biographin Anne Stevenson, »...einem Menschen in einem zugebundenen Sack, der geduldig versucht, herauszukommen.«

Es ist immer ein heikles Unterfangen, aus der Jetztzeit zurückzuklettern in ein anderes, abgeschlossenes Leben, ein Leben, das scheinbar bereitwillig seine vielfältigen Pulsierungen festgehalten hat – und doch! Die hellen Zeiten erscheinen selten in Tagebüchern, jeder, der selbst eins führt, weiß das. Sie war sicher auch heiter, ohne Krankheitssymptome, leichtsinnig. Zwar notiert sie einerseits voller Entsetzen, daß sie »sich für Menschen im Grunde nicht interessiere« – andererseits macht sie ein bezauberndes, komisches und hintersinni-

ges kleines Buch für die Kinder ihrer Freundin – das »Bett-Buch«.

Menschen sind niemals einfarbig, und gerade bei Dichtern, die es am allerwenigsten sind, besteht die Gefahr, daß man sie so sieht, weil man das Ende ihres Lebens kennt. Auch die Günderode wird gelegentlich gelacht haben.

In Plaths Geschichten blitzt nicht nur gelegentlich ein Witz auf, der mit dem Begriff Sarkasmus unvollkommen beschrieben wäre. Es handelt sich auch nicht, wie man zum Beispiel bei der Geschichte vom »Neunundfünfzigsten Bär« denken könnte, um schwarzen Humor. Sie sieht die Welt so schrägwinklig wie sie ist, und fühlt, daß all ihre Ordnungsversuche zum Scheitern verurteilt sind. Vielleicht war genau das der Kern ihrer Tragik: das Chaos, die Unsichtbarkeit des Zieles und die relative Bedeutungslosigkeit allen Lebens nicht ertragen zu können. Oder nicht zu verdrängen, denn zu ertragen ist das ja bei klaren Sinnen wirklich nicht. Das Vorhandensein einer ausreichenden Menge von Verdrängungsstrategien haben wir uns angewöhnt, als geistige Gesundheit zu sehen. Und gerade die sind ihr nicht gegeben – mit den ihren, die allesamt mit der Familie und dem Heim zu tun haben, scheitert sie immer wieder, und sie sieht das Dämonische – selbst in seinem so friedlichen Raum wie ihrem Gewächshaus. (Das ist in ihren Gedichten nachzulesen.)

Will sie eigentlich berühmt sein? Mir scheint, es ist ihr wichtiger, einen Raum (und damit ist nicht etwas Geographisches gemeint) zum Schreiben zu haben. Sie verschwindet gelegentlich als Person hinter ihren Arbeiten, oder sie spaltet sich, und übt Wohlverhalten, damit man sie in Ruhe läßt.

Vergessen wir nicht: Sie ist jung und bleibt das bis zu ihrem Ende. Trotz aller heroischen Anstrengungen ist sie mehr Tochter als Mutter, Tochter einer ihrerseits verstörten Mutter, die schmerzhaft die Brüchigkeit und den stummen Haß der raumsuchenden Tochter registriert und eines Vaters, der das acht-

jährige Kind durch Tod verlassen hat – und dieser Haß bündelt sich in Sylvias vielleicht genialstem Gedicht. Als es berühmt wurde in einer kleinen europäischen Gemeinde von Nachgeborenen, dieses Papi-Gedicht (»Ein Mann in Schwarz mit Meinkampfgesicht«) wollten wir es alle ausschließlich politisch verstehen. Welcher Schmerz, allmählich zu erkennen, daß das nicht alles war.

Celan und Plath nehmen niemandem die Schuld ab, um sie in poetisches Glück umzuwandeln. So nah ihr der poetische Gegenstand ist, so ausschließlich interessiert sie die Form und Verwandlung: Nur so ist es zu erklären, daß sie nach Vollendung dieses Gedichts ihrer Mutter einen wahren Gartenlaubenbrief schreibt, glücklich und stolz, und »die Kinder haben die Haare abgeschnitten bekommen und besitzen jetzt zwei Kätzchen«. Das sind angesichts des monströsen und demontierenden Inhalts ihres Werkes seltsame Verhaltensweisen, und ihrer Unbefangenheit ist nicht zu trauen. »Ich bin eine geniale Schriftstellerin. Ich habe es in mir. Ich schreibe jetzt die besten Gedichte meines Lebens. Sie werden mir einen Namen machen.« Das sind Beschwörungsformeln, die mit verzweifelten Krankheitsbeschreibungen abwechseln. Klarer als in ihren Gedichten werden die Krankheiten und das Gefühl des Ausgeliefertseins in ihren Erzählungen.

Seltsam: Immer ist die Lyrik die Königin, das ersehnte Ziel. Die Prosa, da macht auch Sylvia Plath keine Ausnahme, wird wie ein Weg zum Ziel der absoluten Poesie gesehen – nicht bewußt vielleicht, aber dennoch deutlich. Die Geschichten sind der Alltag, aber auf dämonischere Weise, als sie selber zu wissen scheint. Morgens die Lyrik und nachmittags Tagebuch und Prosa. Sie ist eine schreibende Frau. Und das heißt eben, sich den Alltag mühevoll so lang zurechtzustutzen und, so gut es geht, zu delegieren, bis der Platz freigeschaufelt ist, der Raum, jener nicht geographische Raum. (Man erinnert sich an Virginia Woolf, die sich so verzweifelt nach einem wirklich eigenen

Zimmer sehnte und ihren häuslichen Obliegenheiten manchmal fast so ausgesetzt scheint wie ihrem verdunkelten Gemüt?)

Ted ist, so scheint es, ein großartiger Ehemann, und mit Selbstverständlichkeit überläß er Sylvia einen Schreibtisch, während er selber in einem Winkel kauernd arbeitet. Das berichten Freunde. Die Berichte haben den deutlichen Unterton von Mißbilligung – Sylvia ist egozentrisch. Aber all das andere, die Kocherei und die Triefnasen der Kinder, der Geldmangel und die perfekt sein sollenden kleinen Einladungen für die Freunde, ach, selbst der Kuchen, der gebacken werden soll, hat etwas Bedrohliches.

Eine Dichterin von Sylvia Plaths Kaliber hätte allein sein müssen – aber das konnte sie nicht. In der letzten Erzählung dieses Bandes wird das ganz klar, ein Alleinsein ohne wirklich allein zu sein, eine herzzerreißend komische Situation des Kampfs mit den Naturgewalten in der trägen und rückständigen Stadt London. Durch den Schneeinbruch leuchtet eine absurde Sehnsucht nach dem verlassenen Land Amerika, in dem sowas nicht passieren kann, und wenn es passiert, ist man gewappnet. Wie will man dichten, wenn alles so bedrängend und unpraktisch ist? Das müssen eben nur schreibende Frauen fragen. Daran hat sich vielleicht gar nicht so viel geändert.

Können Freunde beim Finden des Raums helfen? Nur manchmal, wenn Sylvia deren Kontinuität und ihrer Bescheidenheit traut – sie ist eine Frau, die keine Entourage im Sinne des Dichterfanclubs braucht. Wichtiger scheinen ihr die paar Menschen zu sein, die sich manchmal um die Kinder kümmern und sie nicht bedrängen. »Ihre gesamte Entwicklung als Schriftstellerin bestand aus einzelnen Schritten, aus einem langsamen Vorwärtsschreiten (das es ihr oft schwermachte zu leben) hin zur Enthüllung der flüchtigen Vision auf dem Grunde ihres Wesens.« (Anne Stevenson)

Durch ihre Erzählungen hindurch geht sie mit eben diesen

langsamen Schritten auf ihre Gedichte zu. Die Erzählungen sind das Terrain. Kindheit, immer wieder. Alltag. Die tödlichen Lähmungen der Jugend und die verzweifelte Frage nach dem Begehrtsein. Alles ist ganz normal in ihren Geschichten, höchstens ein bißchen verschoben, so, wie manche Tage eben kippen und man hilflos in der Wirklichkeit zappelt. Lucas Myers, der sie zu kennen glaubte, erzählt: »Amerikaner ihrer Zeit und ihrer Schicht schienen zu glauben, alle menschlichen Eigenschaften seien meßbar wie Sekunden beim Hundertmeterlauf, ...« – das mag sein, aber da beginnt ihre Tragödie, schon ganz früh, ihr erster Versuch, sich aus dem Leben davonzumachen, zeigt das ja auch: Sie versucht verzweifelt, das zu glauben und sich so zu verhalten, der Meßbarkeit entsprechend, mit einer verläßlichen Wertskala ausgestattet. Nur: Sie weiß, daß das nicht geht, nicht nur, weil sie anders und genauer sieht als andere. –

Es fällt überhaupt schwer, sich diese junge Frau aus den zahlreichen Zeugnissen, die sie selbst und andere zur Verfügung stellen, zusammenzusetzen. Da bleiben große, weiße Flecken, als bedächte man ein Hunderte von Jahren entferntes Leben. Bei ihr ist es die zeitliche Nähe, die sie so unheimlich erscheinen läßt. Pettycoats und Parties – das waren doch wir! Nicht die sichere Entfernung von Bloomsbury oder Montparnasse oder Hotel Lux – knapp um die Ecke der eigenen Lebenszeit hat sie sich gezeigt, immer wie gerade verschwunden, deshalb so verloren. »Oh verlorenes vom Wind gekränktes Gespenst, kehre zurück!« (Thomas Wolfe, »Schau heimwärts, Engel«) Dichter sind wie Geisterfahrer. Je verzweifelter sie sich in der Normalität einzurichten versuchen, desto mehr. Die Normalität heißt natürlich für Plath (und uns) auch, mit den Verwertungstechniken der Kunst flott und flexibel umzugehen. Es geht nicht an, sich vor der Vervielfältigung zu fürchten oder die Distributionswege, deren man sich gerade zu bedienen gelernt hatte, zu verachten. Die Schriftstellerin muß für die verschiedenen hingehaltenen Hände dankbar sein, auch wenn es die von Robotern sind. Für mich wird das seltsamerweise am klarsten in jener Erzählung, in der sie eine Frau beschreibt, die das Treffen ihres Mannes mit einer Journalistin sachte in einen fürchterlichen Horror verwandelt.

Wieder das Alleinsein, aber gleichzeitig der Wunsch nach solidarisch-akzeptierender Gemeinsamkeit und das Wissen, daß es die nicht gibt.

Sylvia Plath will alles glauben, aber sie kann es nicht. Alles erweist sich als sumpfiges, trügerisches Gelände, sie mag es wie ein Flüstern hinter ihrem Rücken empfunden haben. Vielleicht darf man diese Panik nur dann in jemandem sehen, wenn man sie wie in einem Spiegel sieht. Wenn man der Feinde (der Perfektionismen) nicht mehr Herr wird, versucht man, sie durch Angleichung zu überlisten. Tough war sie, glatt, praktisch (immer wieder wird betont, daß ihr Talent zur Distribution für Ted Hughes ein wahres Glück gewesen sei, für ihn, die Sorte von Dichter, die unter der Weide sitzt und einfach vor sich hin schreibt). Aber ich glaube, sie hat sich unbewußt davor gefürchtet und sich in Wahrheit in verhaßte Strategien eingeklinkt. Wenn man das tut, darf nichts schiefgehen.

Die Freunde (die ihr in europäischer Manier, eben weil sie Dichterin ist, einiges durchgehen lassen) erleben sie als unangenehm, eigensüchtig, sie »schafft eine Atmosphäre der Schuld, in der niemand recht hatte ...« (Dido Merwin) Es durfte niemand mehr außer ihr recht haben, wie hätte sie sonst die Gelassenheit ihrer Prosa und den finsteren Glanz ihrer Poesie schaffen können? Alle waren nur noch dazu da, Bretter für sie zu bauen über unsicherem Grund. Am meisten Ted: Der betrügt sie (oder auch nicht, aber es ist eigentlich egal), und sie verläßt ihn und sich selber. Ihn abrupt, sich langsamer.

Wenn die Dinge so stehen, gibt es für die Umgebung keine Gnade mehr. Ihre Mutter, die wenigen Freunde, Ted und die Kinder sind in der Gnadenlosigkeit wahrscheinlich bis zum heutigen Tage verfangen, sie sind Material geworden unter den Händen und im Hirn der Dichterin. Material hat keine Schmerzen zu haben.

Ihre späten Gedichte sind scheinbar weicher, fragender, die letzten Gedichte einer jungen Frau. Nun, nach ihrem Selbstmord an einem besonders kalten Tag des Jahres 1963, wird sie selber Material in fremden Händen, Zeugin für alles mögliche, feministische Ikone, Vorkämpferin für was auch immer. Das geht den vermeintlich früh Vollendeten immer so, für welche Flut von Schwächlingen mußten nicht Hauff und Kleist, die Brontës und Büchner und so viele andere herhalten!

Bis in die allerjüngste Zeit gilt es, denen, die nicht nur jung, sondern auch noch von eigener Hand starben (Bachmann, Kaiser, Günderode und viele), jene Gemeinde vom Hals zu halten, die das ganze Leben und Werk derer, die sich nicht mehr wehren können, nur von jenem Ende aus sieht und interpretiert. Die sich nicht mehr wehren können? Das stimmt so nicht, denn die Erzählungen und Gedichte der Sylvia Plath wehren sich, sie haben harte, glänzende, undurchdringliche Häute und sind, obwohl vollkommen wahr, vor dem Eindringen der »Botschaften« vollkommen sicher. Die darübergestrichenen Weltanschauungen werden sie nicht zersetzen. Dieses Leben endete in jenem dreißigsten Jahr, das Ingeborg Bachmann beschworen hatte. Und ein nur scheinbar zu weiter Bogen – Gottfried Benn schrieb sieben Jahre vor Sylvia Plaths Tod, dem eigenen schon ganz nah:

»Kann keine Trauer sein. Zu fern, zu weit,
Zu unberührbar Bett und Tränen ...«

Sylvia Plath

1932	*geboren am 27. Oktober in Jamaica Plain, Massachusetts. Eltern: Aurelia und Otto Plath*
1935	*Geburt des Bruders Warren*
1937	*Die Familie Plath übersiedelt nach Winthrop, Massachusetts*
1940	*Otto Plath stirbt*
1942	*Aurelia Plath übersiedelt mit ihren beiden Kindern nach Wellesley, Massachusetts*
1950	*Sylvia Plath studiert mit einem Begabtenstipendium am Smith College*
1952	*August: Ihre Erzählung »Sunday at the Mintons« wird in der Zeitschrift »Mademoiselle« veröffentlicht und preisgekrönt*
1953	*Sommer: Sylvia Plath geht als Gast-Redakteurin zu »Mademoiselle«, New York City* *24. August: Suizid-Versuch in Wellesley, Massachusetts*
1954	*Winter: Rückkehr an das Smith College, 2. Semester* *Sommer: Besuch der Harvard Summer School*
1955	*Mai: Hochschulabschluß bei Smith mit Auszeichnungen für ihre Lyrik* *Oktober: Fulbright-Jahr am Newham College, Cambridge University*
1956	*25. Februar: Sylvia Plath lernt Ted Hughes kennen* *April: Reise durch Deutschland und Italien mit Gordon Lameyer* *16. Juni: Heirat mit Ted Hughes* *Sommer: Flitterwochen in Benidorm, Spanien*
1956–57	*Zweites Fulbright-Jahr*
1957	*Juni: Rückkehr nach Amerika mit Ted Hughes; Ferien in Cape Cod, Massachusetts*
1957–58	*Sylvia Plath lehrt Englisch am Smith College*

1958–59	*Sylvia Plath arbeitet halbtags am Massachusetts General Hospital, besucht als Gasthörerin das Lyrikseminar von Robert Lowell*
1959	*Sommer: Ferienreise durch Amerika, wo nach einem Besuch des Yellowstone National Parks ihre Erzählung »Der neunundfünfzigste Bär« entsteht* *Herbst: zweimonatiger Aufenthalt in der Schriftstellerkolonie Yaddo in Saratoga Springs, New York* *Dezember: Sylvia und Ted Hughes verlassen Amerika, um in England zu leben*
1960	*1. April: Geburt der Tochter Frieda Rebecca in London* *Oktober: »The Colossus«, ihr erster Lyrikband, wird in London veröffentlicht*
1961	*Februar: Fehlgeburt* *August: Umzug nach Devon*
1962	*17. Januar: Geburt des Sohnes Nicolas Farrar* *Mai: »The Colossus« erscheint in den USA* *Oktober: Trennung von Ted Hughes*
1963	*Januar: »Die Glasglocke« erscheint in England unter dem Pseudonym Victoria Lucas* *11. Februar: Freitod in London*